西方传统 经典与解释
Classici et commentarii

HERMES

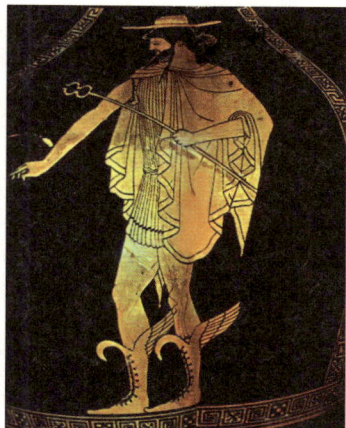

HERMES

在古希腊神话中，赫耳墨斯是宙斯和迈亚的儿子，奥林波斯神们的信使，道路与边界之神，睡眠与梦想之神，死者的向导，演说者、商人、小偷、旅者和牧人的保护神……

西方传统 经典与解释

Classici et commentarii

HERMES

尼采注疏集

刘小枫●主编

狄俄尼索斯颂歌

Dionysos-Dithyramben

尼采（Friedrich Nietzsche）●著

孟明●译

华东师范大学出版社

华东师范大学出版社六点分社　策划

"尼采注疏集"出版说明

尼采是我国相当广泛的读书人非常热爱的德语作家,惜乎我们迄今尚未有较为整全的汉译尼采著作集。如何填补我国学园中的这一空白,读书界早已翘首以待。

"全集"通常有两种含义。第一个含义指著作者写下的所有文字的汇集,包括作者并未打算发表的笔记、文稿和私信等等。从这一含义来看,意大利学者 Giorgio Colli 和 Mazzino Montinari 编订的十五卷本"考订版尼采文集"(*Nietzsche Sämtliche Werke*:Kritische Studienausgabe in 15 Bänden,缩写 KSA,实为十三卷,后两卷为"导论"、各卷校勘注和尼采生平系年),虽享有盛名,却并非"全集",仅为尼采生前发表的著作和相关未刊笔记,不含书信。Giorgio Colli 和 Mazzino Montinari 另编订有八卷本"考订版尼采书信集"(*Sämtliche Briefe*, Kritische Studienausgabe in 8 Bänden)。

其实,未刊笔记部分,KSA 版也不能称全,因为其中没有包含尼采在修习年代和教学初期的笔记——这段时期的文字(包括青年时期的诗作、授课提纲、笔记、书信),有经数位学者历时数十年编辑而成的五卷本"尼采早期文稿"(*Frühe Schriften: Werke und Brief* 1854—1869;Joachim Mette 编卷一、二;Karl Schlechta / Mette 编卷三、四;Carl Koch / Schlechta 编卷五)。

若把这些编本加在一起(除去 KSA 版中的两卷文献,共计二十六卷之多)全数翻译过来,我们是否就有了"尼采全集"呢?

Giorgio Colli 和 Mazzino Montinari 起初就立志要编辑真

正的"尼采全集",可惜未能全工,Volker Gerhardt、Norbert Miller、Wolfgang Müller-Lauter 和 Karl Pestalozzi 四位学者在柏林—布兰登堡学园(Berlin-Brandenburgischen Akademie der Wissenschaften)支持下接续主持编修(参与者为数不少),90 年代中期成就四十四卷本"考订版尼采全集"(*Nietzsche Werke Kritische Gesamtausgabe*,44 Bände,Berlin / New York,Walter de Gruyter 1967—1995,共九大部分,附带相关历史文献)。我国学界倘若谁有能力和财力全数翻译,肯定会是莫大的贡献(最好还加上 *Supplementa Nietzscheana*,迄今已出版七卷)。

　　"全集"的第二个含义,指著作者发表过和打算发表的全部文字,这类"全集"当称为"著作全集"(KSA 版十五卷编本有一半多篇幅是尼采 1869—1889 的未刊笔记,尼采的著作仅占其中前六卷,未刊笔记显然不能称"著作")。尼采"著作全集"的编辑始于 19 世纪末。最早的是号称 Großoktavausgabe 的十九卷本(1894 年开始出版,其时病中的尼采还在世),前八卷为尼采自己出版过的著作,九卷以后为遗稿;然后有 Richard Oehler 等编的 Musarion 版二十三卷本(1920—1929)、Alfred Bäumler 编订的 Kröner 版十二卷本(1930 陆续出版,1965 年重印)。这些版本卷帙过多,与当时的排印技术以及编辑的分卷观念相关,均具历史功绩。

　　1956 年,Karl Schlechta 编订出版了"三卷本尼采著作全集"(*Werke in 3 Bänden*,附索引一卷;袖珍开本、纸张薄、轻而柔韧,堪称精当、精美的"尼采著作全集")——尼采自己出版的著作精印为前两卷,卷三收尼采早期未刊文稿和讲稿以及"权力意志"遗稿。KSA 版问世后,Karl Schlechta 本因卷帙精当仍印行不衰——迄今已印行十余版(笔者所见最近的新版为 1997 年),引用率仍然很高。

　　Karl Schlechta 本最受诟病的是采用了尼采胞妹编订的所

谓"权力意志"遗稿(张念东、凌素心译本,北京:商务版 1991)——由
于没有编号,这个笔记编本显得杂乱无章(共辑 1067 条),文本的
可靠性早已广受质疑。KSA 版编辑尼采笔记以年代为序,从
1869 年秋至 1889 年元月初,长达近二十年(七至十三卷,近五千
页),其中大部分不属遗著构想,所谓"权力意志"的部分仅为十
二和十三卷(十三卷有贺骥中译本,漓江出版社 2000;选本的中译有:沃
尔法特编,《尼采遗稿选》,虞龙发译,上海译文版 2005)。

有研究者认为,尼采并没有留下什么未完成的遗著,"权力
意志"(或者"重估一切价值")的写作构想,其实已见于最后的几
部著作(《偶像的黄昏》、《善恶的彼岸》、《道德的谱系》、《敌基督》)——
尼采想要说的已经说完,因此才写了《瞧,这个人》。按照这种看
法,尼采的未刊笔记中并没有任何思想是其已刊著作中没有论
及的。

研究尼采确乎当以尼采发表的著作为主——重要的是研读
尼采或充满激情或深具匠心地写下并发表的文字。此外,尽管
尼采的书好看,却实在不容易读(首先当然是不容易译),编译尼采
著作,不仅当以尼采的著作为主,重要的是要同时关注注释和
解读。

我们这个汉译"尼采注疏集"含三个部分:

1. 笺注本尼采著作全集——收尼采的全部著作,以 KSA
版为底本(其页码作为编码随文用方括号注出,便于研读者查考),并采
用 KSA 版的校勘性注释和波恩大学德语古典文学教授 Peter
Pütz 教授的"笺注本尼采著作全集"(共十卷)中的解释性注释
(在条件许可的情况下,尽量采集法译本和英译本的注释——Gilles De-
leuze/Maurice de Gandillac 主编的 Gallimard 版法译全集本主要依据 KSA
版;英文的权威本子为"剑桥版尼采著作全集");

2. 尼采未刊文稿——选编重要的早期文稿(含讲稿和放弃了

的写作计划的残稿)、晚期遗稿和书信辑要；

　　3. 阅读尼采——选译精当的文本解读专著或研究性论著/文集。

　　由此形成一套文本稳妥、篇幅适中、兼顾多面的"尼采笺注集"，虽离真正的"汉译尼采全集"的目标还很遥远，毕竟可为我们研读尼采提供一个较为稳靠的基础。

　　"尼采注疏集"是我国学界研究尼采的哲学学者和德语文学学者通力合作的结果，各位译者都有很好的翻译经验——这并不意味着译本无懈可击。编译者的心愿是，为尼采著作的汉译提供一种新的尝试。

刘小枫

2006 年 5 月于

中山大学比较宗教研究所

德语古典文化与宗教研究中心

目　　录

孟明　尼采与思想之诗/ 1

柯利　尼采的诗 / 116

皮茨　尼采的《狄俄尼索斯颂歌》/ 121

狄俄尼索斯颂歌

疯子也已！诗人也已！/ 131

在荒原女之乡 / 143

最后的愿望 / 163

猛禽之间 / 167

火符 / 179

太阳沉落了 / 183

阿莉阿德尼的咏叹 / 191

声名与永恒 / 203

论最富者之贫 / 215

附录一、狄俄尼索斯颂歌手稿残篇 / 229

附录二、相关手稿附编 / 319

附录三、狄俄尼索斯世界观 / 334

附录四、关于版本的说明 / 361

尼采与思想之诗

［中译本前言］

孟　明

1

　　颂（Dithyrambe），或称"酒神颂"，乃古希腊一种用音乐伴唱的颂神诗，尤指敬奉酒神狄俄尼索斯的祭歌，庇士特拉妥始立僭主制时将它列为泛雅典娜节的诗乐比赛项目。但在那之前两百年，这种古老祭歌就已经在希腊大地上广为流传了[①]；而据希腊诗歌集大成者品达说，此种颂诗古已有之。柏拉图将它置于希腊诗歌的源头，与其他颂歌（ἐγκώμια）、合唱诗（ὑπορχήματα）、史

[①] διϑύραμβος（Dithyrambe）这个希腊文名称最早见于古希腊诗人阿基罗库斯（Archilochos de Paros，希腊文 Ἀρχίλοχος，公元前 680－645 年）的一个残篇：ὡς Διωνύσοι᾽ ἄνακτος καλὸν ἐξάρξαι μέλος/οἶδα διϑύραμβον οἴνῳ συγκεραυνωϑεὶς φρένας［当美酒以万钧雷霆击我心灵，/我就会情不自禁唱起狄俄尼索斯神的狄提兰卜美丽颂歌］，Diehl 本 fr. 77，Budé 本 fr. 96（Athen. 14. 628b）。详见《阿基罗库斯残篇》（*Archiloque Fragments*），布德本（Association Guillaume Budé），fr. 96，美文书局（Société d'édition Les Belles Lettres），巴黎，1968 年，第 31 页。

　　据说古希腊音乐家、品达的老师拉索斯（Lasos d'Hermione）首次将这种酒神颂歌引入雅典的音乐诗歌比赛；而品达的对手西摩尼德（Simonides，约前 556－前 467 年）是当时雅典最负盛名的诗人，后世《希腊文选》（*Anthologia Græca*）记载他曾在"狄提兰卜"颂诗比赛中 56 次获胜。

诗($\breve{\epsilon}\pi\eta$)、短长格诗($i\acute{\alpha}\mu\beta ov\varsigma$)并列为希腊五大诗体(《伊安篇》534c)。据欧里庇得斯说，Dithyrambe 原是狄俄尼索斯的别号，酒神颂因得名。这种起源古老、专门在祭仪上使用的颂神诗后来渐渐世俗化了，演变成一种诗体，故又可译为"狄提兰卜体"颂歌。一名之得，既有语源，也有俗成。古人言颂，莫不视所颂者为最高理想。大凡颂者，皆尼采所言对"大事物"的吟颂。考其起由，或张神统，或赞先人美德及"王道"，如我们汉籍所见之古颂(《诗经》中与"风""雅"并称的"颂"①)。古希腊著作家将酒神歌统称为$\dot{\eta}$ $\varphi\varrho v\gamma\iota\sigma\tau\acute{\iota}$ $\mu\acute{o}v\eta$ ("佛律癸亚宗")②，有学者据此推测狄提兰卜祭歌起源于小亚细亚，随狄俄尼索斯崇拜传到希腊。另有记载，狄提兰卜颂歌相传为公元前 7 至 6 世纪诗人和竖琴歌手阿里翁(Arion de Methymne)所创，曾在伯罗奔尼撒半岛名城科林斯弹唱(希罗多德《历史》I, 23)。古希腊诗人品达、西摩尼德和巴克基利得斯都写过这种体裁的颂诗。

> 自古延绵不绝，一根无尽的琴弦
> 　　那狄提兰卜歌声
> 带着它并不完美的嘶嘶音
> 　　从人的嘴里唱出；
> [……]
> 　　　　　你们知道
> 那就是"吵闹神"庄严的圣节

---

① 毛诗序曰："颂者，美盛德之形容，以其成功告于神明者也。"又说文上曰："颂者，皃也。古作颂皃，今作容皃。容者盛也。六诗，一曰颂，周礼注云：颂之言诵也，容也。诵今之德，广以美之。"西人言颂，察其内容，盖与吾人称颂者相去未远也。
② 参看亚里士多德《政治学》($\Pi o\lambda\iota\tau\iota\varkappa\acute{\alpha}$)1340b。

这是品达一首狄提兰卜颂歌《致忒拜人》①的开头，今存残篇。诗中提到的"不完美的嘶嘶音"(τὸ σὰν κίβδηλον)，盖指先民语言中σ这个辅音字母发音过重，其实品达意在强调此种古歌的民间性质，夹带俚俗自有天然别趣。"吵闹神"(Βρόμιος)者，狄俄尼索斯别名之一，其来源已不可考，当与古代有关酒神的各种想象有关，譬如祭祀活动中多有佯狂之士。"从人的嘴里唱出"——惟希腊人思想奇崛，不特造诗于祭事，吟咏城邦、诸神与社稷，更于人之历世多有创说，又独发明"生成"之理，以为人伦之大者莫过于"此在"。哲学上所谓"存在"者——依尼采之见，实乃意识到人受累于生成之苦者所发明，而"此在"之说，其真谛就在于"人是某种应克服的东西"②。盖人的自由之路再漫长和暴烈，归根结底还是得通过超越自身来使"此在"得到升华，从而使自由的本质不复是任何制度性强化下的自由。历史上从狄提兰卜古歌获益的诗人，尤其处在希腊文明从古风期向古典期转变的诗人如伊普库斯、阿基罗库斯和品达等，不仅领会了这种诗艺的本质，还通过他们的作品改变了一代诗风，由此开创了一种"大众的民族诗歌"③。

---

① 品达残篇 fr. Δ II = 70b 79, * 208, * 323, * 249, 81. K〕ΑΤΑ〔ΒΑΣΙΣ〕ΗΡΑΚΛΕΟΥ〔Σ〕Η ΚΕΡΒΡΟΣ ΘΗΒΑΙΟΙΣ. 详见 Teubneriana 本《品达诗歌与残篇》卷二, *Pindarus Carmina cum fragmentis, Pars II Fragmenta. Indices*, Post Brunoem Snell, edidit Heruicus Maehler, Bibliotheca Scriptorum Graecorum et Romanorum Teubneriana, Leipzig, 1989, 第 75—76 页。

② 此语见于《扎拉图斯特拉如是说》卷一《前言》，Giorgio Colli 和 Mazzino Montiari 主编《尼采著作全集》KSA 本（十五卷本），第 4 卷；de Gruyter, Berlin/New York, 1988年，第 14 页。又见于尼采遗稿《1884 年春笔记》[WI 1. Frühjahr 1884]，25[454]，称从古代的赫拉克利特近近代德国文豪歌德，不乏这种此在之思的先驱；《全集》KSA 本，第 11 卷，第 134 页。

③ Volkspoesie der Masse. 参看尼采《索福克勒斯〈俄狄浦斯王〉讲义绪论》(*Einleitung zu den Vorlesungen über Sophocles Oedipus rex*), Kröner 版《尼采著作全集》第17 卷，《古典语文学》卷一(III. Abth., Band XVII, Philologica I), Alfred Kröner 出版社，1910 年，莱比锡，第 300—301 页。

　　从祭祀诵读诗文演变成一种包容神谱、史传及民族兴亡的叙事诗（μέτρον λεκτικόν），狄提兰卜体裁在古希腊广为流传，不限于祭祀场所。尼采尝言："古人大声朗诵。"①指的应是这种颂歌的，因为它保留了古老的 Iambus［抑扬格］诗体的说唱风格。那时诗人们在雅典、忒拜和阿耳戈斯等城邦吟唱的狄提兰卜颂歌，内容远比祭仪诗博大得多；而那场面之盛大，真称得上是诗歌的"圣节"了。

　　最早的"狄提兰卜颂歌"是一种亦庄亦谐的诗歌体裁，今希腊文 διθύραμβος 释义中还保留着"张扬"、"溢美"之义，盖得自信徒或艺人饮酒作歌时的佯狂之态，亦指此种祭歌的疏狂风格，人们至今还可以透过欧里庇得斯的《酒神信女》以及其他诗人的作品，遥想远古时代酒神节活动中的那些τεχνῖται διονυσιακοί［酒神艺人］或疯疯癫癫的信女队列。尼采对此有专门的研究，他曾在巴塞尔大学讲授希腊文学史和希腊人的祭神仪式。《狄俄尼索斯颂歌》中的一些篇章如《阿莉阿德尼的咏叹》，在风格上颇得此种诗体之风骨。

2

　　尼采生前自述："我不过是一个词语匠人"。在一封与友人书中又言，若问该将他尼采归为思想家还是诗人，恐难描绘出一幅肖像来②。在同代人中，尼采氏乃公认的扬才露己之辈，若不是对"词语匠人"这一古老职业怀有很高的理想，何以出此自谦之辞？

---

①　尼采遗稿《1885 年 4—6 月笔记》［N VII1. April-Juni 1885］，34［15］；《全集》KSA 本，第 11 卷，前揭，第 427 页。

②　尼采 1886 年 6 月 21 日致美国作家 K. Knortz 信："若要给我描一幅思想家还是作家、诗人肖像，恐怕难以描绘出来。"转引自 Richard Roos 撰《尼采后期著作及出版过程》（*Les derniers écrits de Nietzsche et leur publi-cation*），载《尼采解读》（*Lectures de Nietzsche*，J.-F. Balaudé et Patrick Wolting 主编），Librairie Générale française，巴黎，2000 年，第 47 页。

　　按时人之见,诗人尼采与哲学家尼采实难铢两悉称。这已成为人们接受的一个合理偏见。因为吾人对文体的绝对定义纠缠过深,诗之言也就不能再像古代的游魂那样,游走于语言之边界了。惟巫师的近亲——诗人,知道摆弄文字是要"灵魂出窍"的,因为词语本是有魂之物,而魂是要跑掉的。观尼采全部著作,诗人气质要多于哲学家气质。尼采大概可归类为狂飙突进之后又一超前的思想浪漫派,既懂得如何逾越启蒙遗产和现代性,又不失承继和批判,同时又是一个古典意义上的诗人思想家。这类诗人不拘章法,但求"一字魂飞"。

　　是故文类之争于尼采并无意义。诗与哲人的活动自古本无分野,及至近代更成为德国思想的一个传统。尼采是这个传统的忠实继承者。呈现在读者面前的这部《狄俄尼索斯颂歌》是尼采有生之年亲手编定的最后一部文稿,编定日期大致在1888年底至1889年初,也即尼采精神崩溃的前几天。按照学界的意见,这是尼采唯一的诗集(后人编辑出版的尼采诗稿不在此例)。假若我们把置于《快乐的知识》卷首的"德国诗韵序曲"(Vor-spiel in deutschen Reimen)63首短诗视为一卷诗而又不违背作者本意的话,那么《狄俄尼索斯颂歌》就不是尼采的第一本诗集,且不说此前单独发表的诗歌小辑《墨西拿田园诗》①以及重新修

---

① 1882年6月,尼采将八首诗结集,以《墨西拿田园诗》(Idyllen aus Messi-na)为总题发表于在开姆尼茨发行的《国际月刊》(Internationale Monats-schrift)。及至1887年《快乐的知识》第二版刊印时,尼采又将《墨西拿田园诗》中的六首抽出,与另外八首诗合并,以《飞鸟王子之歌》(Lieder des Prinzen Vogelfrei)为总题收于该书卷末。尼采多次编辑自己的诗稿,作为相应部分收进他的哲学著作,足见尼采把诗视为其思想著作的一部分。
　　又按:Vogelfrei(飞鸟)这个德文词(今多作形容词用),直译"自由鸟",喻自由自在、不受约束的人(取鸟自由飞翔之意),16世纪后多用来指被褫夺公权、失去法律保护的人或被放逐之人,沿用至今。

订和增补的组诗《飞鸟王子之歌》。

由于我们这个时代把精神劳作视为诗的诗人思想家几乎已经绝迹，在此谈论纯粹意义上的诗人尼采，已经不合时宜。只有在那些对历史主义保持警惕，并且对诗歌王国及彼岸性（已知界的另一面）始终怀有兴趣的诗哲那里，譬如在海德格尔著作的视野里，我们仍然可以依据ποιεῖν这个希腊词的本质含义追问"思想家本质上是诗人吗？"这类古老问题①。以工具和技术进步为文明史导向的看法越是主导人的生存方式并对思想界施加影响，有关劳作与诗意关系的古老问题就越作为本质方面进入思与哲学的范畴。因此之故，涉及到思想史或在者立身这类被称作"风范"又不止于"风范"的事情时，历史仍会迫使我们再次面对思与存在是否同一的问题。在这个事情上，历史告诉我们，一个民族在缓慢沉重且因种种大事件而遮蔽的历史进程中错失缔造"命运"的时刻，就可能意味着这个民族的衰亡。思与存在同一，是需要信仰宣导（profession de foi）的。"信仰宣导"这个词语意味着知识传授是一门职业和一种信仰。一个历史性民族如果没有一种精神生活的、根基牢固的信仰，建立在自身的基础上而不受时代精神的左右，就不可能达于思与存在的同一。尼采前思古人后思来者，其不

---

① 参看《海德格尔全集》第50卷《尼采的形而上学。哲学引论：思想与做诗》(1. Nietzsches Metaphysik 2. Einleitung in die Philosophie, Denken und Dichten)，Martin Heidegger, Gesamtausgabe, Band 50, Vittorio Klostermann 出版社，法兰克福，1990年，第94页。海德格尔在这部1944—1945年冬季弗赖堡大学授课讲稿的第二部分第一章以"尼采思想的基本经验和基本音调"为题，讨论了尼采的四首诗：《无家国》(Ohne Heimat)、《回答》(Antwort)、《致达尔文的门徒》(An die Jünger Darwin's) 和《观一件睡袍》(Beim Anblick eines Schlafrocks)。尼采诗稿的标题和篇目在各家辑本中略有出入，海德格尔所据版本是 Kröner 版《尼采著作全集》。

同时期的撰述澜翻无穷,广涉思想各领域,若在要义方面归结于某一点,或者就是这种知识的"信仰宣导"了——这就是为什么尼采把自己的哲学又称作"伟大的培育思想",其指归乃是重建思想的宁静与深度,尤其搞清基础和方向在哪里。所以我们今天重新讨论这类问题,这个"拿着锤子做哲学"的人仍会在时代的另一种气氛中,譬如在我们这个时代的虚无主义征候中,与我们相遇。

3

何谓诗人? ——尼采在早年一则有关希腊艺术的笔记里曾经写道:"'诗人'乃是对一个神的古老想象。"[①]荷尔德林亦据此将诗人比作"半神"。盖古老的想象中"诗人"乃得天启而作言者,故古有"神谕诗"(Orakelpoesie)的出现。阿基罗库斯的一个残篇里就讲,按诗人的说法,神赋予人的诗艺是世上最珍贵的东西[②]。品达亦言:"神为能死者造化一切,独把美惠植入诗歌。"[③]至今,希腊人心目中有关"诗人"的古老想象仍然是一个高不可及的理想。

这里,也许不应把诗人的地位神圣化。古代出诗人,而非出圣徒。古时关于"诗人"的想象高得很,但尼采另有自己

---

① 尼采遗稿《1871 年笔记》[UI 4 a. 1871],9[52];《全集》KSA 本,第 7 卷,前揭,第 294 页。

② 阿基罗库斯残篇: Ἶε γάρ μοι Ζεὺς πατὴρ Ὀλιμπίων / ἔ] θηκε κἀγαθόν μετ' ἀνδράσι. 参看《阿基罗库斯残篇》(Archiloque Fragments),"三音步抑扬格诗"fr. 36,布德本(Budé),美文书局(Société d'Edition Les Belles Lettres),巴黎,1968 年,第 13 页。

③ 品达残篇 Teubneriana 本 fr. 141; θεός ο τα πάντα τευχὼν βροτοῖς καῖ χάριν ἀοιδα φυτεύει.《品达诗歌与残篇》卷二, Pindarus Carmina cum fragmentis, Pars II Fragmenta. Indices,前揭,第 126 页。

的看法。大致在《颂歌》写作年代的一则笔记里,他这样写道:

> 我们赋予真实的或想象的事物以崇高和美,我要求把它作为人的财产和作品:作为人最美好的申辩。人,作为诗人、思想家,作为神明、爱和力量——:是远在慷慨大度之上的啊,慷慨奉献了这些东西,为的是让自己贫困并自觉卑微!这就是迄今为止最伟大的先人后己之心,向往之,崇尚之,却又懂得自我掩饰,而不夸耀他就是赞美这一切,创造了这一切的人。——①

诗人奉献也多,但诗人却贫困而卑微。这话说到了诗人的品格。尼采不是要去修正古人之说,而是希望诗人从神圣的祭坛还俗,回到平地。诗云:"高山仰止,景行行止。"(《小雅·车辇》)高山虽高,平地可行,诗人也是凡夫俗子,行于大地是最重要的。这里,尼采没有使用形容词一类修饰语,而是用了德语中表达身份的句式 Der Mensch als [人作为……],但他这里讲的不是社会职能和分工,而是一种理想:诗人是人应兼备的一种品质;且尼采强调诗人即是思想家。盖人的精神和涵养中有许多共通的东西,而此种在人的名义下提出的要求来源久远,本就是作为世界最高原则之一的劳作(ἔργον,赫西俄德意义上)所要求的,它产生于黑夜时代,天神为了人类的福祉而将它置放于大地

---

① 尼采遗稿《1887 年 11 月—1888 年 3 月笔记》[WII3. November 1887 — März 1888],11[87];《全集》KSA 本,第 13 卷,前揭,第 41 页。此手稿片段亦见于《1881 年秋笔记》[N V 7. Herbst 1881],12[34],文字略有出入。

的根基①。按照这一古老的传统,生存之义是"远在人的慷慨大度之上的",在者使自己成为诗人和思想家,又兼有神圣、爱和力量之古老品德,是为大成。尼采是他那个时代为数不多仍持类概念(Gattung)的哲学家之一,此语颇得东方的兼爱之义。《狄俄尼索斯颂歌》或是对一个古老理想的最后回忆? 以诗始,以诗终,是尼采的一个心愿。

陈师道讲诗人"半生一梦",说的是人托身于世多所失意而诗人执执于心者非时日所能消磨也。尼采经历大半生思想探索之后,急于整理大量个人文稿出版,仍决意要出一册诗集,而且是在其哲人生涯的某个最后时刻,隐隐约约感觉到需要某种拯救——

　　　　危难中的危难:
　　　　我的灵魂变得平静……②

---

① 赫西俄德(Hesiod,希腊文 Ἡσίοδος)讲世界上有两种纷争的原始力量 ἰδωνέϱ,一种导致战争与不和,另一种则唤起人的理性和良知,通过劳动来创造美好的生活。参看《劳作与时日》(Ἔϱγα καὶ Ἡμέϱαι)17—20:

　　　　τὴν δ' ἑτέϱην πϱοτέϱην μὲν ἐγείνατο Νὺξ ἐϱεβεννή,
　　　　ϑῆκε δέ μιν Κϱονίδης ὑψίζυγος, αἰϑέϱι ναίων,
　　　　γαίης τ' ἐν ῥίζῃσι, καὶ ἀνδϱάσι πολλὸν ἀμείνω.
　　　　ἥτε καὶ ἀπάλαμόν πεϱ ὅμως ἐπὶ ἔϱγον ἔγειϱεν.

　　　　另一种,更久远,是从黑夜时代诞生的,
　　　　高居天上的克洛尼得斯亲手将它置于
　　　　大地的根基,以让它于人有更好的助益:
　　　　它确实唤醒最慵懒的人也去从事劳作。

　　详见《赫西俄德著作集》(Hésiode),布德本(Budé),巴黎美文书局(Société Les Belles Lettres),第 17 版,2002 年,第 86 页以下。

② 尼采《狄俄尼索斯颂歌手稿残篇》[WII 10a. Sommer 1888],20[3];参看 Giorgio Colli 和 Mazzino Montiari 主编《尼采著作全集》KGW 本,第 VIII/3 卷,Walter de Gruyter,Berlin/New York,1972 年,第 373 页。

　　平静来自诗歌和年月。尼采诗艺早成，十五岁写下名篇《无家国》。诗中写道："见我者，知我其谁；／知我者，谓我／无家先生。"①这个荷尔德林的"乡愁"，后来明白了，是一种新的乡愁，现代人的乡愁，是由近代德国哲学（莱布尼兹、康德、黑格尔）提出的，希望学术界重搭桥梁，以期重返希腊思想的源头②。尼采曾经有过一个念头，"以小说的形式"写一本逆向回溯"希腊化"（Ver-griechung)的书③，其源头可上溯到狄俄尼索斯精神，这或许将是勾勒新乡愁和重搭桥梁的一个尝试，但这个想法最终没有付诸行动。

　　大抵有一种创造，远不是一气呵成，也不是精雕细琢，而是在年月中积思而成，几经酝酿、怀疑、崩溃、重构，最终锻打出来，保留着它初始的坏痕、粗粝和不完善。《颂歌》大概就属于这一类作品。如果我们能循蛛丝马迹，从作者不同时期的思路和外围工事中找到可资印证的材料，譬如用什么语言、方法和形式来支撑作品，或者是与内容有关的玄思断想，对理解会大有裨益。尼采没有写出一部"希腊化"的未来之书。也许我们可以说，《颂歌》在某种程度上弥补了这一缺憾，但不是以小说的方式，而是以诗的方式。

　　中国人旧时讲"诗书"，除指《诗经》和《尚书》，亦泛称书籍。此语对尼采最为合适，诗与书是不分的。在一篇关于"完美的书"的笔记里，他谈到如下几个方面：首先就形式而言，完美的书

①　《无家国》（*Ohne Heimat*）诗作于 1859 年，时尼采年十五。详见 Musarion 版《弗里德里希·尼采著作全集》（*Friedrich Nietzsche Gesammelte Werke*）第 20 卷（诗歌卷），慕尼黑，1927 年，第 10 页。

②　参看尼采遗稿《1885 年 8—9 月笔记》[WI 5. August-September 1885]，41 [4]；《全集》KSA 本，第 11 卷，前揭，第 678 页以下。

③　参看尼采遗稿《1884 年春笔记》[WI 1. Frühjahr 1884]，25[101]；《全集》KSA 本，第 11 卷，前揭，第 37 页。

介于"理想的独白"和"某种类型的回忆"之间,类似"精神对话",尽可能采用"有表现力的词语",尽可能描述"可视的、确定的、可资为例的事物",历史叙事则要立足于个人"亲历"但戒用"自我",等等①。这些有关"书籍"的想法,兴许只是写书人的经验之谈,倒也适用于尼采的诗,适用于他的全部著作,尤其是《扎拉图斯特拉如是说》这样文思斐然的大手笔。不如说,这就是尼采为自己的诗文裁定的风格和形式。这种残篇断简式写作,固然来自对古代文风的偏爱,到了尼采这里,可是形式大于风格了。我们看到,《颂歌》中各篇,除了略短小的《火符》一诗以及《声名与永恒》中的个别描述段落,其余诸篇大都称得上是"独白"和"精神对话"。

　　尼采既言"完美的书",想必也有他自己的作诗法,那就是如何把握思与诗的尺度,让思这种"抽象之物"进入诗行而又无损于诗的韵律。尼采说过,诗人的敏锐总是比思想家先走一步的,所以诗最能触及灵魂,催策人去捕捉火花并感受思的乐趣。但无论如何,思不能取代艺术。所以,要想真正描绘事物,还得像诗人那样"先用韵律将其张起,尔后给它系上节奏的绳线。最好是让思想稍稍收敛,以便它进入诗行。*知识退居*,好让事物屈服于艺术,这是享受生活的人的秘诀"②。生活,诗,秘诀——这大概就是诗人所能谈论的"作诗法"了,还能有别的什么呢? 概思想之诗是无捷径的。说到笔法,尼采倒是信奉"微言大义",不仅对"荷马笔法"赞赏有加,犹仰拜希腊人的文字之思。但这仅仅是一种笔法吗? 大致作于巴塞尔时期一首题为《妇道人家的七

---

① 　详见尼采遗稿《1887 年秋笔记》[WII 1. Herbst 1887],9[115];《全集》KSA 本,第 12 卷,前揭,第 400 页以下。

② 　尼采遗稿《1876 年夏笔记》[UII 5b. Sommer 1876],17[18];《全集》KSA 本,第 8 卷,前揭,第 299 页。

句格言》①诗里，尼采就提醒他的读者：

> 微言，大义——
> 小母驴当心薄冰！

在这首诗中，尼采写出 Kurze Rede, langer Sinn［微言大义］这行德文诗，无论怎样进入汉语，都显得像是对春秋笔法的"直译"。如果这样说不算为过的话，观尼采的笔法，就更不用说了。——我们可以读一读他的《德国诗韵序曲》、《随想与格言杂集》，甚至《扎拉图斯特拉如是说》这部书，还有收录在本书中的《狄俄尼索斯颂歌残篇》，那些由短诗、格言、片段或随想录构成的诗文，不就是言近意远之作么？在尼采看来，所谓文人风范，不在于你是否表达"美好的情感"，而在于你能否把握人自身的混乱，使之上升为完美的形式和纯粹的逻辑。这是从有知识的人出发对思想这件事的一种理解。思想达于纯粹的逻辑，那就是精益求精了。在此意义上，"微言大义"乃是"少而持久"（ein Sinn für Weniges und Langes）②。朱熹讲春秋笔法无褒贬③，是有见地的。儒家所谓春秋大义，乃在于传达国家思想之大旨，虽见于一言一词，亦不拘于一言一词，岂惟一字褒贬（伦理判断）所

---

① 《七句妇道人家的格言》（*Sieben Weibs-Sprüchlein*），尼采中后期作品。详见 Musarion 版《弗里德里希·尼采著作全集》（*Friedrich Nietzsche Gesammelte Werke*）第 20 卷，慕尼黑，1927 年，第 134 页。

② 参看尼采遗稿《1884 年春笔记》［WI 1. Frühjahr 1884］，25［321］；《全集》KSA 本，第 11 卷，前揭，第 95 页。

③ 朱熹说《春秋》，以为"《春秋》大旨，其可见者，诛乱臣，内中国，外夷狄，贵王贱伯而已。未必如先儒所言，字字有义也。""若欲推求一字之间，以为圣人褒善贬恶专在于是，窃恐不是圣人之意。"又言："《春秋》难看，此生不敢问。"（《朱子语类》卷八十三）。

能成言哉。真理是超越伦常的,思想更是如此。看来无论何种学说都得当心盖棺之论,不然我们可要天真到像小母驴覆薄冰了。

　　1882 年尼采写出《墨西拿田园诗》,虽说未脱早年那种诺瓦利斯式的感伤,但笔调清新自然多了。这组颇有泰奥克利特(Theokritos)牧歌风的作品一洗作者往日那种过多的浪漫主义抒情,读来亲切宁静。尤其那首《信天翁》(Vogel Albatross)写得飘逸而凝炼,堪称西人咏物诗中的杰作。借物抒怀,虽立意高远,但不极言人可"得天逍遥"而傲世,反而私心保持某种"向下"的谦卑:"上了九天,人依然见它低飞的身影!"这种谦卑,说到底乃是让诗人能行于大地,——"吾行吾之所思"(残篇 WII 10a 25)而不是以神的名义说话(神自有神言在)。这与诗人内心深处的"兼爱"之思(见上文)是一脉相承的。诗人尼采与哲学家尼采本是同一个,真是"嫁人错嫁自己,身上有条看家龙"了。若说诗书不同,则大抵在于,诗于著书人是有宁静致远之功效的。姑且作此小议,以见出尼采那些隐秘的侧面。稍后年代的一些诗歌作品,如《词语》(Das Wort)和《自由精神》(Der Freigeist),诗风更趋沉稳,就是如此。这个时期的尼采,尤以《哥伦布新航》(Der neue Columbus)一诗为标志,心气极高,颇有远航和开拓新天地的雄心,但不是去发现新大陆,而是重新发现"旧大陆",阿那克西曼德、赫拉克利特和巴门尼德的"旧大陆",西方思想的源头。哲学上,这是他价值重估的写作期;但诗艺上尚未显露出某种哲学味过浓的创新端倪。倒是《哥伦布新航》这首诗有一句话,令人想到《颂歌》中的一种基调:

　　　看哪:苍茫远天
　　　正用死亡、声名和幸福向我们问候!

　　与早年的抒情诗相比，尼采后来的诗歌趋于冷静和凝练，但声调中依然保持着阿基罗库斯式的朴质、率真和某种出自诗人性情的清狂之拙，故信笔所至，多有自勉之辞，不见矜心作意，却见名句迭出。譬如在以"德国诗韵序曲"为总题的短诗结集中，甚至写出"癫人与智者赴约：／我就是这一切，我愿意，／既是鸽子，又是蛇，又是猪！"这样惊世骇俗的诗句。

　　多年后，在《颂歌》里，基调没有变，依然以"真理狂"的面目独行；方法没有变，依然"用脚，用概念，用词语跳舞"①。其实，他早年的一些诗歌就已透露出对思想、词语和概念的兴趣，尤其在发现"索福克勒斯、埃斯库罗斯、柏拉图……以及古希腊抒情诗人的作品"之后②。这种兴趣日后成为一个人写作上的"特长"，说来真是一种命运，就像他早年一首诗里写的那样，——"我的双手／颤抖着抓这抓那，／思想也宏远／横无涯际来"（《第一次告别》）。

　　尼采十五岁就给自己写"自传"，相信真正造就一个人的并不是身外的大事件，而是内心经历的那些像肌体一样与他分不开的细微经历和事情。在当年一篇类似中学生回忆录的文字里，少年尼采就已对诗歌提出这样的要求："让诗从每一个词中显露出来"；"一首没有思想的诗，怎么堆砌意象和辞藻，都如同一只被虫蛀空了的红苹果"。③ 虽然早年那些"少作"青春之中

---

① 参看尼采《偶像的黄昏》（*Götzen-Dämmerung*），《德国人缺少什么？》；《全集》KSA 本，第 6 卷，前揭，第 110 页。

② 参看尼采中学时代自述《我的生活》（*Mein Leben*，1864 年）。这篇少年时的自传描述了他最初发现柏拉图和古希腊作品时的兴奋，以及对古典语文产生兴趣的过程。详见 Karl Schlechta 主编《尼采全集》（三卷本），第 3 卷，Carl Hanser出版社，慕尼黑，1966 年，第 118 页。

③ 参看 Karl Schlechta 主编《尼采全集》（三卷本），第 3 卷，Carl Hanser 出版社，慕尼黑，1966 年，第 35 页。

带有稚嫩,但尼采从未否定他青年时代的作品,每每回首往事,仍为那时"少年意气胜过酒"而心潮澎湃。甚至在他很晚的一些诗歌作品里,有些用词、意象和思路都可追溯到少年时。譬如《友谊颂》(*An die Freundschaft*)这首始作于二十岁的感人的诗,是到了近四十岁才完成的。

年龄,思想,作品,在一个人坎坷的一生中执一不失,哲人性情如此,又有何求。毕竟恋旧更催人老,——尼采不到三十岁就有紧迫的早夭感,辞大学教职后周游列国的浪迹生活,更添"半生颠簸"的感受。但在年近黄昏的时候,这些最后的诗,数量不多,小小一册,在宁静中透出一种哲人的冷峻和洞达,——达人知命,追怀往事成了文人身世一类的追记和补述。因此《颂歌》竟像是一部身不由己的封笔之作,字词之间,忐忑之中,充满个人经历的反省。

4

狂飙与奋进——怎么都忘了!《太阳沉落了》第三阕二节出现的这个核心诗句,如此的突兀和直白,以反问的形式追怀歌德和诺瓦利斯时代的理想,几乎打乱整部诗集的抒情格调。仿佛岁月匆匆,时不我待,必须有一部新的词选,来填补时过境迁的空白,——毕竟,他的诗歌写作是非常间断性的;同时又要标示出,这是一个延续的过程,而将要抵达的阶段,是从早年那种荷尔德林式的家园主题、骊歌与乡愁、歌德式的讽喻以及俏皮的格言短句中走出来,上升到一种几乎包容一生精神探索和哲学思考的博大的诗歌,包括他最熟悉的一些主题,诸如此在与人的有限性,"思想之思"或同一者的永恒轮回;而且,采用的不是随便哪一种形式,而是最古老的狄提兰卜诗体。

仿佛古老的事物中有一种永恒的精神,无论在任何时代,只要经过源头重新洗礼,就会发扬光大。品达在一首狄提兰卜颂歌(残篇)里就以诗人的名义("我,被推选的词语之人")追想狄俄尼索斯精神的伟大力量,连战神阿瑞斯的女儿哈耳摩尼亚(Harmonia)也遵奉宙斯之命,与忒拜城建城者卡德摩斯(Kadmos)结合生下一个辉煌民族①,给希腊大地带来繁荣。忒拜是诗人的故乡。品达诗中有 $\Delta\iota\omega\nu\upsilon\sigma[.]. '\,\vartheta. \ [\ldots], ' \tau[.]\gamma/\mu\alpha\tau\acute{e}[\varrho$("狄俄尼索斯,[……]母亲")这样的诗句。虽文句残缺难以辨读,或许我们可以推断,这里讲的莫不就是"狄提兰卜古歌"?尼采在他早年撰写的希腊诗歌及古典文史论稿中也多次提到这种"民族之歌"(Volksliede)的意义。

在一切显明的真理和一种手艺之间,尼采选择了后者。相对于那些"被历史证明了的"或者符合实存的真理学说,出自本原而又关乎本原的古老诗艺是更深邃、更广博而又靠得住的。

这就是为何尼采向当代人提这样一个问题:"今天'哲学家'还可能吗?"根据他的看法,"一个人只有按传统的观念真正过上了'非哲学'的生活,尤其不能活得像个谨小慎微的正人君子——才有可能依据经验对大问题作出判断。"②不然,今天所谓哲学家就不过是长了一千根小触角的"半吊子哲学家"罢了。这里讲"传统观念"指的是哪些呢? 当然包括诗和哲学。否则尼采不会在他那个时代的问题考察中指出:我们"没有荷马史诗来作为民族诗歌了! 没有伟大自然力的神性化了! 没有从语言亲

---

① 品达残篇 Teubneriana 本 fr. Δ. II=70b 79,＊208,＊323,＊249,81. K]ATA[BAΣIΣ] HPA-KΛEOY[Σ] H KEPBPOΣ ΘHBAIOIΣ. 详见《品达诗歌与残篇》卷二,*Pindarus Carmina cum fragmentis, Pars II Fragmenta. Indices*,第76—77 页。
② 尼采遗稿《1885 年 5－6 月笔记》[WI 3a. Mai-Juli 1885],35[24];《全集》KSA本,第 11 卷,第 518—519 页。

缘关系去对种族亲缘关系的推论了！没有对超感觉事物的智性直觉了！没有裹在宗教里的哲学了！"①这里所谓"非哲学的"生活，就尼采提及的那些侧面，就已经是希腊人意义上的日常生活，——思与存在同一，也即那种出于生活本身而全面创造生活艺术的生活。按照希腊人的理解，创造(ποιεῖν)在本质上是诗意的，故诗艺乃笼盖一切精神创造的手艺。谁能想象——有思想而无诗意，或者反之，有诗意而无思想，又是何物呢？至少在希腊人那里，谈论诗歌与谈论民主政治是同样重要的事情。

5

《颂歌》既以"澄明之气"开篇，想是让读者分享一件好事的吉祥气氛。似乎 1884 年秋叶红的时节，尼采在瑞士阿尔卑斯山中(可能是在西尔斯—玛利亚高山小镇②)写下这行诗的时候，有什么东西，不甚明朗，但就如同品达所讲可遇不可求之事那样——ἔρχεται δ' ἐνιαυτῷ，来到年月里了。尼采甚至春来拾寒枝，在笔记里私下引大诗人彼特拉克《家书》中的一句话来形容自己的心情："凡能领受神圣欢愉的东西，时时就在我手边。"③似乎

① 参看尼采遗稿《1885 年秋—1886 年春笔记》[NVII 2b. Herbst1885－Frühjahr 1886]，1[17]；《全集》KSA 本，第 12 卷，第 14 页。
② 1884 年 4 月 7 日，尼采在给挚友弗兰茨·奥弗贝克(Franz Overbeck)信中宣布，他已通过"扎拉图斯特拉"搭建起他的哲学"前厅"，现打算重返西尔斯—玛利亚，在那里一边修养一边静思，深入审视他的"形而上学和认识论"，用五年时间完成他的"哲学"起草工作。也是这个时期，尼采开始构思一部"专门的"诗集。参看 Karl Schlechta 主编《尼采全集》，第 3 卷，Carl Hanser 出版社，慕尼黑，1966 年，第 1217－1218 页。
③ 语出彼特拉克(Francesco Petrarca, 1304－1374)《家书》第 19 卷第 16 篇：hinc mihi quidquid sancti gaudii sumi potest horis omnibus praesto est(*Rerum Familiarum*, XIX, 16)。参看尼采遗稿《1884 年夏秋笔记》[WI 2. Sommer-Herbst 1884]，26[338]；《全集》KSA 本，第 11 卷，第 239 页。

一句好诗带来的不是一时的灵感,而是一生的安慰。

> 在澄明之气里,
> 当露水的恩泽已霈然
> 降向大地,
> 看不见,也无声无息
> ——踏着轻履而来
> 这慰人的露彷佛一切慰的施主——

　　"澄明",abgehellter[1],《颂歌》开篇第一行出现的这个词,令许多考据家着迷并倾注不少笔墨。据考,此词原是酿酒业专词,与 abklären 同义,指酒经滗析后变得清纯。借用此词来形容空气清朗亦有出处,见于 17 世纪德国诗人弗莱明[2]的作品,但在尼采生活的时代已属罕用旧词。尼采 1874 年一篇有关德语文体的笔记里记有这一表达法。[3] 这篇笔记是一份用于修辞研究的词例表,想是尼采闲时读书随手抄录下来的。这份词例表多是形象化用词、古词、方言或罕用词。令人意想不到的是,有些词例如 aller Wein muss erst *abliegen*, bevor man ihn trinken kann("酒放醇了才好喝"), das Jahr *klingt ab*("一年时光萧

---

[1]　abgehellter,德语动词 abhellen 的过去分词;句中作形容词,阴性,单数,第三格。此词收于格林兄弟编修的《德语大词典》(*Deutsches Wöterbuch*, Jacob und Wilhelm Grimm);据柯利本注释(KSA, Band 14, p. 342),尼采使用的版本为莱比锡 1854 年版本。

[2]　弗莱明(Paul Fleming, 1609—1640),德国巴洛克派诗人,作家,职业医生,主要作品均在身后出版。著有诗集《先行者》(*Prodromus*, 1641)、《德语诗》(*Teutsche Poemata*, 1646;1651 年版本更名为《宗教与世俗诗选》*Geist- und Weltliche Poemata*)。

[3]　尼采遗稿《1874 年岁末笔记》[UII 7c. P II 12a, 220. P II 12b, 59. 58. 56 End 1874],37[1];《全集》KSA 本,第 7 卷,前揭,第 825 页以下。

萧而过"），es gehet *gegen den Abend*（"时近黄昏"）等，十年后竟在《颂歌》的笔法中留下痕迹。像 bei *abgehellter* Luft（"在澄明之气里"）就不用说了，尼采几乎是套用了这个句式，但也足见诗人遣词之考究。"澄明"是一种吉兆：天色渐明，大气清和，事物变化朝着好的方面。作者选择这个酿酒专词来形容空气清朗，似乎也别有一番用意——这部诗集本是题献给酒神的。

　　　　　——踏着轻履而来

　　来者其谁？任何预兆都充满不确定性。"轻履"，此物出现在此颇为蹊跷，给读者带来意想不到的惊喜。我们会想到中国古代"云履"、"雨屐"那类轻便的足依之具。古者所谓轻履者远行，说的是思路敏捷，对事物有独到见解的人可以走得更远。要之，则尼采这句诗指的就是此种情形了。

　　用拟人化的足踏屐履来形容物象轻盈，古已有之，譬如萨福就写过"瞧，晨光正穿着金鞋走来……"的诗句①。显然《颂歌》的笔调远没有萨福的诗那么明亮，没有伟大的日出，没有清晰的路径，诗的步履每一次都得从事物的神秘性中踏出一条路来，而黑暗中迎上来的事物也不是探手可得的，还得由诗人将 *Verklärung und Fülle*［神采和充盈］置入其中，使之从古老的存在中绽放出来。——踏着轻履而来，这句话似乎告诉我们：诗的到来总是一个神秘的事件，必须学会倾听诗的步履从现实中踏过时绽放出来的东西。尼采相信，即使从认知出发，那种属于

①　萨福（Sapphō）残篇 12：ἀρτίως μὲν ἀ χρυσοπέδιλλος Αΰως. 参看《阿尔凯奥斯/萨福合集》（*Alcée/Sapho*），布德本（Budé），美文书局（Les Belles Lettres），巴黎，1989年，第 202 页。

古老事物的神秘类型仍然是有用的:"轻盈的脚步或许也属于'神'的概念……"①所以我们在诗中看到,雨露降向大地,诗人想象的不是天时地利或大自然的恩宠,而是一位足踏轻便雨屦茕茕走来的"施主"。这来者,"看不见,也无声无息"——但我们有这样的经验,听得夜露沙沙的人,是能听见脚步声的;春雨潇潇时,静思中的人也会有这样的联想。尼采可能受启于古代希腊人净身仪式上"水娘"(λουτροφόροι)所着之干净轻盈的鞋子,他对此有专门的研究。② 其实希腊人的"水娘"都是年轻少女,角色类似民间祝人,尤为新出嫁女子在婚夜前以壶汲水行婚浴礼者,在某些祭祀场合更被视为人神之间的媒介。古代婚俗中的浴礼有多层意义,一来为新人自新,可除去旧日生活的痕迹;二来水滋润万物,能给新娘增加生育能力。品达《奥林匹亚颂歌第一》开篇即言 Ἄριστον μὲν ὕδωρ("水乃万有之首")③,可见 ὕδωρ[水]在希腊人的信仰和精神世界中的地位。另据尼采解释,古代送净身水的"水娘"也叫做"露女"(ἐρσηφόροι),在行祭仪前用壶将夜露清泉送进庙堂。我们有关思想和灵感的讨论,往往在神秘事物的门槛止步。其实神秘事物闪现之际,往往是思想畅通之时。

这里,从诗歌想象中神秘地出现,那足踏屦履悄然而来的

① 参看尼采遗稿《论神的概念史》(*Zur Geschichte des Gottesbegriffs*),《1888 年 5—6 月笔记》[Mp XVII 4. WII 8a. WII 9a. Mai-Juni 1888],17[4];《全集》KSA本,第 13 卷,前揭,第 523 页以下。

② 参看尼采《希腊人的祭神仪式》(*Der Gottesdienst der Griechen*),法译本,Editions de l'Herne,巴黎,1992 年,第 167 页以下。

③ 品达《奥林匹亚颂歌第一·单骑优胜者叙拉古人希伦赞》(*ΟΛΥΜΠΙΟΝΙ-ΚΑΙΣ I, ΙΕΡΩΝΙ ΣΥΡΑΚΟΥΣΙΩΙ ΚΕΛΗΤΙ*)。详见 Teubneriana 本《品达诗歌与残篇》卷一,*Pindarus Carmina cum fragmentis, Pars I Epinicia*, Post Brunoem Snell, edidit Heruicus Maehler, Bibliotheca Scriptorum Graecorum et Romanorum Teubneriana, Leipzig, 1989 年,第 2 页。

"施主",莫不就是一位诗歌的"水娘"?

　　天朗气清,诗人终于看到了降向大地的甘露,激动之情溢于言表,一颗焦渴的心等来了拯救的时刻。雨露"霈然降向大地"被形容为"一切慰的施主"。慰(Trost)或慰者(Tröster),在诗人的语汇里是精神的拯救之源;而在人与万物那种隐秘的关系中,是一种天赐。所以我们在与《颂歌》相关的一个手稿残篇中看到,诗人对天赐之物表达了感恩之情:

> 把蜜端来,清凉的蜂房之蜜!
> 我以蜜献,祭万物之施,
> 祭天赐,祭善者——:升华吧心灵![①]

　　可是,继之而来的结局却令人困惑:诗人不仅没有表达出常人所冀的那种"升华",反而自愿沉入黑暗。这是何故?

　　在起意构思一部"诗集"前若干年,尼采一直在思考他所发明的"同一者轮回说",并为此拟定了一份纲要[②],打算深入探讨"此在"漫长阶梯上"通往自由之路的不同等级"以及由此涉及生存状态的那些方面,诸如"生命的减轻,降低,变弱,乃至转化",包括"我们的知识和迷茫,我们的习惯和生活方式"带来的影响。

---

① 此残篇未收入柯利本(KSA本)相关卷;仅见于 Richard Oehler 等主编的 Musarion 版《弗里德里希·尼采著作全集》(*Friedrich Nietzsche Gesammelte Werke*)第 20 卷(诗歌卷),列残篇 N°123,编入该卷附录《狄俄尼索斯颂歌手稿片段》(*Bruchstücke zu den Dionysos-Dithyramben*);Musarion 出版社,慕尼黑,1927年,第 249 页。

② 这份题为《同一者永恒轮回纲要》的哲学提纲,就是学界津津乐道的尼采之"西尔斯—玛利亚天启"。1881 年 8 月初,尼采在瑞士阿尔卑斯山海拔六千公尺高山小镇西尔斯—玛利亚(Sils-Maria)突得灵感,悟出"同一者永恒轮回"的道理。参看尼采遗稿《1881 年春秋笔记》[M III 1. Frühjahr-Herbst 1881],11[141],《全集》KSA 本,第 9 卷,前揭,第 494 页以下。

　　说来这些都是人最具体的事情,用在文学上大抵可以囊尽
人生最琐碎的细节了,但越俎代庖用一种哲学语言来描绘应由
诗歌来做的事情,恐怕风马牛难相及。不过尼采指出,惟有如此
做哲学,方能使我们自身"*形名实归*"(uns selber *einzuverlei-
den*)。既然在为一部诗集寻找形式,想必也会思考以什么方式
来表现这类问题。在同一年代一份题为《新生活方式刍论》的写
作提纲里,尼采定下了调子:"以狄提兰卜颂歌的方式去把握。
'Annulus aeternitatis'[永恒轮回]。渴望再次经历一切,永远
再生活一次。"提纲中并称,这将是一部"永不间断的变形记"。①
看来,至少从 1881 年秋起,以"狄提兰卜颂歌的形式"写一部作
品的愿望,在尼采心中已经成形了。

6

　　熟悉尼采手稿的人都知道,尼采是个习惯于同时为多部著
作拟提纲、做笔记和写随想录的人;诗歌写作时有稍歇,也从未
中断。但在早年的诗歌创作热情退居其次后,他所写的诗多半
是为哲学著作准备的,且多是格言警句一类短诗。起意出一本
专门的诗集,大致是在 1884 年《扎拉图斯特拉如是说》卷四行将
截稿的时候。

　　是年秋,尼采拟定一份篇目,按计划诗集至少收录诗作 25
首,其中有些篇章已大体完成,另一些看来仅写出片段或拟出诗
题。由于这些诗稿达于很高的火候,有细心的研究者以为,篇目
中大部分作品可能已经完成,我们现在不得而见,许是后来手稿
佚失了。这种说法的可能性不大,尼采手稿保存相当完好;估计

---

① 尼采遗稿《1881 年春秋笔记》[M III 1. Frühjahr-Herbst 1881],11[197],《全
　集》KSA 本,第 9 卷,前揭,第 520 页。

部分作品并未写出,仅存诗题。我们现在想搞清楚的是:尼采当年打算写一本什么样的诗集,谋篇有哪些材料,立意是什么?

从当中不少诗题推断,从现代回到希腊思想的地基,或者说重新搭建通往希腊精神的桥梁,应是诗集的主题,或主题之一,假若诗人还想表达别的东西的话。《颂歌》从构思到完成前后长达五年,写出的诗稿片段多达160多个,而最终成书仅短短九章,想来应是一段漫长思考的结晶。篇目中原出现的《致希腊人》、《对一种高尚灵魂的向往》、《午夜出游》、《论最长的阶梯》、《红叶》、《蜜献酬谢》等题,虽未能成篇,但仔细揣摩,我们会发现不少东西,而且在现存的《狄俄尼索斯颂歌手稿残篇》里都能找到对应的痕迹。

譬如《红叶》(*Das rothe Blatt*)这一诗题下,我们看到作者已拟出题旨:"但愿我勿错过那么多好东西而空手离去。"我们虽然无从知道这首诗的具体内容,但如果一个人懂得谈论"好东西",并且在短暂的一生中不愿错过,一定是个有生活情调的人。这种生活态度,尼采把它称作"我的'歌德'性情":"享受事物,乐见其成。"[1]这是《颂歌》编定之前不久,也是精神崩溃前两个月,尼采写下的话,期待生活中有一个金黄的秋天和满地果子;到那时,人也可以期待别的东西,——"十月的阳光升到精神的山顶"。《颂歌》中《太阳沉落了》一诗多少言及这类事情,想来不是附带一笔。尼采多次提到读歌德作品给他带来的享受,并说人生中经历的那些不起眼的小小无限之物是要有闲情去征服的[2]。大抵在人的生活中,没有这份"闲情",所谓人生,我们的

---

① 参看尼采遗稿《1888年10月-11月笔记》[WII 9c. Oktober-November 1888],24[10];《全集》KSA本,第13卷,前揭,第634页以下。

② 参看尼采遗稿《1886年夏-1887年秋笔记》[NVII 3. Sommer 1886-Herbst 1887],2[26];《全集》KSA本,第12卷,前揭,第194页。

此在之路，就恐怕什么也看不见，只能是在灰暗的万物中走一遭了。"好东西"是建构生活的需要，也是人担当"此在"之苦难建立共同路标的价值风景线。好东西是需要品鉴的，假若我们强作解人，尼采这段题旨似与《颂歌》中某些段落以及残篇中多个片段的语境都能联得起来。譬如残篇 WII 10a 94：

> 勤勉，适意：
> 所有日子金灿灿的为我升起
> 而且始终如一。

　　当然，一首未竟之作总是有其理由的——内在的，外在的，心境的，传记的，或者一时一地的。譬如西尔斯-玛利亚的红叶，诗兴，自然之思，目光，尺度或者过度人性化之虑，诸如此类，都可能使一首未完成的诗成为作者的小秘密甚或永恒之谜。我们还是遵照诗人保守秘密的心愿，将它束之高阁为好。
　　尼采说过，最好是别让诗人去受仓促阐释之苦，而是乐于保持远景的不确定性，似乎道路依然敞开，可以通往更广阔的思路①。

7

　　似乎 1884 年秋或 1885 春尼采着手为诗集做准备时，头脑里早已装着一个计划，布局谋篇尚未成熟，但有些东西已经理清头绪。及至 1887 年前后，一个新思路诞生：如何在精神、真理和诗的关系中，将哲学与感性的形式结合起来；而早年搁置的一些

---

① 参看尼采《人性的，太人性的》卷一，《出自艺术家和作家的灵魂》§ 207；《全集》KSA 本，第 2 卷，前揭，第 170 页。

言路,譬如悲剧精神的解释,此时也由于面对现实的需要而亟待重新加以厘定。

总之,一个老课题重新分蘖发枝,是需要新的范式的。在一则题为《我走向"言是"之新路》的哲学笔记里,尼采这样写道:

> 我的新版悲观主义,乃是对此在[Dasein]那些可怖的和成问题的方面作自由的探查,故以往种种表面现象在我这里变得明朗了。"一个人究竟能承受或者敢于承受多少'真理'?"此乃精神力量本身的问题。在这种形式中,这样一种悲观主义或许能够达于对如此这般的世界作出狄俄尼索斯式的肯定:达于永恒轮回的绝对愿望,藉此提出哲学和感性的一个新的理想范式。①

这里讲的"感性"形式,在尼采的语汇里指的就是艺术,首先是诗歌。眼见一批新作初具规模,大致可以凑成集子了,尼采对自己筹划了三年的单行本"诗集"显然有一个基本的定位:它应是一部从狄俄尼索斯精神出发的作品,也是某种新诗的"理想范式",主旨是对"此在"那些成问题的方面作自由的探查。这是尼采建构同一者永恒轮回说的一个课题,也应该是诗集的内容。

在悲观的地基上建立起来的狄俄尼索斯哲学,因其起点之高("精神力量")以及对问题所设的深度("原苦"),反而是更乐观的,恰恰能解决精神如何承担真理的事情。尼采那个时代占主导地位的思想景观(康德,谢林,黑格尔)依然是最高的,但他并不认为德意志的古典哲学能让人对未来有很高的期待,因为

---

① 尼采遗稿《1887年秋笔记》[WII 2. Herbst 1887],10[3];《全集》KSA本,第12卷,前揭,第455页。

形而上学最基础的一些东西被人当做"陈旧"给抛弃了,或者是绕过了。这就是为什么近代哲学巅峰期的影响力尚未过去,尼采宁可另起炉灶,回到被斥为"玄幻"的古典形而上学,不仅将"同一者轮回说"阐述为当代哲学新的重心,——某种整体性和"同心圆"理论,而且把"此在之思"视为人的生活"一切分量中最沉重的分量"①。这种个人的学术转向,这种逆时代潮流的勇气,是需要眼光和判断力的。

　　正是在尼采退回到古典的地方,哲学反能显出可靠、稳健、创新和乐观的底气来。海德格尔就持这样的看法:尼采借助希腊人的诗歌传统,使形而上学走上完成之路。《颂歌》是一部立足于现代人的作品,不是故事新编;这就好像旧壶装新酒,就看这种新狄提兰卜能不能容得下古老而伟大的韵律了。其实这也无需强求,后世尝试狄提兰卜古体诗的人,包括歌德在内,都在语言和形式上有相当的自由度,而不是把这种诗体当做一副胸甲来使用。尼采认为诗不可没有韵,但主张用韵自由,并批评普拉滕(August von Platen)和荷尔德林的诗韵律过于齐整,缺少飘逸之气②。总之,尼采诗艺娴熟,否则不会冒着为思想而写蹩脚诗的骂名,至少这些诗歌在现代性与传统之间不让人觉得复古,而大胆以概念入诗,雅词俗词一起登堂入室,令人想到希腊抒情诗第一人阿基罗库斯不拘一格的诗风,加上尼采特有的冗长"独白",这些都给狄提兰卜古老体裁带来了新意。

　　这里也许有必要提到一个不大为人注意的插曲:按尼采初

---

① 参看尼采遗稿《1881 年春秋笔记》[MIII 1. Frühjahr-Herbst 1881],11 [141],11[143];《全集》KSA 本,第 9 卷,前揭,第 494－496 页。

② 参看尼采遗稿《1884 年春笔记》[WI 1. Frühjahr 1884],25[172];《全集》KSA本,第 11 卷,前揭,第 59 页以下。

时构想,《扎拉图斯特拉如是说》全书结束时,应有一篇表现这位古波斯拜火教创始人最终下山"心碎于野"的狄提兰卜长诗收尾①,标志一个思想阶段的结束,登上一个新的阶梯。看来这首跋诗未及写出,而构思却延展扩大,是为《颂歌》九章之由来,也未可知。

还记得吗?——这个转折来得太快。《颂歌》的叙事刚一开始就发生逆转,几乎就在诗人报知"露水的恩泽"披向大地的消息之后,我们随即进入作者急于引出的主题:"日之恶兆"。在枯黄的草径上……风景骤然改变,作者接下来仅用四行诗就把事情交代了。

> 而在枯黄的草径上
> 黄昏那不祥的夕阳视线
> 正穿过黑暗的树林朝你奔来
> 那耀眼的余晖,好像幸灾乐祸。

这个过渡段引出的是一个回忆。其间穿插两组关于"诗人"的叙事,读来像是寓言:苍鹰,猎豹,尤其那匹"悠哉讽世,悠哉鬼雄,悠哉渴血"的猛兽;但诗人显得干瘦,如空山中发出狂笑的一个影子。好在诗的首尾有一个衔接,使叙事得以保持平衡和宁静。

这段回忆从一个寂静的黄昏开始。好像发生了事情。人的目光与"夕阳视线"这种主观化的东西交碰在一起:日之夕矣,——落寞感,仓促感,将熄者,将灭者,以及某种从黑暗中奔

---

① 参看尼采遗稿《1884－1885 年冬笔记》[ZII 8. Winter 1884－1885],31 [17];《全集》KSA 本,第 11 卷,前揭,第 365 页。

来的东西,即使作者不用特意去点出其中的"不祥",这些东西在心理层面激起的想象也足以让读者去揣测命运那类事情了。这种笔法,我们在《扎拉图斯特拉如是说》的老巫师故事里已经习以为常。但在这里,在《颂歌》开篇的这首诗里,这段有关"从前"的往事追忆,在时间上究竟是什么时候呢?是诗人年轻的时候吗?是那个"被开水烫过",对德国唯心主义感到失望,名叫尼采的年轻人吗①?或者更早,更远——另一个时代,其意义非同一般,譬如我们上文提到的希腊神话启示衰落的时代,而那种思想史案例在任何一个时代都可能碰上?

这里我们遇到了难题。诗人没有言明时间,但诗歌隐喻或许能告诉我们一些事情。诗人这样描述自己的一段经历——

> 我自己就曾这样沉沦,
> 出于我的真理猖狂,
> 出于我的白昼思盼,
> 倦于旦日,病于光明,
> ——沉下去了,向着黑夜,向着阴影

从"你"转换到"我",叙事者身份依旧不明,地点不明,但叙事空间扩大了。诗中这个"我"是谁?如果此书不是托一个希腊神的名义,我们会说这是尼采的故事。但既然这些诗被放在一种精神源泉的名义下,我们也会说,在叙事上这是一个人的阅历;在历史时间中,这是一个有关诗人和思想史的"往事",否则

---

① 尼采早年的这段思想自述,见于遗稿《1885 年秋—1886 年秋笔记》一段有关他青年时代治学的总结,[WI 8. Herbst 1885—Herbst 1886],2[162];《全集》KSA 本,第 12 卷,前揭,第 144 页。

这首诗不会以"诗人"这一广义身份说话。这个接近尾声的段落显得滞重，仿佛有过一个历史关头，这个历史关头或许还在重复或延续。谁又能知，这位诗人难道不是同时在讲他自己和"诗人们"的故事呢？

眼下，我们暂且将讨论局限于诗的语境：《颂歌》卷末《论最富者之贫》一诗言及"十年大旱"，渴望有一场甘霖来拯救一个人精神上的枯竭。如果在诗集总体结构中此诗是一种前后呼应，那末从倒叙来看，开卷所言"澄明之气"就是好天气和一场及时雨了。

8

如往昔的诗人所述。[①] 尼采想恢复一种"思想诗"——循希腊人的路子，形式上介于诗和诗体散文之间，尝试新的话语，但保持着古老的形式和韵律。这里，且不说古老的格律是不是一种包罗万象的形式，单就这个想法而言，就足以表明这是一场诗歌冒险。总之尼采相信，如果有一种综合了思想与艺术的伟大"诗歌交响曲"，那就是希腊人的狄提兰卜颂歌。[②]

以今人的看法，诗歌表达被请出严格分门别类的抽象世界之后，诗人就没有退路了。但尼采写作《狄俄尼索斯颂歌》的年代，距诺瓦利斯建构一种百科全书式诗歌札记的努力不到一百年。这里，并非思想取代了诗，而是两者同行，惟重心发生了变化：无论生活描写多么丰富，诗之言里须有某种关于存在的东西

---

① 尼采《狄俄尼索斯颂歌》，《在荒原女之乡》篇，《全集》KSA 本，第 6 卷，前揭，第 384 页。另参看《扎拉图斯特拉如是说》卷四，《全集》KSA 本，第 4 卷，前揭，第 383 页。
② 参看尼采遗稿《1871 年笔记》[UI 4a. 1871]，9[57]；《全集》KSA 本，第 7 卷，第 295—296 页。

被说出。否则，诗歌这门手艺很可能真的就被请出思想领域而丢掉它古老的本色，变成一件语言劳什子，除了将世界抒情化，再多也就是满足于用生活表象缝缀情感小外套罢了。《颂歌》的一个残篇说："你们把古老的词语打造成法则：法则高耸，生活却僵化了"①。这就是将诗歌"专业化"的结果。我们还是听从先哲的劝告，让语言保持自由为好。

创造灵魂，发明灵魂，是文艺复兴以降诗歌走到尼采这一站发生的变化。仿佛《人性的，太人性的》中那个"行者"与他的影子现在倒过来了，影子走在了前面，成了更生动、更实质性的东西。所以诗人大抵赞同这样的说法：理想比皮囊有血有肉②。希腊人说"出离此在"，这话不单是经验之谈，也是在哲学上讲的；他们并不觉得灵魂离开肉体是一件多么悲哀的事，反而是值得庆幸的。按希腊人思问题的方式，这种"出离"何尝不是进入存在之思呢，尽管事情与死有关。尼采相信，知识中一些古老的错误对保持人性是有益的，而真理在多大程度上能承受这种谬误，那就是思想家的事情了。

也许，诗歌更能承受古老的错误。通常人们思考精神生活，只想到那是一种与现实距离遥远的寄托，譬如宗教感情一类，只能作为静思的功课；而尼采以为，肉身之所以沉重，是因为人实际上在精神生活中同时也惧怕精神生活，譬如原罪、积德与来世。精神领域是远比其他一切领域更危险的。尼采在谈到伦理和精神生活时就有这样的感慨："对于一个思考我这类问题的

---

① 尼采《狄俄尼索斯颂歌手稿残篇》[WII 10a. Sommer 1888]，20[128]；《全集》KGW 本，第 VIII/3 卷，前揭，第 374 页。

② 尼采中期诗作《致理想》(*An das Ideal*)："我几乎变成影子，而你有血有肉。" Musarion 版《弗里德里希·尼采著作全集》(*Friedrich Nietzsche Gesammelte Werke*)第 20 卷（诗歌卷），慕尼黑，1927 年，第 142 页。

人,危险始终是迫在眉睫的,那就是自我毁灭。"①精神是什么?希腊人讲灵魂(ψυχή),首先是指宇宙本原之物在人身上的寄存方式,因而也是生命的原则,即人获得生命的方式,所以"精神"是攸关性命的。至于其他的,譬如像留基伯(Leucippos)讲灵魂是火做的,泰利斯(Thales)讲灵魂与宇宙万物掺杂,都是早期哲学家对宇宙本原的看法,将精神实体化。

　　精神内在于人又外在于人,这种观念带来的恐惧,与人对神物的敬畏是同样古老的。既然精神可以被预设为世界之本原,精神的危险必是两极化的东西了,既是赋灵者也是毁灭者。这就如同鬼火追来抓住肉身——鬼魂附体,按俗世的说法,遇到这种情形就看是福是祸了。但精神作为意志,是有选择权的。我们今天似乎把精神单纯当做人格来看了。在古代,精神是某种超验的、独立于时间的东西——世界之本原。在1887年一篇哲学思考笔记里尼采就已指出,任何对存在问题的哲学追问都不能离开形而上学最根本的逻辑学传统:"将'精神'设为世界的本质;[也就是]将合乎本质的东西设为逻辑性。"②正是这种将超验的本原之思设为逻辑性,开启了我们能够接触"存在"的全部哲学前景。按亚里士多德的看法,哲学本不是解决所有分门别类"科学"问题的,其关注的是存在(Sein)及相关的问题。照此传统,在哲学、科学与诗之间,哲学是更接近诗的;诗歌之所以能让人听见那种被描述为本原的ψυχή[灵魂,生命]而不至于被理性摒斥为玄幻,原因就在于诗能承受古老的经验。

---

① 参看尼采遗稿《1885年秋—1886年春笔记》[NVII 2b. Herbst1885—Frühjahr 1886],1[1];《全集》KSA本,第12卷,第9页。
② 尼采遗稿《1887年11月—1888年3月笔记》[WII 3. November 1887—März 1888],11[84];《全集》KSA本,第13卷,第41页。

　　星星的残片：
　　我用这些残片打造我的世界①

　　但是,如何在一部现代风格的"诗集"中去表现一些"古老的经验",这是需要想象力的。

　　尼采似乎很长一段时间在题材和内容方面犹豫不决。譬如笔记手稿中有多个"阿莉阿德尼片段",显示作品重心有新的变化。究竟是重写阿莉阿德尼这个人物与狄俄尼索斯的故事呢,还是继续已经熟手的扎拉图斯特拉题材,尼采一直在权衡思量。可以肯定的是,书的形式和主旨已确定:这将是一部融哲学与感性形式(诗歌)于一体的书,内容是探讨"此在那些成问题的方面"和人的自由之路。

　　假定这本在年月中酝酿未定的书就是后来的《狄俄尼索斯颂歌》变身,或者多少与之有关,我们在欣喜和把来阅读之余,又如何从这些诗歌中读出作者的"意图"来呢?

　　看起来好像是成问题的。——这些诗并没有告诉我们任何答案。我们甚至没有看到那克索斯岛的阿莉阿德尼新故事,或者一个能让读者摸得着的狄俄尼索斯形象。这个神本应占据诗集的中心,但他只是在一首诗的结尾偶尔露面便离去了。如此一来,整个场景便留给了叙述者和他的造物。叙事者时而开言称"我",时而称"你",叙事也以交叉、转换、切入的方式行进,时而平铺,时而倒叙,除了"从前"、"正午",除了"我有生之日",没有一个确定的时间和地点。至于内容,诗中提到"真理"和"最高的存在",提到"最后的福",提到诗人、上帝和隐士,提到命运,深

---

① 尼采《狄俄尼索斯颂歌手稿残篇》[WII 10a. Sommer 1888],20[124];《全集》KGW本,第VIII/3卷,前揭,第374页。

渊,灵魂,死亡,人世间的铜板……这么多的核心词语,这么多的
主题和侧面,这么多的层次和递进;可以想见这里面阅读的难
度。好在作者技巧娴熟,没有让设置的这一道道概念石坎成为
诗歌的绊脚石。但是,人的自由之路又是如何从这里,从这些阶
梯,从"此在那些成问题的方面"凸显出来呢? 这些诗又如何成
为一种新的"理想范式"的呢?

　　也许读者会说,不要紧,文学就是文学。的确,我们是在和
诗歌打交道,而不是与纯粹的概念打交道。——这些诗歌是需
要从文学欣赏角度去阅读的,也就是容忍纯诗的存在。

9

　　柏拉图讲语言的统一性在于 τινὸς εἶναι λόγον [言乃言及某
事物之言]①。文学上所谓手法使事物多了一层甚至多层色
彩,——审美的,艺术的,心理的,这并非艺术家故弄玄虚,而是
设法让人从生活的表象中去抓住所言之物,而非凭空想象。故
诗之言无论叙事还是隐喻,皆蒙上一层主观性的投影。我们在
审美世界期待的奇迹,与现实世界及其规范距离越大,就越有震
撼力,但理解就如同万有引力那样,往往把奇迹拉回到现实中
来,奇迹顷刻破碎。如果鉴赏只是抓住"奇迹",没有抓住"作
品",我们对艺术的期待就可能落空了。

　　一件成功的艺术品是理应获得某种持久性的,但持久的未
必就是合乎真理的东西。艺术品的魅力在于形式,因为形式是
我们创造出来的,形式承担了我们称之为个性的那一切。但形

---

① 柏拉图 Σοφιστής (《智者篇》) 262e: Λόγον ἀναγκαῖον, ὅτανπερ ᾖ, τινὸς εἶναι λόγον, μὴ δὲ τινὸς ἀδύνατον. 详见布德本(Budé),美文书局,第 5 版,巴黎,1969 年,第 381 页。

式也要求我们对事物宽容和持守尺度。尼采对此有独到的观察："诗人首先要准确地看事物，尔后再模糊看一遍：有意将它遮蔽起来。[……]本质应透过外观而显露出来。"①这个有意遮蔽，是不是艺术的普遍形式另当别论，在审美上却是物性本身的要求；惟其如此，事物才得以保存它们的丰富和完满。艺术欣赏的角度就不同了，文学的隐喻就如同"阿莉阿德尼之线"，它可以搭救一个读者，也可以使一个读者走失。

　　既然如此，追问所言就是必不可少的了。

　　自由的本质是什么？尼采对康德认识论多持批判，但在历史哲学上他赞成康德的一个基本看法，人的自由意志是绝对的，是超越一切时间和历史条件的，故归根结底自由只有在先验哲学的基础上才是可设想的。康德谈到自由的二律背反时，指出那种仅把自由视为历史因素和心理事件的观点与最高道德律（先验的自由）发生冲突："这里我们检视的只是事件在时间序列中链接的必然性，仿佛是按自然规律而产生的，于是乎可以把这个过程赖以发生的主体称为'物质自动机'[automaton materiale]，因为这部机器是由物质来推动的，或者像莱布尼兹那样，称之为'精神自动机'[automaton spirituale]，因为是由表象来推动的；然而，倘若我们意志的自由不过是这后一种（某种心理学上的和比较的，而非先验的因而是绝对的东西），那么这种自由说穿了还不如一柄旋转烤肉叉，烤肉叉一旦上紧了发条，也会自行完成它的运动。"②在《颂歌》写作年代的一篇读书笔记里，尼

① 尼采遗稿《1876年笔记》[NII 1. 1876]，16[21]；《全集》KSA本，第8卷，第291页。
② 《实践理性批判》(Kritik der praktischen Vernunft)，《康德著作全集》(Kant's Gesammelte Schriften) Akademie-Ausgabe本，第5卷，Gruyter出版社，第97页。亦可参看韩水法中译本，汉译世界学术名著丛书，商务印书馆，北京，2000年，第106页。

采几乎对康德这段论述作了逐字逐句的释读。① 尼采似乎赞同,自由只能作为存在者(Wesen)的本质来思考,不依时间为条件,既不是现象,也不是表象,而是自在的。不过这里须小心,尼采一方面认为康德的批判主义是近代哲学"最好的出路",一方面又批评康德虚构出一个先验的世界,给"道德自由"留一席之地②。在自由问题上,他在康德那里兜了一个圈,先是批判康德历史哲学只看到"道德程序",而后又经由他称之为"超验审美"的本源说,以迂回方式最终又回到康德意志自主论(先验的自由)上来的。因为他也注意到,康德谈到我们这些作为自在之物的"在世的能思者"与不受时间支配的"原始存在者"的关系时所说的那个被形而上学的武断大师们挪移的"难点",恰恰就是古典形而上学的灵魂。

《颂歌》第四篇《猛禽之间》是讲自由两难之境的。这首诗在日期上完成很晚,大致可确定是1888年秋冬在都灵写成的,但诗的题旨可以追溯到尼采搭建其哲学"前厅"的年代,甚至更早。1881年的一篇哲学笔记可作为这首诗起源的一个附注。文中写道:"认知者要求与事物达到统一,并且把自己看做是分离的——这是他的激情。要么一切融化进知识,要么他自己消解在事物中——这是他的悲剧。后一种情况是他的死亡及其感人的那面;前一种情况是他尽力将一切造就成精神。"③在一切正义理论里,自由奠立自身,但人所能赋予自由的最高意义在很多

① 参看尼采遗稿《1886年底－1887年春笔记》[Mp XVII 3b. Ende 1886－Frühjahr 1887],7[4];《全集》KSA本,第12卷,第269页以下。
② 参看尼采遗稿《1885年秋－1886年秋笔记》[WI 8. Herbst 1885－Herbst 1886],2[165],《1887年秋笔记》[WII 1. Herbst 1887],9[160];《全集》KSA本,第12卷,第147页,第430页。
③ 尼采遗稿《1881年春秋笔记》[MIII 1. Frühjahr-Herbst 1881],11[69];《全集》KSA本,第9卷,第467－468页。

时候并未超过激情给予的一切。所以自由之最通常的解释乃是寻求意志与存在达于统一,这也说明认知及其目的天然地包含在自由之中了。认知的激情将自身看做生存的目的,一旦激情否认了目的,那就等于把自由当做随风倒的墙头草了。这个自由的悖论只能用它自身的意义来解释:没有自由,也就没有生存感人的那一面。"激情"——这个词很容易被人当做诗歌之物从哲学中剔除,但在这里,在尼采的哲学语汇里,这个词不过是自由本质的代名词,具有"此在"(Dasein)的一切特性。通俗地讲,激情无非就是生活中的那些热情、奔走和渴望。这是朝向自由的意志,但意志本身并不自由,而是可能导向两极:要么在求真的愿望中将认知的一切造就成通向自由之路的"精神";要么认知者失去路标,将自身等同于纯粹的客体而消失在他所探问的世界里。根据尼采的意见,这后一种情况就是人的悲剧。人把自身看做是"分离的"——这是非常希腊的东西,后世思想史(譬如拉丁世界的伟大诗人卢克莱修)都达不到这样的高度。"分离的"意味着存在之割裂,同时又意味着此种从自身发端的相异性(自由与保全)总是产生一种两者牵连,这就如同 sein[存在]这个动词的变格那样(*bin*, *ist*),总要依语法规则在"存在"的统一性中从词形的相异导回它自身的统一。这个过程发生在精神的行为中,"主语"起决定的作用。我们大致可以理解《颂歌》中那些涉及此在"成问题"的方面了。《猛禽之间》那些压着"无数重负"的形象是可以接受的,但远不是人们想象的那样自由的。

> 你为什么
> 用你的智慧之绳缚住自己?
> 你为什么
> 把自己引到那古蛇的天堂?

　　历史的滞重性本就是"此在"滞重性的特征,但自由的阶梯上人每走出一步,都是指向那个绝对的、终极的目标:自由。这个词在尼采那里并不轻易出现,因为言说这个词需要一点基础的东西,才有可能将这个词放入真理建构的基石之中。康德和整个德国古典哲学所要返回的起点,就是如何把存在放回它的基石。但这个基础并非一劳永逸地备好了,而且人们对它的解释也远不能达成一致。谈到现代性的那种乐观(譬如他称之为"全球管治"的民主趋势),尼采对知识中遏制精神和诗性的东西始终怀抱古老的敌意。这不是人们用"生命哲学"这个轻率的评论就能解释的,"生命哲学"只是尼采涉入生物学-人类学领域的一段弯路。他对"现代"的古老敌意比人们想象的还要古老。你可以说尼采恪守古人做学问的方式,但更深的原因毋宁是坚守家园。因为尼采注意到,对存在本质的追问早已先期地进入历史,但形而上学的现代命运发生了变化,它在尺度下严格区分的东西被人工构建成更大的"主权价值",而它被抽掉的恰恰是它曾经被构想的更高的东西,以至于今天人们可以用自由去取代生存,或者用生存去取代自由,——当差异被如此拉平或取消,同样以基本学说的名义行使世界管治权的现代进程中,即便自由的人也不能决定他们的命运了。这就是为什么尼采在同一年代一篇有关自由问题渊源的讨论提纲中特别提到我们时代的一个现象:"……与更古老的、依附的等级相比,正在变得自由的个体却反而有更多的不愉快以及大量的灭亡。"①尼采的这个观察与他对"现代"的总体思考紧密相关,我们似乎不能简单地把它视为一份有关时代评论的"哲学报告"。

---

① 参看尼采遗稿《1881 年春秋笔记》[MIII 1. Frühjahr-Herbst 1881],11[182];《全集》KSA 本,第 9 卷,第 512 页。

我们在《猛禽之间》一诗中看到的那个"双身人"形象,不是在《颂歌》创作年代才产生的,早在1875年撰写论文《狄俄尼索斯的世界观》的年代,这个形象就已鲜明地出现在他为哲学史研究准备的材料中了。尼采称之为人的"诸可能性"和"困境",——这两个词语恰如其分地展示了一些东西。如果我们不介意尼采在哲学文本中使用"激情"这个词过多的感性成分,人正是这样一种激情:"两种敌对的、朝不同方向驱策的欲望被迫套着同一副牛轭行走;一个要认知,必须一再地离开人们生活的土地,进行毫无把握的冒险,另一个要生活,必须一再地触摸到一个大体上安全的、可以站立的地方。"①这对"同轭牛"——尼采关于个体自由的形象描绘,一方面是自由的冒险,另一方面是生命与个体的保存,两者本质上是自由与存在的同一,也是自由自身奠立的基础和保障。如果我们追溯到自由观念的起源,其存在论意义大抵包含在尼采这段话里了。

自由按其存在论渊源的理解,可以归结为这两样东西:关于人自身生存的知识和冒险,一个大体上安全的、可以提供对人保全的家园。后一方面涉及建制、权利和法。对于人偶然来到世上,这种苛求已经够大限度了。所以形而上学从一开始就提出:为什么人从踏进此在之路的那一刻起,自由就是他的问题?今天人们基于一些事件的解放意义而认同的那些历史价值,包括其最激进的方案,丝毫也没有减轻这个问题的分量。何况我们远不能说现存的哪一个制度下,这个问题已不成其为问题,或者说在哲学和正义理论中已经解决了。

历史或有一个终结,但自由远不是一场"废奴运动"就能解

---

① 尼采遗稿《1875年夏笔记》[UII 8c. Sommer ? 1875],6[48];《全集》KSA本,第8卷,第115—116页。

决的。尼采以康德在哲学上的隐喻方式谈到我们自身的这个"世界"靠什么来"打造"时，——"永恒的图集"讲的仍然是形而上学超验领域的那些本原之物和最高原则，否则我们就没有一种东西来作为此在臻于完满的尺度和终极目标。Dasein［此在，在那儿，在世，在……］，已经不是一个简单的自然法则或历史学事件，而是在者出现，在那儿了，——作为 $\psi\nu\chi\eta$（生命）也好，作为 $\nu o\tilde{\nu}\varsigma$（努斯）也好，或者作为尼采所说的人、诗人和思想家的那种共性也好，必敞向其本质的完成。这就是《太阳沉落了》一诗中尝试以诗的或日常的语言描述的东西：das Glück。尼采使用的这个德语词正是亚里士多德意义上的 $\varepsilon\dot{\nu}\delta\alpha\mu\nu\nu\dot{\iota}\alpha$［福］，人的生存之义指向的完满状态。照海德格尔的意见，亚里士多德这个词指的就是"作为 $\psi\nu\chi\eta$［生命］的完满存在"，并且是作为 $\tau\dot{\varepsilon}\lambda o\varsigma$［终极目标］来构想的[①]。人生来自由，这个绝对的、先验的真理就携带在人的身上，即使在不自由的时代。

　　　　——夜啊，寂静啊，那静得像死一般的喧声！……

　　这是《声名与永恒》第三阕中关于"星空"的描绘，那种璀璨和用光年计算的"寂静"是要用眼睛去倾听的，不仅是用耳朵。但"寂静"又是一种需要保存的距离，——惟此，人才拥有天命。与较早的稿本比较，这节诗里增加了"茫茫灯海"（Lichtmeere）一词，仿佛那是一种与人世相应的"万家灯火"，这使得"星空"多少具有了可接近的东西。对形而上学的需求，总是意味着人们

---

①　海德格尔在其早期著作中对亚里士多德 $\varepsilon\dot{\nu}\delta\alpha\mu\nu\nu\dot{\iota}\alpha$ 一词的"存在论含义"有详细的论述。参看《海德格尔全集》第 19 卷《柏拉图：智者〈1924－1925 年冬季学期〉》(*Platon: Sophistes〈Wintersemester 1924/25〉*) § 25，Vittorio Klostermann 出版社，1992 年。

需要从偶然性的世界里寻找一种意义，而诗在这一点上恰恰不难为哲学。它需要的是一点听觉和灵感。难怪尼采在稿本中抱怨人们缺少听力，对天命的召唤视而不见。我们看到，在这首诗后半部分两个最"哲学化"的段落（第三阕和第四阕），尼采仍以另一种方式向康德致敬，以表达对康德"遥望星空"那种让人永远思念的感情。当一个人站在星空和大地之间思考人为什么站在这里，那"最高的存在之象"带来的惶恐仅仅是惶恐吗，那里面难道不是也有一种可能的福分吗？

　　　　必然性的标志！
　　　　永恒的图集！

　　康德在哲学使命上的那种"惶恐"，在尼采这里找到了诗的表达。说到底，这种被预设为终极目标的"幸福"，并且被思作世界秩序的必然性和一种最高的逻辑，只有在康德所讲的"思辨的实践领域"才是可能的。如果我们注意到，这些意图从形而上学思路去建构的诗歌中"偶然"也出现一些历史因素，譬如同一首《声名与永恒》中描绘的那种时代气息，那种缓慢的，几乎是市井的、常态的或人性的东西——譬如出卖灵魂，在"铜板"与"喧声"中行世的功利主义，待价而沽的消费文化，或者道貌岸然的伦理家或社会学家那点"小趾头上的正义感"（残篇 WII 20a 38），就可以想象康德所讲的自由的两难处境是多么深重。按康德的看法，即使我们承认历史的推动力（康德表述为"自然机械作用"）有助于解决此种两难之境，但如果我们以历史必要性的名义（这种名义在社会革命的口号下非常流行），从绝对的自由概念中抽掉任何东西，都有可能使自由蒙受灭顶之灾。所以在尼采对康德的解读里，"自由在现象世界，无论外在的还是内在的，都是不可设想的"①。自由的本质就在存在的本质之中。所以,必须提出这样一个问题:如果我们接受自由这个最高目标,就必须同时追问:一个处在历史时间中的人"能够承受或者敢于承受多少'真理'?"首先,真理是什么? 按古典逻辑学的传统,真理只能是亚里士多德意义上的 ἀλήθεια②,它不是某种自在之物按其方式

---

① 尼采遗稿《1886 年底—1887 年春笔记》[Mp XVII 3b. Ende 1886—Frühjahr 1887],7[4];《全集》KSA 本,第 12 卷,第 270 页。

② 参看亚里士多德《形而上学》(Metaphysik)1012a:

ἔτι πᾶν τὸ διανοητὸν καὶ νοητὸν ἡ διάνοια ἢ κατάφησιν ἢ ἀπό-φησιν –
τοῦτο δ' ἐξ ὁρισμοῦ δῆλον – ὅταν ἀληθεύῃ ἢ ψεύδηται·
ὅταν μὲν ὡδὶ συνθῇ φᾶσα ἢ ἀποφᾶσα, ἀληθεύει, ὅταν δὲ ὡδί,
ψεύδεται. ἔτι παρὰ πάσας δεῖ εἶναι τὰς ἀντιφάσεις, εἰ μὴ λόγου
ἕνεκα λέγεται· ὥστε καὶ οὔτε ἀληθεύσει τις οὔτ' οὐκ ἀληθεύσει,
καὶ παρὰ τὸ ὂν καὶ τὸ μὴ ὂν ἔσται, ὥστε καὶ παρὰ γένεσιν καὶ
φθορὰν μεταβολή τις ἔσται. ἔτι ἐν ὅσοις γένεσιν ἡ ἀπόφασις τὸ
ἐναντίον ἐπιφέρει, καὶ ἐν τούτοις ἔσται, οἷον ἐν ἀριθμοῖς οὔτε
περιττὸς οὔτε οὐ περιττὸς ἀριθμός· ἀλλ' ἀδύνατον· ἐκ τοῦ
ὁρισμοῦ δὲ δῆλον.

自亚里士多德做出关于真理的表述以来,围绕真理的本质,真理是否"判断的真理",真理与 λέγειν(因而也是言与思)关系诸问题的讨论,学界迄今并无一致的定说。海德格尔有关亚里士多德和真理问题的论述见于他 1924—1925 年冬在马堡大学的授课讲义《柏拉图:智者〈1924—1925 年冬季学期〉》(Platon: Sophistes〈Wintersemester 1924/25〉),《海德格尔全集》第 19 卷,Vittorio Klostermann 出版社,1992 年。至于尼采有关真理(Wahrheit)、现实性(Wirklichkeit)和实体性(Substanzialität)及相关问题的论述,散见于他 1885—1887 年"知识理论重建期"的部分哲学笔记,参看遗稿《1884 年冬—1885 年笔记》[ZII 10. Winter 1884—1885],34[132],34[247],34[249],《全集》KSA 本,第 11 卷,前揭,页 464,页 503—505;《1885 年 5—7 月笔记》[WI 3a. Mai-Juli 1885],35[37],《全集》KSA 本,第 11 卷,前揭,页 526—527;《1886 年夏—1887 年秋笔记》[N VII 3. Sommer 1886—Herbst 1887],5[19],《全集》KSA 本,第 12 卷,页 191 以下;《1887 年秋笔记》[WII 1. Herbst 1887],9[89],9[91],9[97],9[98],《1887 年秋笔记》[WII 2. Herbst 1887],10[19],《全集》KSA 本,第 12 卷,页 382—392,页 465。

回到人的认知里,而是在人的语言中并通过思来完成的,是人说出和思出的东西;尼采用德文表述为"Für-wahr-halten"["推定为真"]。这种基于信仰而作的"推定"总是意味着,真理判断不仅仅是判断,同时也包含一种思的权利,是人投入所思之物的价值判断在综合的基础上形成的见解。亚里士多德虽然强调真理须在真伪之间做出甄别,但他没有将问题的讨论圈定为非此即彼,而是给寻求真理留出了一个中间地带($\mu\varepsilon\tau\alpha\xi\acute{\upsilon}$),或者说预设了一个"中项"。这是亚里士多德真理学说中最关键的一点,这个敞开之处既给后世留下诸多疑难,也给真理本身及其讨论开辟了广阔的视域。

正是在亚里士多德留出这个"中项"的地方,尼采做出他独具创见的诠释。

首先在他看来,真理不是现成的,不是已经存在于某处只需去发现的东西;真理是"有待创造的东西,它名义上支持一种过程";真理阐释应被作为认知的一个无限程序,是主体去主动规定[aktives Bestimmen],而不是意识到什么永恒的"自在"之物①。亚里士多德提出的这个"中项"不是"真"和"伪"之间的一个模糊区域,而就是真理的"地点",只有在这里才可以展开真理的思想视野。真理本质上是思想之事。因为按亚里士多德的看法,如果我们回到这个中间"地点",首先迫使我们讨论的就不是某事物本身真不真的问题,而是此事物在某人看来真不真的问题。不是说到了这里柏拉图所讲的真理的"共识"就受到了怀疑,而是说当一个人面对事物需要说清楚时,真理这回事就是思想之事。这样,真理的重心就移到思和言这方面来了。

---

① 参看尼采遗稿《1887年秋笔记》[WII 1. Herbst 1887],9[91];《全集》KSA本,第12卷,前揭,第385页。

　　根据亚里士多德的意见，这不是一般的重心移动，而是 *ἀνάγκη πρός τι ποιεῖν ἅπαντα καὶ πρὸς δόξαν καὶ αἴσθησιν*［所有要做的事情都得整个放到思和感觉这方面来］①。

　　此语甚明，真理有待思来完成。亚里士多德这段话不仅讲到真理与思的关系，也讲到思不能脱离直觉和感性，并且使用了 *ποιεῖν* 这个在存在意义上最凝聚希腊精神的词。这个词按希腊人的理解，指的是一切创建意义上的劳作，包括思想和作诗；这个词也意味着我们创造出来的作品（*ποιητόν*，*ἔργον*）总是有一个作品之为作品的指向，使生活中关系到我们自身的一切不复是权宜之计，而是成为人的此在（das menschliche Dasein）得以永远更新的世界基础。

　　如此说来，真理是关涉到在者的真理，是在一个生成的世界中能够定固下来的东西，否则我们就不能谈论真理有何意义。因为说到生活（这个词本身的伦理涵义大得骇人！），其作为意愿的本质方面究竟在哪里呢？按尼采的看法，使人能活下去的东西是信仰："生活乃建立在对某种持久因而有规律地回返的东西的信仰之假设基础上。"②看来我们不得不对真理的构成这类问题做一番追问。

　　诗人在《颂歌》中对"真理"提出疑问，但没有做任何暗示和解说。诗人不急于下结论。因为按传统的见解，诗律是有约束的，譬如韵脚和节奏，我们甚至不能说它与思无关；还有修辞和章法，大抵也包括吾人所说的赋比兴，——所有这些诗本身要求的特性，都是让无序的事物按美的节拍飞翔起来。所谓"言近意

① 亚里士多德《形而上学》（*Metaphysik*）1011b。
② 尼采遗稿《1887年秋笔记》［WII 1. Herbst 1887］，9［91］；《全集》KSA 本，第 12 卷，前揭，第 385 页。

远合《三百篇》之旨",是也。所以,诗总是让诗人切记 μέτϱον ἔχειν σοφίης [掌握智慧的尺度]①那类古训的。假如真理始终是关涉到存在的真理,譬如尼采说"幸福只有在在者身上才能得到保障",又说"惟有接受在者才能思想和做出结论"②,那么,真理的事情是否也应以"在者"为条件呢?尼采在 1887 年秋的一篇哲学手稿里写道:

> 人释出自己的求真本能,在某种意义上也就是把他的"目标"投到自身以外,作为**存在着的**世界,作为形而上学世界,作为"自在之物",作为业已在手的世界。
> 人作为创造者的需求,本身就已发明这个他参与创造的世界,并且预先去把握它:这种预先把握(这种对真理的"信仰")就是人的支柱。③

预先把握(Vorwegnahme),筹划一个世界和来临的东西,此即信仰之筹划,故真理包含了思的权利。这是尼采对亚里士多德那个真理"中项"作出的最重大解释。这个解释使得信仰和

---

① 此语见于亚里士多德所著《奥科美那斯政制》(Όϱχομενίων πολιτεία)一书记叙。传说赫西俄德去世后,其故乡阿斯克拉(Ascra)被泰斯庇斯人(Thespies)所毁,劫后余生的居民逃到邻邦奥科美那斯;奥科美那斯人接纳阿斯克拉人的同时亦尊赫西俄德为先贤,遂将其遗骸迁葬城内,在墓碑上题一铭文:"永别了,你两次年轻,因得两次归葬,/赫西俄德,你知道把握人类智慧的尺度。/此乃因他逃过了老年,两度安葬。"(Proclus, 361, 25＝Aristoteles, *frag.* 524 ed. Rose)。另有一旧说,称此碑铭出自赫西俄德之手,参看《品达全集》(*Pindare*)卷 IV,美文书局,前揭,第 237 页。

② 参看尼采遗稿《1887 年秋笔记》[WII 1. Herbst 1887],9[60],9[89];《全集》KSA 本,第 12 卷,前揭,第 365 页,第 382 页。

③ 尼采遗稿《1887 年秋笔记》[WII 1. Herbst 1887],9[91];《全集》KSA 本,第 12 卷,前揭,第 385 页。

真理之间那片迷茫的空地连接了起来,并由此夯实了一条可通行的小路:藉此在真理的问题上在者得以通向语言之路。在真理问题上,所谓"有待创造",并不是说我们可以任意"创造"真理。真理不是现成的,真理始终是人投给物并在其本质中定固(确定下来)的思,真理之为真理的明晰性亦由此得到规定。所以自古诗人有这样的说法:ἀεγιλιπής δ' ἐφάνη [(真理)在大白中出现]①。大白即明晰。欲求明晰,只有思是可通达之路。所以,真理作为在者的权利(Recht)就是要求首先要把真理的起点看成是一种神秘的东西,它不排斥筹划,又严谨地容纳存在之思,从而借助语言、思想和判断在不确定性中达到知识与事实相符。不然,真理之无据亦可能使真的真理也成为空无,而我们也会像诗人说的那样,——跛足骑马,到了终点也要跌下来的。

10

至此,问题似乎并未完全解决。《颂歌》中的那位诗人对真理和信仰还是提出疑问:"你,真理的情人?"这个疑问是对诗人而发的,但我们也会注意到,前引尼采《我走向"言是"之新路》那篇重要哲学笔记里,"真理"这个词被打上了引号!

《疯子也已! 诗人也已!》这首诗,以比兴起首,以危言收篇,即使我们不去细究每行诗背后潜在的"思想材料",仅以欣赏者的眼光也能读出一点名堂来。这首诗是讲"真理"问题的,但不是按真理的流俗方式,譬如"永恒真理"那一类,而是把真理作为问题来讲。在尼采生活的年代,一个做哲学的人不能不知道,亚里士多德"中项"提出的任务远未廓清地面,而古典形而上学的

---

① 《阿基罗库斯残篇》(*Archiloque Fragments*),fr. 251,布德本,美文书局(Les Belles Lettres),巴黎,1968年,第70页。

更新还得应对咄咄逼人的现代性挑战。先是那种"严肃"到要将一切问题"科学化"的大势头,包括对康德和黑格尔历史主义误读的影响,要把先验思想中一切无条件的"本原"统统逐出认知领域,结果是抽空形而上学的灵魂。更令尼采忧虑的是某种"世纪之交"的症状再次来临,继宗教改革和"思想界的平民主义"之后,"现代性"旗号下前呼后拥的"世界主义"大有把知识界弄成"五光十色印象"大卖场的危险①。尼采的危言或过于笼统,但他确实认为现代人对"真理"的理解离希腊人奠定的东西已经太远了。我们时代的"一切响声、噪音、公众事务、整个的政治近景、日常生活、岁末集市乃至'时代'这个词"几乎每天都在制造着一种当下效应②。如果还有一个人胆敢援引古老原则来谈论真理,他可能会被视为彻头彻尾的"疯子"!

　　在希腊人建立神示所的时代,任何"真理"的阐释都是命运关天的;似乎中国殷商占卜社会也有类似情况。当然那种情形不能与今天的知识研究同日而语,但尺规毕竟存在下来。当知识中出现真理泛滥,若非思想界出了问题,就是有些东西大打折扣了。尼采不止一次提到那种动辄提出的"整套知识体系"乃至思想"骗局",并建议人们破除权威膜拜。因为历史证明,社会的权威需求越是急功近利,产生的越是"将批判理性的全部工作变为奴仆"的学术庸人③。

　　尼采坚持这样的看法,在哲学领域,当现代知识整体上还未

---

① 参看尼采遗稿《1887 年秋笔记》[WII 2. Herbst 1887],10[18];《全集》KSA 本,第 12 卷,前揭,第 464 页。

② 参看尼采遗稿《1885 年秋－1886 年秋笔记》[WI 8. Herbst 1885－Herbst 1886],2[183];《全集》KSA 本,第 12 卷,前揭,第 157－158 页。

③ 尼采遗稿《1886 年末－1887 年春笔记》[Mp XVIII 3b. Ende 1886－Frühjahr 1887],7[4];《全集》KSA 本,第 12 卷,前揭,第 259 页。

能逾越古典的基本概念和基础,任何侈谈建构体系的想法不是幼稚就是欺人之谈,只要回头看一看,"一切哲学体系就失败了;希腊人比任何时候都大放光彩,尤其苏格拉底以前的希腊人"①。也许较好的做法是,现代人把眼光放远一点,才可能建构新的东西;而一个面对未来的思想家,基于历史的一系列不确定性和暂时的基本估计,正确的方法应该是以一种"暂时地、尝试性地、预先准备并提出问题"的方式提供一部可供人们思考的思想著作,而不是教条地建构一种看起来完美而又安全的哲学体系。尼采这种偏执的背后可能潜藏着一个更深的信念,那就是相信哲学并不是为一切理论发明的,而是为生存发明的,譬如伊壁鸠鲁那种"哲学是生命的艺术"的看法。不过,反对建构体系并不意味着尼采轻视有条理的写作。譬如他认为希腊古哲那里就有值得效仿的系统化方法,尽管平庸之辈可以认为那些残篇里充满了真理与谬误的混杂,但不可否认的是,在这种完全个性化和随意眼光的另一边,"'体系',或者至少体系的一部分,也是这片土壤上生长出来的植物……"②可以想象,他那些杂乱无章的笔记和思想片段,也是一种按生活的方式去记录、整理和将事物系统化的努力。这是一种常年的、细致的工作。它更需要的是一点能在时间中感觉到肉身存在的生理学,而不是案头边的裁纸刀。所以尼采认为,"几乎每个作家都只写一本书。其余的只是序言,试笔,解释,补遗"③。

---

① 尼采遗稿《1884 年夏秋笔记》[WI 2. Sommer-Herbst 1884],26[43];《全集》KSA 本,第 11 卷,前揭,第 159 页。

② 尼采《希腊人悲剧时代的哲学》(*Die Pholosophie im tragischen Zeitalter der Griechen*),《全集》KSA 本,第 1 卷,前揭,第 801 页。

③ 尼采遗稿《1876 年 9 月笔记》[MI 1. September 1876],18[27];《全集》KSA 本,第 8 卷,前揭,第 321 页。

这种个人的知识生活并不像尼采经常说的那样孤高和远离凡尘；他还是谈论"权威"的，那是另一种权威，需要信仰和理解，又要有诗歌和灵感，同时又容忍批评和成见："我的思想涉及到太高和太远的事物，只有个人最大的压力加进去，它们才可能起作用。也许，对我这个权威的信赖，要在经过几百年之后才会强大到足以让人们能够毫不羞愧地，像对待古典作家（例如亚里士多德）那样，严肃认真来解释这位权威的书。——对这样一个人的信仰应该加强，以便他的著作找到必要程度的知音：相信也好，成见也好。这也是为何人们对'灵感'总是那么执着：现在呢……"①当然，尼采在这里谈论的不光是他自己，而是期待更多像他这样的思想家出现。

现在呢……? 关于人类的知识和生产，尼采在 20 世纪到来之前就已预见到这样一个总的趋势，他称之为"人与人类消耗越来越经济"的时代。这将是一个"巨大的过程"（ungeheure Prozeß），由于"利益与效率的'机器'啮合得越来越紧"，这条路上正在出现前所未有的"人的机器化"，即技术对人的奴役。目前这个过程还在延续和加强，而尼采的预见似乎早已被人遗忘了。

"人的机器化"——技术全球化时代的历史特征，不幸被尼采言中。科学以牺牲人作为代价来换取进步，不再是人们在后工业时代谈论的幻象，而确确实实是一个旷日持久的历史进程了，其普遍的文明史特征是"适应、平坦化、较高的中国人状态、本能的谦虚以及在人的渺小化中满足"②。尼采这个归纳是否

---

① 尼采遗稿《1881 年秋笔记》[MI II 4a. Herbst 1881]，15[40]；《全集》KSA 本，第 9 卷，前揭，第 648 页。
② 参看尼采遗稿《1887 年秋笔记》[WII 2. Herbst 1887]，10[17]；《全集》KSA 本，第 12 卷，前揭，第 462 页以下。

准确,可以讨论。但我们这个时代的全球信息化和技术化对人类社会影响之深远,恐怕是尼采始料不及的;但他不认为这个过程本身是历史的宿命,而是把它看做一个必然来临的过程,伴随着人能够在其中找到最好意义的"人世间的经济总体管理",但须有一种"反向运动"来纠正历史的偏差。这就是要求人们在追问技术目的的同时,必须有足够的力量出来反对大众化的"被拉平者"(Nivellirten)并与技术社会保持距离。尼采希望这个过程将产生"综合的人",——作为技术时代的思想家、艺术家、诗人和反动派,他们能够将"人的机器化"转变为构筑"更高存在形式"的前提和底架。若非如此,技术全球化的巨大过程就不过是人的异化和"人整体上变渺小"——尼采称之为"大倒退现象"。

"荒原生长了:祸兮,护荒者!"这是尼采一个多世纪前发出的警告。在日常生活技术化后果显露的今天,追问技术目的人依然寥寥无几,证明思想敌不过大众兴趣,有机物的世界正在成为精神和无机物混合的世界。"人的机器化"乃是技术时代对人的系统训练和驯化,包括手指的程序化和大脑的屏幕化,在尼采看来就是人类现代形式的荒原化了:人沦为日常的"工业消耗者"。尼采的"都灵遗稿"中有一页写于 1889 年 1 月 1 日的手稿,语调诙谐地将《狄俄尼索斯颂歌》题献给法国诗人孟德斯(C. Mendès):"八首①未曾发表、闻所未闻的诗,献给伊索林的诗人,我的朋友和森林之神;但愿他能将这份礼物传达给人类。"献辞的落款颇为滑稽:"尼采·狄俄尼索斯"。尼采的这份给人类的礼物,一本诗集,——《狄俄尼索斯颂歌》,究竟要传达什么信息? 匈牙利裔日耳曼学者波达赫(Erich F. Podach)考订后以为,尼采草拟的这段"献辞"不足为据。他认为那时尼采已经

---

① 诗集最终编定实为九首,最后增加的是《最后的愿望》一诗。

失去头脑。不过,这页手稿的下半部倒是值得重视。经尼采涂改,字迹几乎辨认不清。波达赫颇费力气辨读了文中划去的所有字句,发现这页手稿是对《颂歌》诗集中第二篇《在荒原女之乡》的最后校改。尾声扩充的五行诗,大概就是这个时候添上去的。

　　　　石头磕石头,荒原在咀嚼和吞咽。
　　　　饕餮死神露出发亮的深暗目光
　　　　不停啃食,——它的生活就是啃食……

　　　　被享乐烧焦的人呀,别忘了:
　　　　你——就是石头,荒原,死神……

　　《在荒原女之乡》是一个欧洲人对古老"东方"的回忆。这个欧洲人的"东方"是一个"还不知道在真理和诗之间加以区分"的国度,那里没有欧洲那样的理性批判运动,但"也没有思想"。尼采笔下的这个欧洲人就是他自己。他的"东方"概念很宽泛,有时指小亚细亚,即亚洲思想通往希腊的门户;有时指中国,孔子、儒家和中庸之学;有时指印度,释迦牟尼、佛教和吠檀多哲学。他担心,虚无主义的欧洲也可能要"荒原化"了。值得注意的是,尼采上面提到的历史异化中使用了"中国人状态"(Chinesenthum)一词,并一度警告欧洲也可能出现这样一种"欧洲的中国状态"①。尼采并非第一次使用这个用语。他以往不同时期的撰述中不止一次提到那种曾经以儒雅著称、恒久不变、平

_____

① 参看尼采遗稿《1884年春笔记》[WI 1. Frühjahr 1884],25[222];《全集》KSA本,第11卷,前揭,第72页。

静的"中国状态"的东西——"作为延续精神之最重要纪念碑的中国人的思维方式"①。从历史角度讲,这是一种客观延续的古典史,带着它几乎由自然法支撑的强大等级制度,以及在平静缓慢的习惯性中日益沙化的个体和家族社会。尼采认为,这种古典史的延续不可能成为思想史的典范,它的进程中更多的不是人的提升,而是人的渺小化。尼采这个善意的批评今天是否已被历史修正或改变了? 不管我们同意不同意尼采的论断,就知识、思想和自身遗产的继承和创新方面,在我们这个"人的消耗"越来越经济的时代,并没有发生奇迹,"适应"和"平坦化"仍然是一个基本估计,甚至是主要的估计;而这,也许更重要的——是"精神"本身的问题。

11

如此说来,我们靠近了精神(der Geist)的源泉——尼采称为拯救之源:"精神乃是这样一种东西,它拯救我们,使我们不至于彻底烧毁,变成焦炭。"②这大致解释了为何《颂歌》开篇提出一条思想者自救的道路。那个讲述自己斗争"经历"的诗人,清醒地"在人身上看到既像上帝又像绵羊",最后的结论还是:走进黑夜。

　　　　于是我克服了一切"必须"……
　　　　从此不再迁就任何"必须"……③

---

① 参看尼采遗稿《1881 年春秋笔记》[MIII 1. Frühjahr-Herbst 1881],11 [262];《全集》KSA 本,第 9 卷,前揭,第 541 页。
② 尼采《人性的,太人性的》(*Menschliches, Allzumenschliches*)卷 I,637;《全集》KSA 本,第 2 卷,前揭,第 362 页。
③ 尼采《狄俄尼索斯颂歌手稿残篇》[WII 10a. Sommer 1888],20[25];《全集》KGW 本,第 VIII/3 卷,前揭,第 357 页。

　　精神正是这样一种东西，它激励和催策，但同时只有在精神燃烧并有毁灭之虞的情况下，也就是在人克服自身的情况下，才将人投向自由之路。这首多少带有荷马笔法的诗，如果不是冒险去讲信仰之困难，很可能就是另外一种诗，而我们大抵也用不着去嫌弃诗中那个"诗人"因一些概念词语弄得形象"干瘦"了。

　　归结到人的自由之路，这些诗是有节制的。自由的阶梯上，每一步都会遇到何去何从的问题。《颂歌》诗集中那些依次出场的人物形象和他们多少有点怪异的变形物，包括他们看起来"成问题"的方面，在人是某种应克服的东西的意义上，是可以接受的。如果没有对超验事物的把握，这类语言创造物会是什么呢？尼采很可能被视为搬神弄鬼的诗人，而我们也几乎无法从逻辑角度去把握他的作品。

12

　　如果我们追问诗意，其从何来，诗意纯粹是人的作品即某种被创造出来的东西么，还是说与我们发生关系的这个世界以某种基础被揭示的方式，在我们劳作的创造性中带出什么东西，譬如先于一切诗歌的"原诗"？这个问题是海德格尔在尼采之后提出的。

　　根据尼采的思路，若要就此问题给出一个可能的答案，首先必须解决另外一个更基本的问题：无条件的东西能否构成一个有条件的世界的基础？按照今天知识论方面已经相当宽容的领域，这个命题也不见得是十分有把握的，尽管海德格尔所说康德为形而上学二次奠基开拓的存在论内在可能性理所当然包含了这项内容。或许，假如我们能够退后一大步，譬如退回到尼采所

说的"作为必要性的事物之背面"去①，这个"背面"（Kehrseite）
就会透出一线真理之光来。

可是，这种"后退"可能吗？根据常识，"此岸"和"背面"是没
有通达之途的。海德格尔讲"芸芸众生的基础乃是自然"。但尼
采认为，我们构筑的这个现实世界的真实性（Wahrhaftigkeit）本
质上是违反自然的。我们生活于其中故得以"直面"芸芸众生构
成的在者世界，但除了芸芸众生，除了日常以及每个人据此构筑
的一个"天地"视角，也即这个杂多的"生成者"世界和"现象界"
的一部分，似乎看不到"本质存在"（Wesen）的东西。

这个世界缺少本质存在的东西，那么我们用什么去衡量在
者作为一个世界自立的基础呢？人与存在那种既远又近的距离
究竟是一种实存的关系，还是虚无缥缈的东西？人如何去把抓
这种关系？

似乎自然总是从"背面"驱逼和要求我们，迫使我们按常人所
说的"返璞归真"去看事物。所以诗人说过这样的话："若想绕物
而视，脑袋后面也得长一对眼睛"②。如此说来，我们从在者的世
界看事物还是有另一种可能性的，譬如越过语言回到物那里去。
是否如此一来，思所面对的就是"存在"本身了呢？越过语言意味
着什么，这种可能性如何可能？没有语言，我们怎么去设想存在？

假如这在知识上实属必要，这种"越过"也只有在形而上学
整体理论的内在性之中才是可能的，但也不因此就说我们能对
本原之物提出多少论据。涉及到本原，论据永远都是匮乏的。
事实上，我们从未越过语言，也不可能越过语言；我们"越过"的

①　参看尼采遗稿《1887 年秋笔记》［WII 2. Herbst 1887］，10［111］；《全集》KSA
　　本，第 12 卷，前揭，第 519 页。
②　尼采《狄俄尼索斯颂歌手稿残篇》［WII 10a. Sommer 1888］，20［97］；《全集》KGW
　　本，第 VIII3 卷，前揭，第 370 页。

只是按语言习惯表达的东西。亚里士多德在讨论阿那克西曼德的τὸ ἄπειρον［无限者］时，认为"无限者"是超越一切事物原则的[1]；故无限者乃是保藏一切先验之思的处所。但也不是说如此保藏者就是自明之物；本原仍然有待人的领悟并将它揭示出来。老子讲"道可道，非常道"，深得此义。如果不是冒险去碰这个形而上学逻辑的最高准绳，就不会有尼采所说的作为基本意志的"记忆"，也不会有海德格尔所说的"原诗"和先在的"语言"。正是踏入这个必要的"背面"，这个迄今仍由阿那克西曼德神秘地雄踞的无限者领域，哲学意义上的越过语言追问才成为可能。越过，不是到达空无，而是进入另一种语言；尼采称之为"指号文"［Zeichenschrift］。他认为，形而上学最古老的形式那里本身就已存在一种作为"原诗"的语言。这个看法最早见于他1869年一则有关毕达哥拉斯派的哲学笔记[2]。

　　这则笔记只是列出一个选题，尚未来得及展开；但时隔十多年后，这个有待研究的选题恰好衔接了尼采"知识理论重建期"最后几年关于形而上学与最高逻辑范式的思路。

---

① 参看亚里士多德《物理学》(Φυσικὴ ἀκρόασις)，III, 4, 203b：

> ἅπαντα γὰρ ἢ ἀρχὴ ἢ ἐξ ἀρχῆς, τοῦ δὲ ἀπείρου οὐκ ἔστιν ἀρχή· εἴη γὰρ ἂν αὐτοῦ πέρας. Ἔτι δὲ καὶ ἀγένητον καὶ ἄφθαρτον ὡς ἀρχή τις οὖσα· τό τε γὰρ γενόμενον ἀνάγκη τέλος λαβεῖν, καὶ τελευτὴ πάσης ἔστιν φθορᾶς. Διό, καθάπερ λέγομεν, οὐ ταύτης ἀρχή, ἀλλ' αὕτη τῶν ἄλλων εἶναι δοκεῖ καὶ περιέχειν ἅπαντα καὶ πάντα κυβερνᾶν, ὥς φασιν ὅσοι μὴ ποιοῦσι παρὰ τὸ ἄπειρον ἄλλας αἰτίας, οἷον νοῦν ἢ φιλίαν· καὶ τοῦτ' εἶναι τὸ θεῖον· ἀθάνατον γὰρ καὶ ἀνώλεθρον ὥσπερ, φησὶν Ἀναξίμανδρος καὶ οἱ πλεῖστοι τῶν φυσιολόγων.

② Das Wesen der Musik als Wesen der Welt — die pythagoreische Anschauung. / Die Dichtkunst.［音乐的本质作为世界的本质——毕达哥拉斯的观点。/诗艺。］参看尼采遗稿《1869年冬-1780年春笔记》[PI 15a. Winter 1869-70-Frühjahr 1870], 3[46]；《全集》KSA本，第7卷，前揭，第73页。

在 1869 年那则简短笔记里，青年尼采的表述还不是很清晰也不是很直接的，他只是在毕达哥拉斯学派将"音乐的本质作为世界的本质"来揭示的条目下，提出"诗艺"和诗的本质问题。这个思路后来成熟，尼采于 1881 年秋，——其时他因严重的偏头痛在阿尔卑斯高山小镇西尔斯—玛利亚休养，提出"原诗"（Urgedicht）和"原始作诗"（Urgedichtung）的概念①，并把它归为语言中最古老的根源，作为我们在"创世"和起源问题上重建世界观和维持与万物本真关系的依据。柏拉图《蒂迈欧篇》讨论过这个问题。柏拉图讲，在我们将宇宙与万物的存在方式区别之后，对于生生灭灭的万物，其创造或来源皆是精神性的，难以作为一个确定的"创造者"来认识，我们充其量只能将其视为感觉世界中的事情，但并不妨碍我们将这个无形的万物之父称为抽象意义上的"诗人—创造者"（ποιητὴν καὶ πατέρα）②。一种关于"原诗"来源的理解，它在语言和创世的神秘性之间画上等号。"原诗"是什么？在这个古老的问题上，尼采坚守了实证主义出现后几乎被理性主义和科学思想破除的形而上学最后一道防线。柏拉图讲的"创世"是存在的，"创世"作为对世界的一种构象与我们的知识活动有关，甚至就是知识活动本身的目的。这种建构起来的世界图象，只是我们凭认知所完成的我们与世界的关系。这种关系的决定性起点在哪里呢？尼采有这样一个形象的说法：我们作为世界的认知者或图象建构者，无论经由哪些科学手段，最终"绕了一条弯路又回到我们这里来"③。因为是

---

① 参看尼采遗稿《1881 年秋笔记》[M III 5. Herbst 1881]，14[8]；《全集》KSA 本，第 9 卷，前揭，第 624—625 页。

② 参看柏拉图《蒂迈欧篇》（*Timaeus*）27d—28c。

③ 参看尼采遗稿《1881 年秋笔记》[MIII 4a. Herbst 1881]，15[9]；《全集》KSA 本，第 9 卷，前揭，第 636 页以下。

我们把精神性投向了这个世界，并且在其中辨认出我们造就成精神的东西："在世"的条件。

提出"原诗"概念之后，尼采是这样解释的："这个存在着的世界是一种诗化构象[*Erdichtung*]——它给出的只是一个生成中的世界。——也许只能如此！可是，这种诗化构象不也假定了那个诗人[Dichter]的存在吗？——在这点上，也许这个诗化构象构出的另一世界首先就是一个起因，使得那个诗人被视为存在者，并且将他摆在对面[……]生存的能力就是从这种作诗的力量中得到促进的。"①

这个摆在"对面"的诗人—创造者，就是柏拉图讲的 ποιητὴν καὶ πατέρα；对面，——意味着主语的调转，有一种自主言说的东西在近处，我们可以听见，也可以照面，尽管那已经是逻辑假定中很高远的东西。说实在的，"诗化构象"只是我们对 Erdichtung 这个德语词力不从心的汉译尝试。这个词在现代德语中的用法已经完全转化为"虚构"，而尼采是在古老的意义上使用这个词的，否则他不会讲这个词的原始意味始终假定了 Dichter［诗人］的存在。说到底，"虚构"不就是作诗吗？假如我们不把古老的构象看成某种现代人工拼版的话②。Erdicht-en，——*Er*- 这个前缀总是意味着语言中某种主观性的东西的

---

① 参看尼采遗稿《1884 年春笔记》[W I 1. Frühjahr 1884]，25[116]；《全集》KSA本，第 11 卷，前揭，第 44 页。

② 尼采认为，构象在思维中是先行的："首先是图象——需要解释，图象如何在精神中产生。然后才是词语，运用到图象上。最后是概念，有了词语才可能形成——许多图象在某种不是视觉直观的，而是凭听觉感知的东西（词语）下面的综合。随着'词语'，也就是说，在观看可用一个词来表示的类似图象时，产生出一点儿情感[Emotion]——这种微弱的情感便是共同的东西，概念的基础。将微弱的感受设定为相同的，并且作为同一个东西来感受，这就是基本事实。"参看尼采遗稿《1884 年春笔记》[WI 1. Frühjahre 1884]，25[168]；《全集》KSA本，第 11 卷，前揭，第 58 页以下。

Geschehen［发生］和 Erreichen［达至］。如果不是这样来理解语言与思，虚构就是纯粹的空无了。

语言正是这样一种东西，当我们能够说它，而且只要我们能够说它，它就原始地把人引入宇宙，——由此浮现出一个人化的世界。这个过程早已开始，它将是无限的，只要人类存在。用尼采的话来讲，这其中起作用的是一种"诗—逻辑力"，它将我们对事物的透视法投向世界，使一个"世"浮现出来，我们据此得以"在世"，存在也因此获得它的意义①。难道我们能够把语言仅仅看做一些有意义的书写符号吗？我们的存在和思是如此浸透了语言，如果我们不在语言中，又在何处？

> 世界——一扇
> 通往千座苍凉无声的荒原的门！
> 谁人若失
> 你之所失，无处安身立命。

这是尼采中后期诗歌作品《自由精神》中的一个片段；这首诗总体氛围的前表现主义风格令人想到比他晚的特拉克尔；诗生前未发表，仅见于 1884 秋的一部诗稿②。这里，人"失其所失"是何意味？为何关系到安身立命？诗中的"你"是作者自谓，

---

① 参看尼采遗稿《1881 年秋笔记》[M III 4a. Herbst 1881]，15[9]；《全集》KSA 本，第 9 卷，前揭，第 636 页以下。

② 此诗原始手稿有多个初拟的标题：《致隐士》、《来自冬之荒野》、《德国的晚秋》、《处处有同情》。1927 年 Musarion 版《全集》第 20 卷（诗歌卷）作《处处有同情》（*Mitleid hin und her*）；柯蒙版（KSA 本）据手稿厘正为《自由精神》（*Der Freigeist*）。详见尼采遗稿《诗与诗稿片段. 1884 年秋》[Gedichte und Gedicht-fragmente. Herbst 1884]，[Z II 6a]，28[64]；《全集》KSA 本，第 11 卷，前揭，第 329 页以下。

这位诗人在思考自己的处境,同时也是向读者诸君提问,所以我们当从更广的意义上来读这首诗。尼采对世界历史有这样一个总的看法,人类每一次富有成效的进步背后总是伴随着产生一种对"基础"的虚无主义,人们要么忽略它,要么避而不谈,因为革命和社会运动推动着一切;在这种前进和衰亡中脱落逝去的不是人民的发言权和道德规范那类价值观,而是以往关于自然的伟大理解——从米利都学派到歌德,以至于"人与社会的巨大享受总是导致人在自然中感到无聊和荒凉"①。这就是为什么在这种正义的目的性中,我们很多时候开始变得并不理解我们创造的世界。谈到这种状况,尼采使用了 Abbröckeln［脱落］这个词。脱落,指某种东西从它自身根基的座架中剥离和毁弃,墙泥脱落,根基毁坏。自然,就其第一性的理解,常常被认为是幸福和伦理的天然基石。但在尼采这里,对自然的理解——首先它的目的,不是卢梭的"回归自然人";其次,也不同于海德格尔后来讲的自然是"芸芸众生的基础"。尼采更接近阿那克西曼德等早期自然学派——"古代哲学将人看做大自然的目的"。在尼采看来,"人乃伟大自然的竞争者",自然总是更高的,它不存在一个固定标尺,自然的伟大风范在人的身上就是更高的类型和自由意志,人须从自身的提升去"设计为自然的映像"。如果人从自然(他的肉身性)去将世界感受为生成,那么自然总是复归为人更高的精神家园。在这种复归面前,人无退路;因为自然不承担什么,而往往让历史去承担它最大的风险。《自由精神》这首诗讲一个风雪归家人,在将要下雪的时候突然发现,他失去的不是这个世界,而是归途——

① 参看尼采遗稿《总的看法》,《1887 年秋笔记》［WII 2. Herbst 1887］,10［22］;《全集》KSA 本,第 12 卷,前揭,第 468 页以下。

　　谁人若失

　　你之所失，无处安身立命。

　　这首诗是讲安身立命的。安身立命须有一个处所，这就是诗起首段所说的 Heimat［故乡］。故乡需要重建。与尼采早年的"归乡诗"相比，这首诗的语调深沉得多，但也悲观得多。诗上阕的结束句几乎是欲说还休："悲哉，没有家园的人！"尼采想到了曾经有过的"德国精神"，它曾经激励那么多诗人和思想家试图重建桥梁重返希腊！我们还会有机会细读这首诗。此刻我们不由自主站到这位诗人的位置上来思考什么叫做家园。按尼采的看法，古老的语言存在着，即使哪一天我们不需要形而上学了，古典精神在未来的复苏也将起决定性的作用，因为同一者之轮回每一次都重新开始，而"曾经存在过的一切是永恒的——大海又将它们冲了回来"。语言就是我们的故乡。我们在语言中，语言承载我们并保存了这个世界；我们藉此得以思想并谈论思之事、作诗、记忆、世间和我们存在的方式。

13

　　根据柏拉图的意见，τὸ κατὰ ταὐτὰ καὶ ὡσαύτως ἔχειν ἀεὶ καὶ ταὐτὸν εἶναι τοῖς πάντων θειοτάτοις προσήκειμόνοις, σώματος δὲ φύσις οὐ ταύτης τῆς τάξεως ［保持同一，因而也是承担并保存同一种存在方式，这只适用于一切事物中最神圣的事物，故有形体者是不在此例的］①。我们不妨把"原诗"视为可思之物链条中逸出的

---

①　柏拉图《政治家篇》(Πολιτικός) 269d. 据 Burnet 本，Platonis Opera，Oxford，1958，第一卷。另参看 Luc Brisson 和 Jean-François Pradeau 译本，Editions Flammarion，Paris，2003 年。柏拉图这段文字中ἔχειν(ἔχω的不定式现在时主动态)当释为"承担"和"保存"双重涵义。

同一者,在语言中作为更高的原则而规定下来。这个思想是有来源的,来源就是 ποιεῖν 这个希腊古词的宽泛定义。"语言是民族的原诗",尼采这个说法恰恰是回到希腊人的方式去揭示创世的精神性。若不是从人诗意地劳作,也即从一个如此这般"人化的世界"来理解创世,若不是这种创世中我们的意志——"我们的需求、欲望、欢乐、希望、颜色、线条、幻想、祷告和诅咒都在这个世界扎下了根",这个我们置身于其中的世界与我们又有多大关系呢?

可是,这种"原始作诗"可以解释吗? 1885 年以后,这个问题再度提出来,不仅思路深化了,方法也不同了。尼采是这样表述的:

> 一种完全虚构的范式就是逻辑。这里,一种思被诗意地说出[erdichtet],这当中一种思想被预设为另一种思想的起因;所有的情绪、情感和愿望都被撇到一边去了。这类事情在现实当中是不会发生的:这是非语言所能描绘且远为复杂得多的。我们将此种虚构设置为程式,就好像我们在思里借助一个简化装置将现实事件给过滤掉了:我们使之变成了逻辑程序中的一种指号文,一种可传达性和可识别性。所以:观照精神的发生,就如同打量它是否与此种调节性的虚构程式相一致:这就是基本意志。只要哪里有"记忆",这种基本意志都会起支配作用。[①]

无条件的先验领域之哲学问难,是否在此找到了纯思辨以

---

① 尼采遗稿《1885 年 4—6 月笔记》[April-Juni 1885],34[249];《全集》KSA 本,第 11 卷,前揭,第 505 页。

外的第二通路？从亚里士多德"语言即思"的关系来看，惟有将
语言重新引回逻辑学传统，才有打通先验之思与现实世界联系
之可能。"一种思被预设为另一种思的起因"是什么意思呢？这
种从逻辑上推定的因，如何导向一种结果？假定这种结果作为
"基本意志"在我们的精神的发生中发生，是否意味着"人-主体
性"这一古老的形而上学构成物之被颠覆，或者不再被视为世界
的单一出发点，思的言说要回返到存在追问的原始领域，一切存
在要循表象（Vorstellungen）—逻各斯（λόγος）—自然（φύσις）的
路子走回去，从一个反向的序列自行建构？——如此设想我们
面对一个无主体的生成世界，不是跟假定一个观众坐在剧院里，
场景、人物和道具都不存在了，他照样看完一出戏一样荒谬吗？
说实在的，尼采在这里提出的"反向建构"在何种意义上都超出
通常逻辑思维假定的条件。我们在此打交道的，或许就是海德
格尔谈到"面对存在问题"时讲的"那个我们笨拙地称之为思之
言说的东西"吧，它"不是对思的表述，而就是思本身，是思的步
履和歌唱"①。这就是"存在存在"这个主谓语结构中的模棱两
可，主语既在其中，又在其外。或者，这里也可以用尼采的话来
说："逻辑中本身就存在某种形式的非理性和偶然。"②不然还会
有诗歌吗？

　　逻辑中的非理性——尼采从未澄清这个话题。他只尝试提
出两点论据：首先，认知是对存在的认知，与我们用词语概念去
安排和归置一个使我们的生存变得可能的世界并非一码事，因
为相对于表象世界，本质依然欠缺；其次，惟有发明"无条件之

---

① 参看海德格尔《面向存在问题》；载文集《路标》（Wegmarken），《海德格尔全集》
　　第 9 卷，Vittorio Klostermann 出版社，1976 年，第 424 页。
② 尼采遗稿《1884 年夏秋笔记》[WI 2. Sommer-Herbst 1884]，26[388]；《全集》
　　KSA 本，第 11 卷，前揭，第 253 页。

物"[Unbedingtes]的概念,才有可能从根本上对存在做出推论及说明。这两个思路见于尼采 1884－1887 年为知识理论重建准备的笔记材料①。这里需要补充的是,这些笔记材料里,涉及后者,尼采已经勾勒出大致清晰的言路:"让万物回返,这是一个生成的世界最大限度地靠近存在的世界的方式:思辨的巅峰。"又言:"生成乃发明、意愿、自我否定和自我克服:没有主体,而是做事、放置,创造性的,没有'因果'。"——没有因果,没有主体,但是有"记忆"。尼采后期诗稿中有一首不大为人注意但很独特的诗,讲的就是这回事情。

> Hier saß ich sehend, sehend — doch hinaus !
> Die Finger spielend im zerpflückten Strauß
> Und wenn die Thräne aus dem Lide quoll
> Schamhaft-neugierig: ach wem galt sie wohl !
>
> Da — — —
>
> Hier saß ich liebend, liebend — unbewegt,
> Dem See gleich, der — — —
> Wer diesen Spiegel-See als Zauber sieht:
> Drinn eint sich Milch und Veilchen und Granit.

> 我坐着遥望,遥望——外面!

---

① 参看尼采遗稿《1886 年岁末－1887 年春笔记》[Mp XVII 3b. Ende 1886－Frühjahr 1887],7[74],《全集》KSA 本,第 12 卷,前揭,第 312－313 页;尼采遗稿《1884 年夏秋笔记》[WI 2. Sommer-Herbst 1884],26[216];《全集》KSA 本,第 11 卷,前揭,第 206 页。

手指拨弄着凋残的花枝

正当眼泪簌簌夺眶而出，

羞愧又好奇：天啊，为谁掉泪！

瞧……

我坐着心中有爱，有爱——本无动静，

如同湖泊，可这湖……

谁把湖光山色当成了巫婆：

但见牛奶、菫菜和花岗石掺了进来。

　　这首诗写作的具体日期不详，应是《颂歌》同年代作品，作者将它与《疯子也已！诗人也已！》初稿一起誊抄在 1884 年的一部诗稿里①。没有标题，全诗仅九行，分三节，前后两节各为四行，中间的一节只有一个词："Da — — —"似乎这个中间段落有什么东西留待言说，作者决定就此将它搁置。我们暂且也可以将它看做一篇完成的作品：完成未必是终结。

　　　　我坐着遥望，遥望——外面！

　　诗起首句很平直，但听来不同凡响：眼界以外——，这里作者用了一个破折号，意味着转换、延长和展开，也可能意味停顿或悬置。这里讲的是"外面"——眼界以外。我们不知道叙事者坐在何处，按诗最后一节的提示，他似乎坐在一处湖畔，手里捻

① 详见尼采《诗与诗稿片段。1884 年秋》[Gedichte und Gedichtfragmente. Herbst 1884]，28[31]；《全集》KSA 本，第 11 卷，前揭，第 311 页。

着一束刚从山野采撷来早已枯萎的花——大概是晚秋时节了，还是能感受到秋高气爽的，因为在接下来的另一节（第三节）诗里，我们看到了廓落迷人的湖光山色。但此时，诗中的"我"向外面望，接着出现一个破折号，他告诉我们那是"外面"，但没有告诉我们望见了什么。

诗人不急于吐露秘密。——"望"是向远处看[sehen]，看在某种意义上也可以是一种听[hören]，譬如空山之望和空山之听在同一个方向的期待中就没有太多的区别，因为除了我们自身，没有其他途径通向世界。尼采以为，人们对看和听习以为常的理解总是止于看见或听见之经验，其实"看和听本身就假定了某种特定形式的学会看和学会听"①。学会看和学会听，——也许就是这首诗要告诉我们的事情吧。至少从诗的首句来看，应是侧重点；可能不止于此。

当然也可以提出疑问，如此推定一种阅读的方向是否已经陷入形而上学的武断。从不同情景出发，一首诗也可能有不同的解释嘛。"看"也是一种顾盼和思念，——诗中明明讲到了"爱"——liebend，而且从头到尾追问一个可能的爱的对象——那个两次出现的"谁"不是热切地显现为诗的主题么，我们说它是一首"情诗"又有何不可！尤其开头段第四行，一句"为谁掉泪"不也足以让人想到《玉台新咏》那类古诗中"蒿砧今何在……破镜飞上天"的情境吗？不过，诗人在这里讲的是另一件事情：学会"听"和"看"。

读诗是一种本事。我们在此引述诗人这首诗并且要听懂它的音色，不就是这件事吗——在诗中"学会听"和"学会看"。如

① 参看尼采遗稿《1884年春笔记》[WI 1. Frühjahr 1884]，25[324]；《全集》KSA本，第11卷，前揭，第95页。

果我们对诗人说的这种"看"和"听"不得窍奥,那就有可能将他这首诗纯粹看成一篇山水诗或《玉台新咏》那样的作品了。粗心的读者甚至会觉得,直到诗的结尾,作者除了感叹湖景之美,并没有告诉我们更多的东西。但这首诗是讲"眼界"的,即使我们不按俗常的见解去谈论"眼界"高低,"眼界"也仍然是有尺度的。不然,在诗的开头,为何目光望还断? 为何这位诗人在"看"的面前涕泪交垂,并且懊丧地追问"为谁掉泪"? 这种伴随着羞愧的好奇心指向何处呢?

尼采这首诗用的是递进的"并韵体"(aabb 韵),音步和韵脚相当齐整(我们在此勉强提供的翻译已无法传达原诗的韵律)。但朗读德文原作,我们能感觉到诗人的主观性就是一种诗的步履,它一步一步随着词语的不确定性,最终从"遥望"(sehend)抵达"心中有爱"(liebend)那个事物确定的时刻。这当中,诗人追问的那个"wer"[谁]两次在诗中出现,其间相隔了无以确定时延的一节诗(第二节),——它可以是一个瞬间,譬如灵感,也可以是事物的一个漫长序列的演进。但这节诗只有一个词,一个表达时间、地点或情态的副词:*Da* — — —;这个词如此的重要,在它规定的上下关联之间,两节诗之间,那个"谁"是谁? 或者说,是什么? 我们能从一般的特性去追问他(它)吗? 譬如诗人的主观性,联想,灵魂外化,或者诗人的诗性,诸如此类? 诗的结尾是这样讲的——

> 谁把湖光山色当成了巫婆:
> 但见牛奶、董菜和花岗石掺了进来。

诗人讲自己心中有爱,一个爱着的人如同秋天的湖泊,宁静无澜——unbewegt,这个词在这里有两层含义,既指"静止的",

亦指"不为所动"。但突然间,什么东西打乱了这平静,让湖水呈现出五彩斑斓的色调来。存在之追问在这里达于一个令人惊喜的结果,但那个"谁"依然没有名称可以指代,仿佛那是一个生成中的生成者,而生成按赫拉克利特的定义是没有止境的。诗人本来可以告诉我们一些事情。譬如 Da 这个词引出的中间段落,那个省略号⋯⋯省去了一些东西,或者假定这里有四行诗没有写出。足矣,记忆的和精神的东西往往并不依赖主体而存在,因为过程就是本质。

　　问之所问的处所已经包含在四行未写出的诗里了。Da 这个小词邀请我们走向诗的结局。——在那里,有一行诗,诗人追问的那个未能言明身份者仍然是一个"谜",甚至是一个可能的未来者,但原始地荒凉的东西,秋天枯萎的花和静止的湖泊,乡间,田园,劳作,我们的生活以及世界的常态本身,在存在居有的那种切近自然的亲密性之中,已经呈现出它们的色彩来了;而我们如此费心地追问"谁"在这其中,在语言创造中按意愿把事情做了,在此似乎也有了一个答案。——这个过程,我们能够称之为什么呢? 是创作吗? 创作之外不是还有别的东西吗? 我们只能说,诗人在这里找到了事情的原委,它使一个人能作诗并且把生活的色彩归还给生存。这显然足够解释我们为何在世了。《我坐着遥望⋯⋯》这首诗讲的事情如此的奇特,——"给生成印上存在的特性",但那个始终未言明者,尽管它在诗中已被揭示了,我们却难给它一个名称。

　　尼采在别处讲过,只要有生命的地方,这个世界就存在着"记忆和精神"[①]。如此命名的存在物是什么呢? 用这些名称能

---

①　参看尼采遗稿《1884 年春笔记》[WI 1. Frühjahr 1884],25[403];《全集》KSA本,第 11 卷,前揭,第 117 页。

说明诗中那个未言明者吗？如此勉强地指称岂不空泛而又夸大其词吗？我们至多将它称为印上存在特性的生成者。"只要有生命……"这话意味着在世，而"世"总是意味着人的，人性的，人道的。在尼采看来，涉及到认知，有些事情并不是那么"人道"的。他建议人们有时必须绕过人世的观点去追问本质的东西。这不是说"记忆"飘游无据地存在于空间某处，而是记忆不在人这里，不是可以上手的东西。——记忆在精神之中，若按柏拉图时代的 ψυχή［精神，灵魂］观念，这种东西离"世"已经很远了，尽管它被认为出自肉体。按柏拉图《美诺篇》中对知识的区分，回忆不仅是认知，而且是一种更高的认知，因为可靠性脱离了确定的形式之后，它所要求的是更广的自由之域。这种更高的知识之路，也许像马拉美说的那样，"骰子一掷永远消除不了偶然"——将世界编织成数字或优化方案也不能消除偶然，必须保有一个无条件的先验领域，而不是把一切知识"人性化"。

谈到此种更高的知识之路，尼采曾举"道"（Weg，道路，路子，方法）来说明某种"曲线"概念之必要："人们也许会说，道路的复杂性（譬如一棵植物达到开花结果的过程）是反对意图性的一项理据：因为，这里设想了一个狡猾的精灵，它选择了太大的弯路，就这条路而言是聪明的，但偏偏选择这样一条路却是愚蠢的——一个非常矛盾的精灵。但针对这种观点，我要提醒大家注意我们人类的经验：我们必须利用这种偶然性和干扰，将它们吸收进我们的每个方案，以便我们实施的一切具有同一特点，出自一种精神，无论有多少障碍都要实施其计划，也就是说带有许多曲线。"[①]人们对事物有诸多线性的期待，但期待理性直达真

---

① 参看尼采遗稿《1885 年 8－9 月笔记》［W I 7a. August-September 1885］，40［14］；《全集》KSA 本，第 11 卷，前揭，第 634 页。

理的处所,这种想法自古以来就已遭到驳斥。尼采强调迂回和曲线,不是说存在的问知注定要被打发到一条愚蠢的弯路上去,而是问之所问的处所始终有待建构。

建构,意味着逻辑虚构仍须借助"记忆"来还原"指号文"所指的东西。就这个词的通常理解,记忆是存放,——将关涉到"世"的东西(人的、有形体的、物的)暂时悬置($\acute{\epsilon}\pi o \chi \acute{\eta}$)在一种克服障碍的更高精神里。在此意义上,逻辑学乃是一种权宜之计。此种逻辑化存放之不同于一般特征,就在于它既是一个允许一切偶然性存在的无条件领域,同时又是一个有待建构的场所。记忆不是现成的容器,它甚至是有点虚无缥缈的。所以尼采强调我们必须像柏拉图说的那样重新"学习记忆",否则谈不上创造的基本意志起支配作用。

我们就此所做的一番考察,似乎只是加大了记忆之虚无缥缈的性质。因为涉及到先验领域,任何"学说"都不过是"出自一隅的观察";但尼采建议我们不妨"设想将这种情况放入庞然大物"——譬如放入历史进程中去考察,一个小小视角也可能将存在的视线投到无限中去。指派给精神的东西就是存在的本质,它已随语言先在地进入无限者的领域,因此总是有待言说;只要我们还有记忆,而记忆之虚无缥缈不被引向空洞无物,而是占有更自由的空间,思的言说就必然有待言说,所以我们常常被迫——如尼采在这首诗第二节中那样,给它腾出足够的"留空"位置。作诗,如果指的是将自然的恩赐作为语言成果填满一页稿纸,那就大可不必去绞尽脑汁了。

在"看"和"听"中学会看和听,是向事物深度的认识,也是我们在形而上学的内在性中通向无限者领域的方式。根据柏拉图的说法,那个领域是不属于有形体者的。除了"回忆",没有任何道路可通达。但是尼采认为,无限性只是哲人桌子上的半杯天堂,惟有苏格拉底以前的哲学土壤之上,无限性才有一个完整的天空(譬如在阿那克西曼德那里),但那片天空并不是与存在之门隔绝的:"无限性总是作为现实与障碍横卧在两个点之间。"①这两个点是什么? 根据尼采对精神之物的差异性与等级的解释,这两个点乃是此岸和彼岸的界标。之间,意味着无限总是从此一点(尼采称之为"最小的世界")出发,并且总是处在"永恒"的理想化与现实的"挤压和冲撞"之间,因此哪怕作为障碍也是对现实的一种补充,它对我们既是"不可逾越",又是一种牵扯,只能通过提示彼岸来获得补偿。譬如在艺术中,——在实际生活中亦同样如此,这个界限有时只需跨出一步,这一步如果忠实于自己的理想,会使我们在现实中站得更稳,看得更远。也许,我们设想的那个坐在剧院里的观众,没有场景、人物和道具,他也可以照样重构一个往事!

14

　　人是一种记忆。作品也是一种记忆。记忆之物总是关系到记忆者。这种"关系到……"不就是我们在艺术生活和精神生活中常常遇到的令人揪心的问题吗? 也许我们应该把眼界放宽一点,回到上面引文开头 erdichten 这个词的原始音调上来,——尼采使用这个德语词时就已知道,它已先在地、命定地从那个更早、更高的希腊词 ποιεῖν 那里获得它的音色——回到那个起点,也就是回到逻辑(哪怕是自然逻辑)总是原始地在语言中出发,所谓语言的"转渡",更就手的方式就是将此种"装置"解释为:如何重建记忆。相对于记忆,语法是很晚的事物,"逻辑学"这个名

---

① 参看尼采遗稿《1881 年春秋笔记》[MIII 1. Frühjahr-Herbst 1881],11[149];《全集》KSA 本,第 9 卷,前揭,第 499 页。

称也是在柏拉图以后才出现的。即使我们用现在时态说话,每个话语都不会质疑那是一种记忆。一种诗意地创说的思越过日常语言,无条件的本源之物在另一种语言中返回,作为一种更高的存在构成我们这个有条件的现实世界的基础;它借助"记忆"而回到我们的语言中来,成为我们观照精神生活因而也是解释世界的一种依据。

这里,这种跃出在者世界(日常语言和人的情感)上升到纯粹逻辑的思,为什么在精神观照中最终又作为一种语言回返到在者这里来呢?海德格尔的解释是,有一种先于一切诗歌因而也先于一切艺术诗意因素的"原诗",并说"存在之思乃是作诗的原始方式"[1]。关于这种"原诗",海德格尔在讨论艺术本源的问题时有不同范围的阐述,当中一个关键环节是:人类和艺术的关系中有一个创作和保藏的"模棱两可"[2]。将本源引入存在的历史是海氏论说的基本思路;这个思路使迄今一切流行的文学批评和艺术见解不再适用于诗歌。海氏的解释已经相当深入而明晰了。这里不复赘述。我们仅从尼采的思路出发,简要说明越过语言是怎么回事,一种本源之思怎么回到我们的语言中来,又如何成为对我们起支配作用的基本意志。

这里称作"诗意地创说"的东西,讲的其实是原诗在我们日常生活的创造性里涌现。所以尼采认为"'认知'是一种向后联系:它的本质是返回到无限中"[3]。我们必须重新学习回忆。但

[1] 参看《阿那克西曼德之箴言》;《林中路》(Holzwege),《海德格尔全集》第 5 卷,第 7 版,Vittorio Klostermann 出版社,1994 年,第 328 页。
[2] 参看《艺术品的本源》;载《林中路》(Holzwege),《海德格尔全集》第 5 卷,第 7 版,前揭,第 63 页,第 73—74 页。
[3] 尼采遗稿《1885 年秋－1886 年秋笔记》[WI 8. Herbst 1885－Herbst 1886],2[132];《全集》KSA 本,第 12 卷,前揭,第 133 页。

首先,有一点与我们这里讨论的问题相关,并且处在语言的特性中,需要特别指出——,海德格尔所说的那个"模棱两可",不仅道出包含在艺术中的东西是多么原始地游离于人的视野,对我们有关语言和艺术的一切见解(譬如创作与来源的关系)又是多么的至关重要。这个"模棱两可",在尼采那里的解释是视线倒转:"主体与客体之间发生一种恰当的关系","客体从内部看就是主体"①。这种倒转,——尼采称之为"'内在世界'现象论",如果着眼点仅仅是作者与作品的关系,而不是建构本身,就只有差异,没有主体。但这里起作用的恰恰不是差异,而是主体。这个作品的内在主体是什么呢? 这里,我们似乎有合适的理由回到尼采那首诗《我坐着遥望……》所追问的问题上来。当"作品"已从诗人的作诗中浮现并充分到场,诗中那个两次追问的"谁"最终仍然没有得到揭示。这首诗创作之后不久,尼采仍打算继续探讨这个问题。他似乎倾向于将作品"自行建构"放入"回忆"来讨论。毫无疑问,这个"谁"只能依作品的内在性来规定,它显现为作品的建构者和生成者。尼采提出的问题是:"回忆是归类和并入;主动的——谁?"②至今,这个问题仍在纠缠着作品。

　　人们通常讲创作,譬如诗人作诗,雕塑家雕塑,手艺人制作工艺品,但如此创作的结果就是"作品"吗? 作品之为作品的规定性从何体现? 如果我们不想把作品限制在关于事物描绘的粗陋表象的理解之中,或者落入什么是"标准"和"杰作"那类泛议,而是考察作品实现为作品的条件,那么这个条件就是:作品完成之后,观赏的目光必须调转过来,作品所能给予的东西成为它自

---

①　尼采遗稿《1887 年 11 月－1888 年 3 月笔记》[WII 3. November 1887－März 1888],11[120];《全集》KSA 本,第 13 卷,前揭,第 57 页。

②　参看尼采遗稿《1886 年夏－1887 年秋笔记》[N VII 3. Sommer 1886－Herbst 1887],5[65];《全集》KSA 本,第 12 卷,前揭,第 209 页。

行建构的尺度；只有在这个自行建构的尺度上，作品才成其为作品。海德格尔称这个过程为"真理之自行设置入作品"；但尼采是不轻易使用"真理"这个词的。在他看来，作品内在经验的基础毋宁是一种思想找到了它的来源：记忆将一种属于本源的东西翻译（转渡）成新的东西，使之进入作品之建构，成为作品自身奠立的基础。——"我把这称为语文学的贫困；能将一个文本作为文本阅读，不在当中混入解释，这是'内在经验'的最后形式，——也许是一种几乎不可能的形式……"这段话见于尼采编定《颂歌》前写下的最后几篇关于"'内在世界'现象论"的哲学笔记之一①。一个作品无需解释而自立，——这可能是迄今关于作品的最高见解了。

　　这里涉及的仍然是语言的本质，即能完成某种反向运动的诗逻辑力，——但须借助记忆，没有记忆也就没有回返。不过尼采的着眼点是语言"背面"的转渡，即本源之物如何借助逻辑语言（在宽泛意义上也包含一切艺术语言）的 Übersetzen［摆渡，翻译］而获得某种"可识别性"和"可传达性"，从而成为可认识、可预见、可传告和可回返的东西。而这种回返，即使退一步从单纯的社会学观点来看，对思想走出历史模式的专断又是何等的重要。词语存在着，而人们以为靠某种词源学或一部字典就可以凿凿有据地检索到词义和概念。事实上，除了古老的形式和质料（譬如字形、雕版与刻石），一切概念都是生成物及其变异，语言史成了十分可疑的东西。——今天人们对语言的那种散文式的占有就更不用说了，语词成了"真理"和"概念"的赘物，不再是有生命的东西。

---

① 参看尼采遗稿《1888 年春笔记》［WII 6a. Frühjahr 1888］，15［90］；《全集》KSA本，第 13 卷，前揭，第 458 页以下。

　　谈到思想史的早期形式,尼采几乎认为那些源头开创之物已经铸就了历史,——那不是科学,而是由"诗人创作力的广度"来奠基的①。这个诗人维度之自行揭示为一切思想史的特征,在尼采看来乃是一个类似造山运动那样发生学意义上的开端;因为,这里发生的"不仅是准绳,也是推动力本身"。所以尼采说,——假若事情不是这样开端,假若人的自由意志"不是事先在这一点上勾画出一幅自由的图象,我们将一事无成"。正是由于这样一个历史开端,哲学显现为一种"自由创作",即使在方向不明的历史进程中,人类凭其记忆也能穿越世纪的迷雾,而她的成长本身"就是那些理想图象及其历史"。但这个开端的"广度"〔Umfang〕今天缩小了,人们以科学思想的名义将它挤到了地平线的一隅。

　　但是,这种作为最高逻辑范畴的诗意创说毕竟是被过滤了一切现实事件的东西,仿佛我们突然间被抽去了一切情感生活的内容。既然如此,我们又如何能说如此而来的本源之思的追回物可以是我们这个有条件的现实社会的基础参照呢? 这样一种在者被"诗"接纳的情形不是很虚幻吗? 如果这种情形只是在原始作诗中才可能,在现实里不会发生,也不是我们的语言经验所能直接描绘的,我们凭什么说这种超验的"诗"可以转向现实,并对我们的精神生活发生影响?

　　论证这种古老经验的有效性,在前人那里是无必要的,是多此一举的,因为一切本原之物不是逻各斯就是天赐和神性之物,在无限者的序列中是自明的。不是么,甚至到了晚近的时代,在人构筑的精神世界里"诗还扮演神的角色哩"! 尼采并非要去论

---

① 尼采遗稿《1881 年春秋笔记》〔MIII 1. Frühjahr-Herbst 1881〕,11〔18〕;《全集》KSA 本,第 9 卷,前揭,第 448 页。

证这些东西的"明见性",而是做一件清本正源的工作,尝试将它放回到形而上学中来提供一种符合内在性的解释,哪怕这种解释最终可能因吾人根深蒂固的现实观念而流于失败。所以我们看到,在其后期的"知识理论重建期"哲学撰述里,凡涉及到在者与本原之思,尼采都严格使用 erdichten[创说]、fortdichten[思构]这两个动词来表达,并且加上着重号。这两个词是在古老语源学意义上使用的,它们的词根 -dichten 都包含了"作诗"。也许我们还有机会深入讨论这些词语。

15

我们大抵有这样的看法:诗之于散文,犹灵魂之于肉体。《颂歌》的作者谈到他那个时代的文化倾向时曾经这样说:虽然我们时代出了几位具有诗人气质的散文大师,如梅里美(Prosper Mérimée)和兰道(W. S. Landor),但"[我们]这个世纪本是不适合散文存在的——只因为缺少诗,才有散文的地盘"①。尼采写下这句话大概是在 1881 年,至今已 130 余年过去,时代改变了吗?似乎没怎么改变。我们这个时代仍然是一个缺少诗的时代,甚至比任何时候都更缺少诗。也因为这样的缘故,我们这个时代的"散文大师"比任何时候都多,而且构成文坛最热闹的景象。但是,将诗的缺少单纯归咎于时代的不利因素似乎是说不过去的。我们时代的文化空间不是有更多的自由了吗?再说,问题也不在于诗歌的"产量"。

就文明进步基底那些不易为人洞察的趋向而言,诗的缺少乃基于这样一个事实,即文明的工具性的加强已经到了反过来

---

① 参看尼采《快乐的知识》(*Die fröhliche Wissenschaft*)第 2 卷,§ 92;《全集》KSA 本,第 3 卷,前揭,第 448 页。

成为对文明自身的侵劫了，以至于人的庇护之所不再是语言、精神和内心这些永远充满无限感觉和可能性的空间，而是外部世界那种越来越直接的形式感、现实感、三维空间及其庞大构造物。

存在之庇护从未遭遇到如此野蛮而浩大的侵占。由于变更和适应，由于此种适应过程中场所性关注挤兑了思与信仰的重负，对存在的领悟失去平和与单纯的东西，即生活之为生活那种本质上的安宁，以至于生存也成为一种速度，其本身在"精致化"的表象下简化和粗糙了。所以尼采讲，从前那个值得怀念的词语匠人时代结束之后，散文对诗几乎就是"一场连绵不断的文学战争"。假若人在自然秩序中是至高无上的存在，而要跃出人自身的有限性，惟有精神之物可以走在他的前面。诗却有所不同，被认为是语言的创造物，一种有来源但无本源的东西。因而在客体面前，在宇宙、时间和万物面前，在被认为当下可以应验并且可以炙手而得的历史或制度的恩赐物面前，诗的言说总被认为是不确定的和可疑的，甚至是空想的和玄幻的。以至于在实际生活中，总有那种将制度的严肃性当做语言风格的人，或者在生活中处处贯彻此种"散文"精神的人。在这类人身上，文字就是制度，既无想象界的神奇也无"思—想"这个词语所要求的亲切感和魅力；偶有例外，至多也不过是拖在身后的苍白影子——

> 干涸的河床，
> 灵魂枯竭成泥沙[1]

---

[1] 尼采《狄俄尼索斯颂歌手稿残篇》[W II 10a. Sommer 1888]，20[139]；《全集》KGW 本，第 VIII/3 卷，前揭，第 376 页。

　　希腊人诗说世界并非目的,而是在他们构筑的"理想城邦"中尽可能靠近看到的和理解的事物,按某种依美和普适观点可接受的方式去表现生活的意图,从而揭示人作为一个世界赖以自立的基础。今天人的世界完成了吗? 人的世界不是完成了,而是仍需建基。尼采想证实,此在之思是凝聚人自身所有基础的,要想在这种本无依托的历世中避免基础崩溃灵魂成泥沙,就得掌握知识的明晰度,就得在亲历的事物中(哪怕是悲剧性的)思自身,在其骇人的诗意中观照世界和自身——"多一点光明吧,黑暗之物!"(《论最富者之贫》)。

　　就历史本身那些非人的侧面而言,"骇人"并非主要地指自然生存条件,而是指人自身的条件,也即关涉到人之所是及生成的一切焦虑。在任何时代,哪怕再匮乏的时代,人在心理上承受物质境遇之能力几乎是顺其自然的,纵有"生不逢时"的感喟,若不是生命与死亡的原则内在化了,也不会对人构成困苦。希腊人在他们文明巅峰时代普遍谈论的"幸福观"不是对泰然表象的赞美,而是一种必然过早产生的"前瞻"。尼采将此种"前瞻"视为思想和艺术的指归:"对人而言,唯一无条件服从的是抽象化,起初是一种手段,后来渐渐地解放出来"①。因此之故,希腊人诗说世界不是目的,但由此预示了某种解放的东西。历史中"骇人的诗意",无论是希腊人借助狄提兰卜颂歌表达的"生活哲学",还是荷马史诗对英雄时代的颂扬,都是人在历史中的风采(态度)得以肯定;而这其中,涉及到此在的自由之路,"骇人的诗意"之被揭示,首先是"能够生活下去"。因此诗意乃是被现实之严酷性遮盖了的"万有为一"之本原,而人追问世事不能不以能

---

① 　尼采遗稿《1869 年冬－1870 年春笔记》[PI15a. Winter 1869－70－Frühjahr 1870],3[81];《全集》KSA 本,第 7 卷,前揭,第 82 页。

死者之有限性去面对此种严酷性。

　　既然如此,既然在者不能逃避死这一世界最高原则,既然一和多始终是本原之谜,既然个体人在死亡中最终仍要像星光那样朝万有为一折射,那么,同一者之永恒轮回就不单是个体的事,也是类属的事了。它在同一时间中,又不在同一时间中;是物自体,又是观念;其生成永远处在过去、现在和将来。这是巴门尼德向苏格拉底、芝诺和小亚里士多德等晚辈解释一和多的关系时,为柏拉图"相"论做出的伟大理论贡献。尼采没有发明更多的东西,他只是掌握了巴门尼德形而上学庞大体系的核心——在者及其生成,并给它一个存在论意义上的伦理学之维"生存之义":包容个体的类属应该指向一种更高的存在。这就是同一者永恒轮回的真正意义。

> 对于伟大的事物——我看见大事物!——
> 要么沉默
> 要么口出狂言:
> 说得狂一点,我心凝形释的智慧!
>
> 　　　　　　　　　　　　　　　　《声名与永恒》

　　所谓"大者",实乃生存之义。基督教将上帝确立为世界"最高真理",无非是将某种绝对精神订立为人世的"最高愿望"或"最高价值";而无神论者拒绝承认这种"人格实体",也并非放弃精神和理念的最高领域。知识与教义,随着教权退出俗世,今天已大抵相安无事了。形而上学不同,它从未与宗教思想发生冲突,甚至还促成过中世基督教内部的经院哲学。因为形而上学并未把人的存在本质设想为可一劳永逸地得救,而是处在生成与流逝之中。连神学家阿奎那也承认人的幸福作为人最后的完满"乃是人自身的筹划"①。这就是为什么形而上学自奠基（柏拉图）以后，整个理论中绝大部分都包含一个伦理学之维。正是因为如此，每当面对宗教世界和教会史时，尼采总是激烈捍卫一个世俗的精神世界，但从未否定宗教性。

在尼采看来，基督教传统的衰败是有内在原因的，教会本身与现代国家一样促成了反基督教的胜利。所以在某些时候的特定思路中，尼采甚至想象一种"无教会的基督教"在人类事务中仍然能起的作用，譬如前基督教时期的"耶稣人格"和那种包容了古典理想主义的宗教传统。② 我们也看到试图将这种思路引到形而上学中来的努力，譬如他认为："世界的主体性不是神人同形的，而是一种人世间的：我们是神梦中的人物，并且揣测着神怎样梦想。"③似乎上帝也可以成为一个俗世的哲学家。所以尼采读陀思妥耶夫斯基，对这位俄罗斯天才小说家在其作品里出色地揭示了耶稣基督身上那种病态的、感人的、具有崇高怪异特征的人性仍然感到不足，就更可理解的了。但是，许多论家乐于对尼采那部《敌基督》书作解释的时候，却轻易地忘记了另一个思考宗教的尼采。

---

① 参看托马斯·阿奎那（Thomas d'Aquin，1225－1274）《神学大全》（*Summa theologiae*），德里佑神父（l'abbé Drioux）法译本，第二卷，巴黎 Eugène Belin 教会经典文社，1851 年，第 408 页。
② 关于尼采这方面的思考，可参看其 1887－1888 年间为《权力意志。论一切价值重估》一书准备的部分笔记手稿，尤其题为《基督教史论纲》（*Zur Geschichte des Christenthums*）、《基督教与佛教的本质》（*Christianismi et buddhismi Essentia*）和《我的耶稣型仪论》（*Meine Theorie vom Typus Jesu*）三篇提纲；详见《1887 年 11 月－1888 年 3 月笔记》，[WII 3. November 1887－März 1888]，11[364]，11[367]，11[378]，《全集》KSA 本，第 13 卷，前揭，第 160 页以下，第 163 页，第 175 页以下。
③ 参看尼采遗稿《1870 年岁末－1871 年 4 月笔记》[UI 2b. Ende 1870－Aoril 1871]，7[116]；《全集》KSA 本，第 7 卷，前揭，第 165 页。

　　离开生存之义去构想形而上学的基础是不可想象的；如此建立的"基础"即便获得了最高等级也是无济于事的。基础失去了"在者"也就等于将 Sein［存在］搁入哲学家的衣帽间了。因此之故，尼采回头省察其哲学"前厅"时，不得不重新检讨一些早先的思想论据，包括他一度汲取思想资源的康德和叔本华。他注意到，德国古典哲学中最乐观的自由学说也带上了某种古老演化论的痕迹，譬如康德在先验领域建立的"自由自动机"，或者叔本华在表象世界建构的"自由意志"，在他看来都是哲学家的权宜之计，为了一个可能的理想—— ens perfectum［完美的在者］而免除了在者"对这个世界如此这般的存在所承担的责任"①。对尼采来说，这项"免除"相当于教条主义的大师们第二次"挪移"形而上学的核心难题，而这一次更严重，涉及的是核心之核心——存在论的伦理学之维。

　　尼采在其"知识理论重建期"所做的事情之一，就是恢复形而上学存在论的这个伦理学之维，把它作为"同一者轮回说"的核心内容来阐述。同一者乃坚执者与持恒者，生成和流逝中的承载，又能从历史的重复和滞重中抽身返回，故为生存意义上有限者之永恒，人藉此以筹划其愿望和生存之路。用尼采的话来讲，同一者永恒轮回乃是这样一种"最高力量，从创造力的逼迫中将一切不完美的、痛苦的东西感受为必要性（永恒回返的价值）"，从而在现实生活中"能够给任何一种完美的东西以形式"。② 永恒轮回乃

---

① 尼采遗稿《1887 年秋笔记》［WII 2. Herbst 1887］，10［150］；《全集》KSA 本，第12 卷，前揭，第 540 页。

② 参看尼采 1884 年为"永恒轮回说"起草的预备性提纲《新等级。永恒轮回说哲学导言》(*Die neue Rangordnung. Vorrede zur Philosophie der ewigen Wiederkunft*)；遗稿《1884 年夏秋笔记》［WI 2. Sommer-Herbst 1884］，26［243］，《全集》KSA 本，第 11 卷，前揭，第 212 页以下。

是权力意志的根本体现,每一次都是在更高的形式上得到表达。《颂歌》中那种个人的"踯躅的永福",就是以有限者去度量无限者的幸福。

> 这个世界只要能达到什么状态,就必定达到,但不是一次,而是无数次。于是有这样的时刻:它曾经出现一次,多次,并且还会如此重复,一切力量分布恰如现在的样子:就好像是这个时刻诞下那个时刻,那个时刻又生出这个时刻,而这个时刻就是今天的这个孩子。人啊!你的全部生命就像一只沙漏,一再被倒转过来,又一次次漏完,——直到你生成的一切条件在世界的循环中再次汇集到一起,当中有伟大的一分钟时间。这时,你再次找到每种痛苦和每一欢乐,每位朋友和每一敌人,每个希望和每一谬误,每根草茎和每缕阳光,万物的联系。这个环再次放射出光芒,你是环中的一颗籽粒。人的此在的每个环节中总有一个时刻,首先是一个人,然后许多人,最后所有人都浮现出关于万物永恒轮回的最强大的思想:——而这,对人类来说,每一次都是正午时刻。①

即使在俗常概念里,永恒也被视为大事。概人或一个历史性民族是需时时自新的,而考察制度更新或衡量功成名就总需订立一个合乎社会伦常的标尺,这就是尼采所说的"人性的,太人性的"部分。故人安身立命意味着能死者之永恒亦属人之伦常,譬如品达时代人们颂扬奥林匹亚竞技优胜者的业绩,或者今

---

① 遗稿《1881 年春秋笔记》[MIII 1. Frühjahr-Herbst 1884],11 [148],《全集》KSA 本,第 9 卷,前揭,第 498 页以下。

天一个人在学问造诣上臻于完满。安身立命当有所持和所据，
此即"有着落"。《太阳沉落了》一诗表达了这种生活感受。当迟
暮感将人逼进夕阳之景，"我有生之日"也就朝向了人世最后的
那片"红光"。这首诗似乎讲一个到了歇脚时候的人不愿过早领
受最后的"福分"，但他已经不怀疑，不管目标是否落空，思想已
达于澄明之境。假如诗人想说的只是"老之将至"，那么除了肉
体死亡，大自然不会给人更多的恩赐。

16

　　根据赫拉克利特的意见，真正参与世界历史的是万有为一
的出离者。赫拉克利特讲的这类出离者，指的是从作为芸芸众
生基础的自然中抽身出来的人。惟有从存在所落入其中的，依
其统一性原则聚集而生生灭灭的自然中抽身出来，作为ἐργάτας
［工匠］和συνεργούς［参与者］参与世界之事的发生，人的此在的
历史性才真正揭示于人。赫拉克利特的这个意见，见于马可·
奥勒留《沉思录》(*Τὰ εἰς ἑαυτόν*，VI，42)中引述的一个残篇[①]。
下面是这个残篇的原文：

> τοὺς καθεύδοντας οἶμαι ὁ Ἡράκλειτος ἐργάτας εἶναι λέγει
> καὶ συνεργοὺς τῶν ἐν τῷ κόσμῳ γινομένων.
>
> 我可以断定，赫拉克利特说过"睡者"乃是参预世界之
> 事发生的工匠和参与者。

　　从行文上看，这个残篇是一个转述，窜入了解释者的口气。

---

① 赫拉克利特残篇 75（Marcus Aurelius VI 42）。详见 Hermann Diels/Walther
Kranz《前苏格拉底学派著作残篇》(*Die Fragmente der Vorsokratiker*)，第 6 版，
卷 I，Weidmann，1974 年，第 168 页。

关于这个残篇被转述的准确性,除了马可·奥勒留的《沉思录》,我们没有更多资料来源可资考证。从残篇的行文风格,参照赫拉克利特仅存的另外几个涉及同一问题的残篇来判断,此残篇的真实性应当是可靠的,除非我们对转述的准确性提出质疑。这恐怕是赫拉克利特所有有关人的生存的历史性的残篇中最重要的一篇,也是迄今所能见到的前苏格拉底残篇中言及人参与世界之发生最明确、也最古奥的一个文本。从赫拉克利特写下这个箴言到马可·奥勒留在书中将它转述,时间过了将近六百年。这段漫长的历史时间里,西方思想的命运已先期地铸定,赫拉克利特这个箴言却注家无几,几乎湮没散佚。

人们现今看到的这个残篇是公元二世纪的一个转述版本,我们已经无法可靠断定赫拉克利特原文的句式以及他本人是在什么情况下讨论他所要讲的事情。根据奥勒留对残篇所作的疏解,赫拉克利特讲的是,人无论主观上有意还是无意,都参与了世界的发生①。这个注疏抓住了赫拉克利特残篇论说的要点,结论却偏离了赫拉克利特的思想。奥勒留是在其《沉思录》第6卷第42章谈论人类的共同责任时,引述赫拉克利特这个残篇的,而且是作为引证资料嵌入一个斯多葛论题中。奥勒留是斯多葛主义者,自然是从斯多葛派人类整体论和宇宙秩序论去解释赫拉克利特残篇;他的解释与其说是解释,不如说是用赫拉克利特之言来替斯多葛派学说作注脚。这个过于随意的注疏给后世理解赫拉克利特之言带来了很大的问题。至今人们对此残篇的阐释,依然未能拂去哲学编纂史给它蒙上的迷雾。

_____

① 马可·奥勒留《沉思录》VI, 42: *Πάντες εἰς ἓν ἀποτέλεσμα συνεργοῦμεν*, *οἱ μὲν εἰδότως καὶ παρακολουθητικῶς, οἱ δὲ ἀνεπιστάτως.* [我们无论自觉还是跟随众人,或者根本意识不到,都参与了同一个事业的完成]。

　　马可·奥勒留虽然错误解释了赫拉克利特原话的意思,但他的的引述却使这个箴言残篇得以保存下来。

　　在此残篇中,赫拉克利特用 $καϑεύδοντας$ [睡者] 这个词来称呼参与世界之发生的工匠和参与者,这在古代文献中并不多见,今天习惯了现代语言的人读来就更觉得怪异和费解了。按流行的公众常识和文学比喻,"睡者"乃糊涂人或死人的代称,与洞悉浊世的清醒者或苏世之人相比,如何谈得上参与世界之事的发生!难道赫拉克利特是在摆弄文学词语吗,抑或是在古老的意义上使用 $καϑεύδοντας$ [现在分词,复数,宾格], $καϑεύδω$ [动词原形,词构 $κατά+εΰδω$] 这个词? $εΰδω$ [睡] 这个古词,语文学家们至今并未能在词源上提出任何公认的可靠定说,除了它确定的基本语义,似无其他特殊用法的例证;但这个词自古在语言运用中的众多动词前缀和双前缀($έν-$, $συν-$, $έπι-καϑ-$, $παρα-καϑ-$, $συγ-καϑ-$,等等)的丰富性表明, $εΰδω$ [睡觉]远不是人们想象的那样单调和乏味的一件事。赫拉克利特许是借生活中的一个最普通的词来谈论一个深奥的哲学问题,这在古人那里并不忌讳。一个小词可以打开一个世界。就像尼采说的那样,思想者的伟大风范在于"找到更丰富的自然语言,——用它来反映出世界的图象"①。如果我们留意 $καϑεύδοντας$ 这个词在赫拉克利特语境中的用法,——它是与 $έγρηγορώς$ [醒者] 相对的,我们或许能大致揣测赫拉克利特在什么意义上使用"睡者"这个词,而依这个词被赋予的思想特色,我们得以探明他所说的"睡者"世界是个什么样的世界。

　　早期教父哲学家亚历山大的革利免($Κλήμης\ Άλεξανδρεύς$,

————————

① 尼采遗稿《1884 年春笔记》[WI 1. Frühjahr 1884],25[328];《全集》KSA 本,第 11 卷,前揭,第 96 页。

公元约 150—215 年）引述的一个残篇①中，赫拉克利特是这样
讲的：

> ἄνθρωπος ἐν εὐφρόνῃ φάος ἅπτεται ἑαυτῷ [ἀποθα-
> νὼν] ἀποσβεσθείς ὄψεις, ζῶν δὲ ἅπτεται τεθνεῶτος εὕδων,
> [ἀποσβεσθείς ὄψεις], ἐγρηγορὼς ἅπτεται εὕδοντος.
>
> 人在黑夜里为自己点亮一盏灯，
> 哪怕他的眼睛已熄灭。
> 但人活着的时候在睡眠中就已触及死者；
> 而人在醒着的时候触到睡者。

　　这个残篇严格规定了我们前面讨论的问题之范围。既言
"人活着的时候在睡眠中就已触及死者"，这里所说的"睡者"世
界就不是死者的世界。残篇中置于方括弧的衍文，尤其起首句
中ἀποθανὼν［死者］一词，已被学界确定为后人窜入的注释文
字。即便剔除了晚近编纂者和注释者带入残篇的望文生义，残
篇中的"死亡"追问可能引出的歧义也未能尽然消除。譬如"眼
睛已熄灭"就可能被理解为赫拉克利特讲的是人死。但这句话
应该有多层含义，并不全然意味着死亡。赫拉克利特的行文风
格充满诗的魅力，外行的人可能会将它视为一篇诗歌而忽略了
残篇的论说。根据文中提示，这个残篇不是讲人注定从生到死
的自然规律，也不是讲人生前就预知死后如何，而是讲终有一死
者意识到自身的有限和对死亡的沉思。即使我们勾勒出这层意
思，赫拉克利特之言仍然没有告诉我们多少东西。

---

① 此残篇见于革利兔《杂记》（*Stromata*）IV，143。H. Diels/W. Kranz《前苏格拉
底学派著作残篇》列赫拉克利特残篇 26；第 6 版，第 156 页。

阅读这个短短数行的残篇，需要厘清层次。

它的原文由三个依次递进的句子构成（我们在此按现代标点方式将它翻译成两个句子；第二个句子又分出一个分句）；全篇结构严谨，首句与末句分别以"黑夜"和"睡者"形成呼应，中间的分句又以"活着"—"睡眠"与尾声的"醒着"—"睡者"构成双重互文，而关键之点在残篇的结语。赫拉克利特是在讲了生者对死亡的沉思之后，以此作为铺垫引出另一个对吾人而言更高的问题的：醒者触及睡者。这里，"触及睡者"是何意味？清醒的人为何要去触碰睡者？

看来，要读懂这个残篇，须对赫拉克利特的"睡者"有一番详察，否则我们对整个残篇的理解恐将不得要领。我们得从结尾重新回过头去领悟残篇开端的论说方式，才可能对言说的内容有所知晓。这个直到句末才引出的"睡者"，回应了残篇开头的引语："人在黑夜里为自己点亮一盏灯，哪怕他的眼睛已熄灭。"按这个引语所说，赫拉克利特的"睡者"乃是黑夜里的人，他给自己点亮一盏灯，以照亮他的处所。至此，这个神秘"睡者"从残篇的黑夜里呼之欲出，令我们想到尼采《夜歌》中那个自愿回到黑夜成为"夜者"的人，但这个形象仍然没有得到足够的解释。

在另一个相关残篇中，赫拉克利特对他陈述的范围有更明确的解释："醒者有一个共同的世界，而每一个沉睡的人都转向他自己的世界。"①这个残篇的写作背景已不可考，但从论题来看，极有可能与我们上文讨论的残篇出自同一年代同一背景。即使这个推论有武断之嫌，此残篇仍然是一个可靠的互文和诠释。

---

① 赫拉克利特残篇 89：ὁ Ἡράκλειτος φησι τοῖς ἐγρηγορόσιν ἕνα καὶ κοινὸν κόσμον εἶναι, τῶν δὲ κοιμωμένων ἕκαστον εἰς ἴδιον ἀποστρέφεσθαι. 详见 H. Diels/W. Kranz《前苏格拉底学派著作残篇》，前揭，第 171 页。

　　人从白昼进入黑夜,睡者从共同的世界转向个人的世界,这是赫拉克利特残篇告诉我们的事情。那么,我们从这件特意传达的事情中能得到什么忠告?“转向”个人的世界仅是说一种个人化倾向,或者专心于自己感兴趣的事情吗?抑或这只是有关公众与个人的一种习以为常的区别? ἀποστρέφω 这个动词的语义是转身走开,“从某个地方或某种状态抽身出来,离去,回到……”看来,我们还得从这个古词的语法规定性去探测赫拉克利特两个不同世界的特征。

　　黑夜意味着共同世界隐去了它维系自身的所有纽带;从共同的世界“抽身出来”乃是回到本己。对于每个个体的人,并非如此一来共同的尺度就不存在了。荷尔德林有一首诗讲到了个人与整体的这种关系,并道出每个人需在敞开的处所找到本己的东西:

　　　　　　神圣的火,无论昼夜,
　　　　都会亮起。来吧! 我们得以望见那敞开之域,
　　　　　　到那里寻找一种本己的东西,哪怕再远。
　　　　太一恒久;无论时辰是正午还是
　　　　　　进入了子夜,总有一种尺度存在着,
　　　　人人共有,但每个人只得他自己的那一份,
　　　　　　各自远行,回到他能抵达的地点。①

　　醒者通常被领悟为头脑清醒者,因而醒者的世界是透澈而

---

① 荷尔德林诗《面包与酒》(*Brot und Wein*)第三阕;《荷尔德林全集》(*Hölderlin Sämtliche Werke*)五卷本,第 2 卷,拜斯奈(Friedrich Beißner)主编,斯图加特,1965 年,第 95 页。

光明的。这是现代人的诠释，并不适用于赫拉克利特的残篇。赫拉克利特讲"人在醒着的时候"，指的是我们在世的状态——常人的和大众的。醒着的人，若仅是睁着眼睛之谓，那就不过是活在世上的睁眼瞎；是故残篇一开头就强调，哪怕你看不见了，也需要一种光明。赫拉克利特残篇中没有任何隐喻的成分。古人言事直截了当。赫拉克利特的"醒者世界"就是我们常言所说的"人世"。这是一种恒常状态的"人世"。然"人世"这个词是乏味的。倘若我们始终想用一种自然而又切近的语言来描绘生存的状态，"人世"这个词则是言之太多了。在此种词语的圆滑和泛议中，事物的本质不是一语带过，就是被消耗殆尽了。但"世"却是我们居住的。它在我们的语言中依然具有权威性和分量，世界之为世界的分量。这个日常世界始终处在生成和流逝中，给人以不断推移的错觉，它的万物自然之光和人为取得自身所需而做的成倍努力在确立着进步的标尺，但历史给予人的东西是如此的少，——按尼采的观察，即使"革命、混乱和民族的困境，与伟大的个别人在其成长中的那种困境相比，也是小得多的事情"[①]。甚至，在人的知识整体的那些决定性方面，这个始终趋前并往上标高的进步标尺并没有给处于哲学源头的赫拉克利特学说增加多少东西。这个生成和流逝中的世界被托付了存在的本质，却不会轻易显露而让人得以靠近。认识存在并使存在达于存在之本质乃是人自己的事，别无代劳者。虽然在者以其筹划和生存方式或多或少使这个世界人化了，但它整体上依然以自然的面貌维系着众生的基础。

尼采早年给学生讲"前柏拉图哲学家"，主要讲赫拉克利特

---

① 尼采遗稿《1884年春笔记》[WI 1. Frühjahr 1884]，25[342]；《全集》KSA本，第11卷，前揭，第101页。

的生成说和 $Πόλεμος-Δίκη$ [冲突—公义] 理论，未就上述残篇作深入解释，但引古典语文大师雅各布·伯乃斯的两段注疏以备一说，庶乎以见出赫拉克利特的"醒者世界"与"睡者世界"之关系。伯乃斯是从古代自然学派的立场围绕残篇 88[①] 作出解释的，以为赫拉克利特讲的是自然的生命法则，出自同一本源的既有代表生命力的日光，也有代表死亡的黑暗。伯乃斯据此推断，赫拉克利特的"醒者世界"与"睡者世界"的关系是依环绕人四周的气场（$τὸ\ περιέχον$）来决定的，当这个气场受生命原则支配时，人就作为"生者"和"清醒者"也即作为在世的一员与 $ξυνόν$ [共同体] 在一起；而当火光熄灭，黑夜降临，人与共同体维系的联系就中断了，此时人沉入睡眠，也就是被托付给死亡和遗忘。[②] 伯乃斯的注疏虽然明确了赫拉克利特的"醒者世界"就是在者整体的世界，但他的另一半疏解却与我们在此讨论的问题相去甚远。伯乃斯既然把残篇中的那个 $ταὐτό$ [同一者] 理解为自然法则，赫拉克利特的"睡者"当然也就丢给死亡和遗忘了。但这个 $ταὐτό$ 并不是法则，而是存在者本身。那盏"黑夜里的灯"是由人来点亮的，是人藉以照亮存在的东西，与自然的生命法则毫无关系，因为法则之为法则不是人可以随便移入黑暗的。

　　大约十年后，尼采再次回到赫拉克利特时，在一篇哲学笔记

---

① 参看本书第 76 页。

② 雅各布·伯乃斯（Jacob Bernays, 1824－1881）。主要著作有《论弗基利德诗》（*Über das Phokylideische Gedicht*），《赫拉克利特笺注》（*Die Heraklitischen Briefe: Ein Beitrag zur Philosophischen und religionsgeschicht-lichen Litera-tur*），《亚里士多德〈政治学〉译注》（*Aristoteles' Politik*）。尼采所引，系伯氏论文《赫拉克利特研究》（*Heraklitische Studien*），载《莱茵博物馆志》（*Rheinisches Museum*）1850 年第 7 卷，第 90－116 页。参看尼采早期著作《前柏拉图哲学家》（*Die vorplatonischen Philosophen*）第 10 章（赫拉克利特部分），《全集》KGW 本，第 II/4 卷，Walter de Gruyter 出版社，柏林，1994 年，第 273 页以下。

里厘清了有关ξυνόν[共同体]的思路:"我们的整个世界不过是芸芸众生的灰烬:生者与整体相比是那么的渺小,惟万物一劳永逸地皈依了生命,如此推演以致无穷。我们还是接受永续吧,因而也相信永恒的推陈出新。"①众生与灰烬,此语虽未提及赫拉克利特,但来源很清楚:作为自然基础的整体性始终包含了在者失落的危险。

> 但人活着的时候在睡眠中就已触及死者;
> 而人在醒着的时候触到睡者。

　　赫拉克利特残篇的语法逻辑,本身就是它的思想逻辑。这句由连接词δέ[但]引出的话,意味着这里有一个转折。这个转折是以上文("人在黑夜里……")为前提的,转折意味着所讲的事情进入新的层面。残篇的三个句子均使用同一动词ἅπτεται[ἅπτω的第三人称单数现在时直陈式中动态],分别表示不同的或多重的东西。这个古老动词的语源已经模糊,多数语文学家推定其词干ἅπ-来自印欧语系的 ap-[触摸、触及]②。在赫拉克利特生活的时代,这个古词就已具备现代希腊文中保存下来的全部基本释义:"触摸"、"把捉"、"系于"、"点燃"、"触动"等义。这个动词在残篇三个递进句式中排成ἅπτεται排比句,令人印象

---

① 尼采遗稿《1881年春秋笔记》[M III 1. Frühjahr - Herbst 1881],11[84];《全集》KSA本,第9卷,前揭,第472—473页。

② 从ἅπτω在晚期古希腊文中的一些派生词,我们还能隐约看得见它的原始风貌,如转化成以ἁψ-为词干的派生名词ἅψις,释义(1)"触摸",(2)"结"、"车轮"、"穹顶";ἅψος,(1)"结",(2)"(肢体)关节";而ἅπτομαι这个更直接的派生词,在荷马那里指的是"轮毂",在赫西俄德的著作中则指"圆"或"穹顶"。参看古典语文学家尚特兰(Pierre Chantraine)著《希腊文词源字典》(Dictionnaire étymologique de la langue greque),巴黎,Klincksieck,1999年修订版,第99页以下。

深刻。第一个句子中*ἅπτεται*的用法是"点亮"（一盏灯）；第二个句子（分句）和第三个句子（主句）用法相同，均作"触及"解。语义之于世界的那种可通达性，依尼采之见，是需要从"根蘖"去把捉的。我们在此就词义所作的分类解释，完全是出于从现代语文去阅读和译解之无奈；但在古人那里，*ἅπτω*这个动词指向世界的方式完全是同一个，尽管所指之物按各自的方式呈现出差异和生命的色彩。

读这个残篇，我们有这样的感觉，赫拉克利特只用一个动词就把人的存在整个的支撑起来了，并且如其古已派生的意象（轮毂，穹顶）那样轮回与向上建构，仿佛不是作者，而是这个古老动词的存在之思在此统摄全篇并且把话讲完了。

这个赫拉克利特的*ἅπτεται*不是经验式的触摸。它更像是我们用手去做一件事情，是对事物本身及其本质的把捉和达至。从"点亮"到"触及"，赫拉克利特是在同一个形而上学的意义上使用这个动词的。如果我们尊重古人用词的方式，点亮一盏灯与点亮一个灵魂，或者点亮一个思想，在做事情的方式上有什么区别呢。难道不是一个本原之词在引导生活中的另外一些事情吗？

"人在醒着的时候"，——假若此语仅意谓人活着，目光没有"熄灭"，我们不过是作为在者面对一个共同的世界罢了。这个"共同世界"与承担这个世界的存在者整体是一回事吗？这种共在关系的理想性不也同时在以其"自然的"方式承受着个体存在的"流逝"吗？一切公共事务的本质就在于，它或可以为整体提供某种保障，但它不为个人存在之流逝承担责任。自然作为基础的代价就是自然本身。现代社会的制度建构不仅没有削弱其赖以存在的芸芸众生的基础，反而由于人和世界的那种亲密性的丧失而加强了这种基础。按尼采的看法，简单谈论一个事实状态的世界是没有多大意义的,这个关系到我们并被称为"世界"的世界是要从在者这边来理解的。

　　我们有两种世界历史,一种是依统一性而规避一切天命的内驱力的历史,荣格在其 1922 年发表的《论分析心理学与诗的关系》论文中称之为"集体无意识",这种"历史之物"的历史依其平静的反光,常常被误认为是和谐的;另一种是承认"一即是多","一"朝向"多",这部历史把"纷争"和运动不息视为世界的规则,从这个规则中产生的是永恒的公义。这后一种,就是赫拉克利特描绘的历史。这两种历史都决定了个体的命运,但却是以不同的方式。尼采青年时候在一篇未完成的论文《希腊人悲剧时代的哲学》里提出这样的解释:"巴门尼德和赫拉克利特一样,看到了普遍的生成和非恒定状态,只能将流逝解释为不存在者自身的过失。"①这后一句话的原文 das Nichtseiende an ihm schuld sein muß,按德文严格语法应准确理解为"不存在者应担当其自身的过失"。如果此语指的是个体的命运或非命运,只能是追悔莫及,因为不存在者(或历史中的消失者)不可能再承担任何东西。这种历史不是人们想象的一块坚实的土地。所以我们看到尼采《颂歌》中有一个篇章试图解释,清醒者"为何匆匆离开陆地"和人群,踏上孤岛,隐居山中(《火符》)。

　　在思想史上,个体拯救之路从来没有像尼采那么激烈,孤独只是自我完成的一条道路,他甚至主张制订"意志的草案",培养"肉身的贵族政治"。如果我们不是孤立地看尼采不同时期的撰述和那些看起来乱糟糟的手稿,而是尝试从错综复杂的头绪中理出一个综合的思路来,那么,堆在"个体"(在某种意义上也是

---

① 　参看尼采《希腊人悲剧时代的哲学》(*Die Philosophie im tragischen Zeitalter der Griechen*);《全集》KSA 本,第 1 卷,第 838—839 页。

聚合成统一体的民族、国家、社会)头上的那些骇人名词、概念和
修饰语——诸如"权力意志"、"超人"、"更高类型"和"有机物的
历史"等等,就会从人们阐释的视野中退去它们耀眼的色彩。这
样,尼采思想的魅力也就远超过它所引出的歧义。当然这里需
要谨慎,当我们使用这些材料,尤其在诗文本和哲学文本之间作
比较的时候。有趣的是,当一个哲学家同时也是诗人,后者总是
扮演着修正前者的角色。所以《颂歌》中有一首诗讲,这样的"双
身人"一半是"自知者",另一半是"自戕者"(《猛禽之间》)。这也
许解释了为什么当尼采以诗人的眼光去描述个体之路时,那种
套在人头上的光环便不见了,代之而来的是一种力不从心的沉
重感。这时他就像一个真正的诗哲,手里的工具不是"权力意
志",而是词语、韵律和调色板;而且有一种身不由己的感觉:"每
当我思考生命和世界,我仿佛置身在一堆悲剧道具中间,不管往
那边看,都有一些提台词的过来劝我创作悲剧——我几乎没法
阻止的是,这些庄严而悲怆的道具竟自演起悲剧来,并把我拖进
它们的戏里:至今,类似的压力仍在身边压着我。"①这份思想自
白多少道出哲人内心最清楚的苦衷:理想的人并不比现实的人
强大。它需要另一种语言来调节,这就是诗歌。在诗歌里,一切
思想都被赋予生命本身拥有的全部细节、色调和差异。

　　个体之路已经注定了。尼采知道,即使宣布"上帝死了",人
也不能取代那种绝对精神的最高实体地位。人,弑神者?在为
《颂歌》准备的一个手稿片段中,尼采似乎对颂扬人的这一"罪名"
有所保留,至少犹豫不决②。赫拉克利特曾经说过,你要是用他人

---

① 尼采遗稿《1881 年秋笔记》[MIII 4a. Herbst 1881],15[14];《全集》KSA 本,第
　　9 卷,前揭,第 639 页。
② 参看《狄俄尼索斯颂歌手稿残篇》第 37。本书第 251 页。

尼采与思想之诗

93

的血来净化自身,你也会显露出一幅沾满了血的形象来①。神之名是留给最高逻辑物的。所以在相当晚期的一篇谈论"权力意志"的哲学提纲里,尼采倾向于那个被废黜了的"上帝"在形而上学领域保有一席之地,不是作为"推动力",而是作为"最高状态",因为决定世界历史意义的不是一些事件的相加,而是存在的本质始终是一种悬欠,必须在最高点和悬欠之间获得补偿:"'上帝'作为中天点:此在是永恒的神化和去神化。"②在这个意义上,历史决定论带来的东西还不如"神学"。尼采为"个体"之路起草的计划远不是什么新鲜事物,也不是人们想象的那样激进的。个体之出离芸芸众生被认为是筹划此种补偿的方式,在赫拉克利特那里早已有之:*τοῦ λόγου δ' ἐόντος ξυνοῦ ζώουσιν οἱ πολλοὶ ὡς ἰδίαν ἔχοντες φρόνησιν* [虽然逻各斯是共同的,但很多人还是按自己携带的想法生活]③。个体为自己的生存以及个人相对于所有事物的独立性而斗争,但个体的生存条件依然取决于整体的生存条件。尼采从一开始(从撰写《悲剧的诞生》起)就是这样思考个体与全体关系的:人是一个统一的多样体,个人的拯救之途就是社会的拯救之途。他称之为一种"非个人的利己主义",——种族起源中"最古老、最原始的东西";此种独立个人"乃是最好纷争、最富于变化、生命力最持久的存在者,同时也是自我淘汰能

---

① 赫拉克利特残篇 Frag. 5:*καθαίρονται δ' ἄλλωι αἵματι μιαινόμενοι οἷον εἴ τις εἰς πηλὸν ἐμβὰς πηλῷ ἀπονίζοιτο· μαίνεσθαι δ' ἂν δοκοίη* [...] [他们用别人的血来净化自身,结果玷污了自己,这就像一个人走进了污泥,又用污泥来洗刷自己……] 详见 H. Diels/W. Kranz《前苏格拉底学派著作残篇》,第 6 版,卷 I,前揭,第 151—152 页。

② 尼采遗稿《1887 年秋笔记》[WII 1. Herbst 1887],9[8];[WII 2. Herbst 1887],10[138];《全集》KSA 本,第 12 卷,第 343 页,第 535 页。

③ 赫拉克利特残篇 Frag. 2,详见 H. Diels/W. Kranz《前苏格拉底学派著作残篇》,第 6 版,卷 I,前揭,第 151 页。

力和自我更新能力最强的人"①。但尼采为此种激进的利己主义辩护的同时,对个体化原则消解入整体却始终怀抱古老的、氏族的浪漫主义理想。这个两极化思想的融合,在尼采的整个社会价值评判中像是一块综合调色板,似乎开天辟地从未创造一条鸿沟,未来的最高价值评断依然不能逾越"一即是多"的原始事实。这也许正好解释了我们阅读文本的那种困惑,尼采纯粹意义的诗歌作品里没有出现他在哲学上构想的那种伟大"超人"个性,包括他最后完成的作品《狄俄尼索斯颂歌》在内,总的基调是忧郁、某种正在消亡的东西和重新走向起源。这恐怕不是文学尺度或表现手法那类原因。这个隐秘的侧面,也许就藏在思想的背面,——"超人"也是人,带有人性的那一切,理想和弱点。《猛禽之间》这首诗尾声提到的那个"谜"还有待破解。

　　作为自然目的的人和作为历史的人,两者一直是思想史的分岔道。自然不会按目的行事,而历史的人面临种种事件的偶然性。尼采坚持认为"从高处看,两者都是必要的",也许可以寄望于思想史上这种从未放弃的两厢情愿产生一个新的类型,他称之为"第三者"或"两性同体状态"②。这是不是"超人"理想的一个维度呢?

> 我的山峰
> 和我的冰雪下面
> 依然系着

---

① 参看尼采遗稿《1881 年春秋笔记》[MIII 1. Frühjahr-Herbst 1881],11[130];《全集》KSA 本,第 9 卷,前揭,第 487 页以下。

② 参看尼采遗稿《人的价值的等级制》,《1881 年秋笔记》[WII 2. Herbst 1887],10[58];《全集》KSA 本,第 12 卷,前揭,第 491 页以下。

所有爱的纽带①

假若我们这里推断无误的话,这四行诗手稿应是为《颂歌》
九章末篇《论最富者之贫》一诗第七节预备的②,由于叙事角度
发生变化,"爱的纽带"这一直率表白最终被一种"儿女情长病"
的腼腆修辞取代了。一个反对"群牧"[Heerde]社会并在此种
斗争中逃离大众和社会的人,将个体的自由置于顶峰,却仍然坚
执地维系着一切共在关系的纽带。这是为什么呢? 在尼采看
来,并不存在自然的、单纯的个体。个体人不应作为单个的人来
对待,而是"作为两个或多数"。这种共在的归属使得个体不把
自我的唯一性看成是绝对的。尼采建议我们看看最低有机物的
生存原则,——尽管不是恰当的论据,如果找不到合适的词来称
呼通往个体或"个人"道路上真实存在的东西,不妨就叫做"二出
自一,一出自二"③。社会的"群牧化"或"群牧特征",这个尼采
用语指的是社会对个体的约束、漠视乃至"有系统的驯化",比如
奴隶制和现代工人阶级。一即是多。个体既已将"社会"安置在
自己身上,"回归自己并非逃离社会,而经常是依照以往经验的
模式,尴尬地梦想和解释我们的事情。不仅上帝,还有一切我们
认可的存在物,甚至没有名字的东西,全都承担在我们身上了:
就我们对宇宙的理解和梦想,我们就是宇宙。橄榄树和风暴成
为我们的一部分,交易所和报纸也同样如此"④。——人就是他

① 尼采《狄俄尼索斯颂歌手稿残篇》[WII 10a. Sommer 1888],20[18];《全集》
KGW 本,第 VIII/3 卷,前揭,第 355-356 页。
② 参看本书第 219 页。
③ 参看尼采遗稿《1885 年 8-9 月笔记》[W I 7a. August-September 1885],40
[8];《全集》KSA 本,第 11 卷,前揭,第 631-632 页。
④ 尼采遗稿《1880 年秋笔记》[NV 4. Herbst 1880],6[80];《全集》KSA 本,第 9
卷,前揭,第 215-216 页。

所承担的世界。这种承担是他得以在世的条件。

在赫拉克利特那里，虽然原始的统一性作为基础维系着这个芸芸众生的世界，但停留于一个生生灭灭的自然基础并不是世界的目的，故生成和流逝最终仍是向"多"的回归。因为说到底，只有从古老的"一"出离，向"多"回归，人才可能抽身出来肩负一个可能的世界。所以在同一篇论文中，尼采又讲到"这个世界上有罪恶、不义、矛盾和痛苦"，但生成是无辜的；虽则如此，"虽则生成和个体的世界被免去了对这一切的责任，但同时又不断重新被判决要承担其后果"①。人须对其存在负责，这就是两千六百多年前赫拉克利特要晓谕于人的事；也是上个世纪海德格尔在解释赫拉克利特同一个残篇［残篇88］时所说的此在之"具体化"②。这个历史的悖论不会终结。即使今天，我们这个世界现代化了，或如部分公众意见所认为的那样技术化和"全球化"了，其作为芸芸众生基础的那一面并没有改变。因为自然永不会消失。乍一看去，赫拉克利特残篇后半部的结语好像是对生存事实和永续的一种认可，其实讲的是另一件大事情。

而人在醒着的时候触到睡者。

人在黑夜里意味着什么呢？这个残篇的开头讲"人在黑夜里为自己灯亮一盏灯"，这句话并非特别地指哪一个历史时期或黑夜时代人应该看清世道，而是讲人任何时候都需有光亮来照亮他的存在的处所，藉此得以在其生存中预备历史之事的发生。

① 尼采《希腊人悲剧时代的哲学》，前揭，第829—830页。
② 海德格尔《论基础的本质》（*Vom Wesen des Grundes*）；详见海氏文集《路标》（*Wegmarker*），《海德格尔全集》第9卷，第3版，Vittorio Klostermann 出版社，1976年，第143页。

这种"预备"也就是$\mathring{\alpha}\pi\tau\omega$，此谓语动词在残篇中乃意指"为……做
准备"。人参预世界之发生是需要领悟和有所准备的，并非蒙昧
地跟着众人跑或者无意识地躺在"睡眠"中就成事了。否则，世
界之发生将被看成与人无关的自然造化，而自由也将成为某种
外在于人的东西，好像这个世界本身就有一部无人操控的"自由
自动机"在转动。自由之义乃是生存之义；人担当其此在，即是
担当最重的负担。所以诗人这样说：

　　　　你寻找最重的负担：
　　　　找到的是你自己——

　　　　　　　　　　　　　　　　《猛禽之间》

　　人参预世界之发生。可是赫拉克利特为何不讲一切劳作就
是参预，而偏偏要强调"睡者"是工匠和参与者呢？
　　"工匠"（$\dot{\epsilon}\rho\gamma\acute{\alpha}\tau\alpha\varsigma$）这个词在古代意义非同小可。它可以指工
人、田园的耕耘者和劳动者，也可以指一座房屋的建筑师，或者
制订计划加以实施的人，如果要准确译成现代语文，就相当于
"设计师"了。如此参预世界之发生的"工匠"，赫拉克利特称之
为"睡者"是有特定用意的。如果我们了解古代把思之事归给灵
魂和睡眠，就能想象这在赫拉克利特的"睡者"那里是多么自然
的事情了。按荷马的意见，灵魂主宰思想最生动的那一面——
$\psi\nu\chi\acute{\eta}$［吹者，飘拂者］总是与睡眠联系在一起的。而据柏拉图的
一个说法，思（$\delta\iota\acute{\alpha}\nu o\iota\alpha$）乃灵魂就某事物与自身交谈①。赫拉克利
特是按古人的方式来描绘事情的。关于存在与存在之思，他还

_____

① 参看柏拉图《泰阿泰德篇》（$The\ddot{a}tet$）189e－190a：$\lambda\acute{o}\gamma o\nu$ $\mathring{o}\nu$ $\alpha\mathring{\upsilon}\tau\grave{\eta}$ $\pi\rho\grave{o}\varsigma$ $\alpha\mathring{\upsilon}$-$\tau\grave{\eta}\nu$ $\mathring{\eta}$ $\psi\nu\chi\grave{\eta}$ $\delta\iota\epsilon\xi\acute{\epsilon}\rho\chi\epsilon\tau\alpha\iota$ $\pi\epsilon\rho\grave{\iota}$ $\mathring{\omega}\nu$ $\mathring{\alpha}\nu$ $\sigma\kappa o\pi\tilde{\eta}$。。

说过这样的话，ὁδὸς ἄνω κάτω μία καὶ ὡυτή［此在之路上上下下，始终是一条］，而"人在行走中是发现不了灵魂的极限的，除非你穿越了所有道路，你才知道藏在灵魂中的言（λόγον）是多么的深"①。希腊人凭神秘直觉对"睡眠"外观的那种骇人想象，使死亡过早地进入存在之思，——"人活着的时候在睡眠中就已触及死者"。此语初听，着实有点怪诞。但在另一个残篇中赫拉克利特有具体的说明："而人在睡眠中看到的是ὕπνος［梦中之事］。"②赫拉克利特这里讲的必是"睡者"之所思了。古典语文学家马科维奇（Miroslav Marcovich）甚至以为此处ὕπνος乃ὕπαρ［清醒所见真事］之误。其实，赫拉克利特这两句话讲的是一回事情。在古人那里，睡者所见皆为思，真实之事与想象之事皆属思之范围，并无分出其一剔除其余之必要。如果我们领会残篇中"活着"—"睡眠"与"醒着"—"睡者"这两对词语所体现的古老辩证法，就能想象这种对生死的"穿越"无非就是对存在的思。早在荷马那里，ὕπνος［睡眠］这个词就已经从一个伟大的文学借喻进入关于灵魂与死亡的形而上学之思了，赫拉克利特不过是将它从死人那里拯救回来，以免人们错误地把它划归给"永恒的安息"。关于这一点，即便那些被尼采称为"空脑壳"的斯多葛哲学家在他们平庸的解释里也没搞错，赫拉克利特残篇中的那句话并非要把"死亡"的称谓赠送给"出生"③。这种赠与绝不是人的

---

① 赫拉克利特残篇 60；残篇 45：ψυχῆς πείρατα ἰὼν οὐκ ἂν ἐξεύροιο, πᾶσαν ἐπιπορευόμενος ὁδόν· οὕτω βαθὺν λόγον ἔχει. 详见 H. Diels/W. Kranz《前苏格拉底学派著作残篇》，第 6 版，卷 I，前揭，第 164 页，第 161 页。

② 赫拉克利特残篇 21：θάνατός ἐστιν ὁκόσα ἐγερθέντες ὁρέομεν, ὁκόσα δὲ εὕδοντες ὕπνος. 详见 H. Diels/W. Kranz《前苏格拉底学派著作残篇》（Die Fragmente der Vorsokratiker）第 6 版，卷 I，Weidmann，1974 年，第 156 页。

③ 参看赫拉克利特残篇 21 及革利免引述这一残篇时附加的诠释。H. Diels/W. Kranz《前苏格拉底学派著作残篇》，前揭，第 156 页。

权利,但人有权利避免命运变得通俗。赫拉克利特的"睡者"是存在的沉思者和梦想者,也是万有为一的出离者。这样的出离者,用尼采的话来说,——往往是伟大的孤独者,他们"作为个体人能在极其缓慢的选择过程中抢先行动"①。

　　残篇所言乃思想者之事。可能不止于此,赫拉克利特的叙事风格中有些东西是具体的。"人在黑夜里……"这个并非假定的前提总是意味着面对天命无以决断,也意味着光明之物的匮乏。况且人的此在一半是黑夜,另一半也不见得完全光明,如果我们考虑到那种被称作"非正常历史时期"的东西,那种真正的"黑暗时代"总是以强制的方式扩大着非历史本质的进程。存在的历史性就是人的命运。海德格尔在他那篇《论"人道主义"书》中谈到 20 世纪的共产主义时曾经指出:"人们可以以各种不同的方式来对待共产主义的学说及其论据,但从存在的历史看来,确定不移的是,一种对有世界历史意义的东西的基本经验在共产主义中自行道出来了。谁若把'共产主义'认为只是'党'或只是'世界观',他就是像那些把'美国文化'只看做而且还加以贬谪地看做一种特殊生活方式的人一样,以同样的方式想得太短浅了。"②这篇《论"人道主义"书》是 1946 年秋海德格尔同法国哲学家波弗勒(Jean Beaufret)就战后的存在哲学新动向及人道主义问题通信时,对后者的一些提问作出的长篇回信。依海德格尔之见,共产主义中自行道出的有世界历史意义的基本经验就是历史本质中的异化。这是马克思从黑格尔那里作为"异化"

① 参看尼采遗稿《1881 年春秋笔记》[MIII 1. Frühjahr-Herbst 1881],11[43];《全集》KSA 本,第 9 卷,前揭,第 457 页。
② 海德格尔《论"人道主义"书》(Brief über den »Humanismus«);详见海氏文集《路标》(Wegmarker),《海德格尔全集》第 9 卷,第 3 版,Vittorio Klostermann 出版社,1976 年,第 340 页以下。

来认识的东西,由此"深入到历史的本质性的一个维度中去了"。黑格尔在思考劳动的新时代的形而上学本质时,预先触到了一种可能从现代劳动组织方式中导出的东西,其机制是"自己将自己安排为一个无条件设立的过程,通过作为主观性来经验的人达到将现实的东西对象化"。对于共产主义,海德格尔认为人们有必要从那种公正反驳的"半个思维"中解放出来,回到形而上学的"存在的历史",才有可能真正了解共产主义的历史本质。将新时代的劳动组织方式转变成一种制度实践,这种主张在马克思那里就已包含了将唯物主义作为历史工具的那种技术本质。共产主义正是这样一种过程,它将人无条件地转化为整体的主观性,譬如强制转化为"没有历史意义的集体主义",在这种集体主义中,别说个人能提到人道上来,就连被作为集体理性生物的人体会一下他们自身的"无条件的自我主张"都是不行的。

黑格尔预见的那种东西在 20 世纪发生了,但历史学在形而上学存在论这一维上仍缺少一页。共产主义作为一种制度实践本身在其基本经验中就包含了历史本质的异化,如此揭示的一维对世界历史有何意义,为何要从人的存在和历史的本质来思考制度,这些问题提出来了。顺便说说,海德格尔作出此论断时世界大战刚刚结束,他的论说未得到人们足够的重视。而且,作为一个在刚刚终结的那个体制下担任过"大学校长"的有嫌疑的人,他有没有资格来谈论另一个作为"战胜国"的苏联制度,也受到来自知识界的质疑。那时,人们尚未来得及对世界历史的前景作出充分估计。还要等 40 多年以后,欧洲乃至整个世界历史才看到前所未有的"东欧事变"。这期间海德格尔已经过世。他是"柏林墙"建造之前从此一维度道出共产主义历史本质的人,在"柏林墙"倒塌之后也仍然是这个维度论说仅有的一人。

赫拉克利特的"醒者世界"即尼采所称之"在者世界"。在尼采后期的哲学撰述中,"在者世界"这个用语更具体地指向"人的现实"。惟有从"一"到"多",历史才可能保存个体(Erhaltung des Individuums)和产生划时代的东西。这个思想就隐含在赫拉克利特残篇的箴言中。这种"出离"或"转向"是由思想来完成的。

马可·奥勒留引述赫拉克利特残篇三百年后,中世拉丁学者卡尔喀狄乌斯(Chalcidius)对此残篇的思想作了一些新解。卡氏于公元 4 世纪将柏拉图的《蒂迈欧篇》(前半部)翻译成拉丁文,并为之撰写了一部洋洋洒洒的注疏附于书中,书名就叫做《柏拉图〈蒂迈欧篇〉注疏本》[1]。这是拉丁世界见到的第一个柏拉图著作译本。《蒂迈欧篇》是柏拉图晚年完成的一部书,讲宇宙和人的起源。卡尔喀狄乌斯是在讨论思想(他在书中笼统称之为 imāgo[想象])的问题时涉及赫拉克利特的。他的解说见于这个注疏本中:

Heraclitus vero consentientibus Stoicis rationem nostram cum divina ratione conectit regente ac moderante

---

[1] 卡尔喀狄乌斯这个注疏本最初由荷兰古典语文学家范默斯(Johannes van Meurs,拉丁名 Johannes Meursius,1579—1639)于 1617 年在莱顿刊行。后世有符罗贝尔(Johann Wrobel)校勘的《柏拉图〈蒂迈欧篇〉卡尔喀狄乌斯注疏本》(*Platonis Timaeus: Interprete Chalcidio, Cum Eiusdem Commentario*)问世,莱比锡,Teubner,1876 年。现今通行版本有荷兰学者沃辛克(Jan Hendrik Waszink)校订的《柏拉图〈蒂迈欧篇〉卡尔喀狄乌斯译注本》(*Timaeus, a Calcidio translatus commentarioque instructus*),伦敦大学沃伯格研究院《中世柏拉图著作汇编/拉丁文译本》(Corpus Platonicum Medii Aevi/Plato Latinus)第 4 卷。与赫拉克利特相关的内容,可参看符罗贝尔校勘本,注疏第 11 章《论想象》(DE IMAGINIBUS)CCLI,284,10。亦可参看 H. Diels/W. Kranz《前苏格拉底学派著作残篇》(*Die Fragmente der Vorsokratiker*),第 6 版,卷 I,Weidmann,1974 年,第 149 页。

mundana；propter inseparabilem comitatum consciam de-
creti rationabilis factam quiescentibus animis ope sensuum
futura denuntiare. ex quo ficri，ut adpareant imagines ig-
notorum locorum simulacra-que hominum tam viventium
quam mortuorum.

的确，赫拉克利特以及步其后尘的斯多葛学派将人的
理性与支配和规范世界之事的神的理性衔接起来。正是有
了此种不可分离的结合，我们才意识到理性所决定的或解
决了的一切事情，从而能在灵魂憩息的时刻，借助感觉预见
到未来之事。因此之故，一些不为人知的地点的视野以及
生者与死者的图景也显现于我们了。

这个注疏看起来文思雅健。卡尔喀狄乌斯是循斯多葛派思
路来诠释赫拉克利特残篇的（残篇 26 和残篇 75）。有学者推
测，其部分观点可能来自更早的一部书——公元前 1 世纪斯多
葛派大学问家波塞多尼奥（Poseidonius）的《〈蒂迈欧〉注疏本》；
但他使用的词语却是柏拉图以后的哲学概念。卡尔喀狄乌斯是
新柏拉图主义者，且有早期经院哲学家注书的味道；不过，他这
种半赫拉克利特半柏拉图的混合语言中还是道出了一些真实：
赫拉克利特残篇讲的是思想之事。他尤其领会了这两个残篇的
逻辑关系：前者讲人如何能参预"世界之事"的发生，后者讲人靠
什么思向未来。如果不是藉存在之思思向未来，人又如何去想
象那些未知的"地点"的视野和生存的图景呢？

人在醒着的时候触到睡者。——在者思自身（思其存在）乃是
世界历史的一个奠基性大事。这就是为什么希腊人发明了完美的
诗律和修辞学，仍在各种场合的公众论辩中不停地追问 Dasein［此
在］之根由。那是"一切踏进此在者之向死而去的路程"啊！

　　品达有一首狄提兰卜颂诗就称此在为"能死者之长路"①。中国古者云"未知生，焉知死"（《论语·先进第十一》)，也大致是这意思。然在这条路上，在者思自身，仅仅是知死而思自身么？人在回望中看到的是身后之物，那些湮灭者和留驻者，近的和远的。近者如尼采预见的那个 20 世纪的两副面孔，一个既有后工业革命的颓废又充满现代性的百年，它对我们来说似乎尚未完全过去；远者如朝代与年表，宗族与祠堂，制度与革命。仿佛历史只是如此标识出被切割并注入特定意义的空间和时段，人在其中量子化了，存在的本质可用物质和量化的计算来代替。可是当你回首，——里尔克曾追问："是什么使我们这样回首？"②——这种强迫性从何而来？向死而去，却又时时回首，似乎这里面有一个近乎自然的向性，仿佛被一种过多的儿女情纠缠。然据尼采解释，希腊人是不恋生的。他们不仅洞悉人渴求此在的本能，也看破一切踏进此在者之向死而去的性质。"回望"如果只是在世之留恋，则大抵人在饥饱的事情上就足够他忙的了。

　　希腊社会大抵普遍接受这样的看法："苦难教能死者学会能死的条件"③。何谓能死的条件？若非至关重要，又何苦去学

----

① 品达残篇 fr. Δ. IV＝70d 18: δολιχὰ δ᾽ ὁδ[ὸ]ς ἀϑανάτω [ν. 详见 Teubneriana 本《品达诗歌与残篇》卷二, *Pindarus Carmina cum fragmentis, Pars II, Fragmenta. Indices*, Post Brunoem Snell, edidit Heruicus Maehler, Bibliotheca Scriptorum Graecorum et Romanorum, Leipzig, 1989 年, 第 79 页。

② 里尔克(R. M. Rilke, 1875－1926)《杜伊诺哀歌》(*Duineser Elegien*)第八歌。《里尔克全集》(*Rilke Werke*, Kommentierte Ausgabe)第 2 卷, Insel 出版社, 法兰克福, 莱比锡, 1976 年, 第 226 页。

③ 阿基罗库斯残篇 331: πάντα πόνος τεύχει ϑνητοῖς μελέτη τε βροτείη [苦难给能死者以一切，包括学会能死的条件]。按：文中出现 ϑνητοῖς (pl masc dat)和 βροτείη (sg fem)两词，性数不同，非同义反复，后者指"关系到人的……"即"能死者的条件"。又，这个哀歌残篇被推定为阿基罗库斯所作，但学界多疑是后人伪托。详见布德本(Budé), 1968 年, 第 89 页。

会？——这里，*ὁ πόνος*［苦难］这个词的原始语义指一切日常劳作（派生自*πένομαι*，忙碌；按这个中态动词的词性，即其语言规定性，本身即已标明此一劳碌状态关系到在者自身）。忙碌乃操持生计，故"苦难"是生存意义上的苦难；然"苦难"并非天命所限，*πόνος*这个词亦指一切艰辛劳作换来的收成，是故赫西俄德讲"大地给人以充足的生活"①。大地即人安身立命的条件。惟人之操劳不单在衣食，更在精神上，故终有一死者"学会能死的条件"乃学会担当其生成和流逝。如此去学习和思的东西，看来也属于天命了。因为——

ταὐτό τ' ἔνι ζῶν καὶ τεθνηκὸς καὶ [τὸ] ἐγρηγορὸς καὶ καθεῦδον καὶ νέον καὶ γηραιόν·

在我们身上，无论生还是死，清醒还是沉睡，年轻还是年老，都是同一个。②

这是赫拉克利特的一个著名箴言。我们在此给出的大致合乎文意的翻译是否传达了此箴言的内在逻辑，当然仍是可讨论的。但所谓能死者的条件，大抵都包含在这个箴言里了。

尼采的翻译似乎更合古人的思维："在同一者身上，既有生者也有死者，既有醒者也有睡者，既有年轻的也有老去的。"③赫拉克利特是从此在之自行克服去察视存在的，故生成和流逝的每一形态即是同一者又是其对立面，然依古老的形而上学存在

---

① 赫西俄德《时日与劳作》(*Ἔργα καὶ Ἡμέραι*)第 232 行：*τοῖσι φέρει μὲν γαῖα πολὺν βίον.*《赫西俄德著作集》(*Hésiode*)布德本，第 94 页。

② 赫拉克利特残篇 88；详见 H. Diels/W. Kranz《前苏格拉底学派著作残篇》(*Die Fragmente der Vorsokratiker*)，前揭，第 170—171 页。

③ 尼采的德文翻译见于其所著《前柏拉图哲学家》(*Die vorplatonischen Philosophen*)第 10 章（赫拉克利特部分）；《尼采著作全集》KGW 本，第 II/4 卷，Walter de Gruyter，柏林，1994 年，第 273 页。

论之原则,"对立面"作为存在欲讨回的东西并不是人在某一时刻的满足,而是一个本质的他者。尼采的翻译保存了赫拉克利特之言的言说特征,因为这样能让人更好地理解 ταὐτό [同一者] 与 ἔνι [在其中] 这个动词(ἔνειμι 的未完成时直陈式主动态)所标示的存在之统一性;在这种统一性中,同一者须有力量来将生成中的对立面转化为更高者。此即尼采所言"人在自身升华的意义上使此在得到升华"。

这里顺便说说,海德格尔在讨论吾人面对存在的问题时,曾设想欧洲语言和东亚语言之间一种"可能的双语领域";他认为这两种语言中的任何一种都无法从自身出发开启和创立这个领域①。这种"从自身出发"的困难是显而易见的,不单是由语言本身而来的那种基础言说的差异,更由于此种差异在远离了语言源头之后不再包含任何同源进出的思。也许如尼采想象的那样,将来人们重新过上了非哲学的生活,更本己地思,一种"可能的双语领域"也终会变得可能。πόνος 这个希腊词的古义,我们今天已经很难单纯用汉语"操劳"去迻译它,尽管"操劳"也意味着苦难。跨语言的思越来越困难了,这绝非凭借"翻译"就能贯通的。赫西俄德的"大地"以外是否还有一个"精神的大地"可让人共同去思考呢? 尼采曾经说过,希腊的东西是东方思想的第一个交汇点(联系与综合),也是"欧洲精神灵魂的开端",如果我们在大地事务的管理方面需要准备一些必不可少的智慧,那就应该"共同思考经历过的东西"②。这个问题是值得深思的。大地

---

① 海德格尔《面对存在问题》(*Zur Seinsfrage*);详见海氏文集《路标》(*Wegmarker*),《海德格尔全集》第9卷,第3版,前揭,第424页。

② 参看尼采遗稿《1884年夏秋笔记》[WI 2. Sommer-Herbst 1884],26 [90];《全集》KSA本,第11卷,前揭,第173页;《1885年8—9月笔记》[WI 5. August-September 1885],41[7],同上,第682页。

只有一个。这个大地既是劳作和生存的大地，也是精神的大地。假如从"一即是多"产生的伟大现实原则，在人类的历史目标中最终不是脱离了或者反过来消灭了它从中脱胎的那个"万有为一"的古老梦想，人在大地上诗意地劳作——ποιεῖν 这个希腊古词的全部含义就仍然是一种共同之思。但无论何种情形，操劳总是意味着谋求生计，也即作为能死者的条件（βροτείη）担当此在之苦难，甚至在诗意地生存的意义上也是如此。惟这个"担当"并非人的宿命，而是创造天命。既然如此，渴求此在就是人性中最可怕也最有创造力的部分了。如此观照的人，仿佛是一种感伤。然从深处讲，历史本质上不就是感伤的吗？人在创造历史，但历史从来就不是一路光明的。

　　人如此步入历史。然历史又是什么？赫拉克利特尝言："世界并非依时间，而是依思想（ἐπίνοιαν）而产生的。"①阿基罗库斯在他的一首抑扬格诗中也说过："思想具有行动的风采"②。尼采从早年起就倾向于认为，没有思想的历史是无目的的历史，故

①　赫拉克利特此语见于古希腊著作家埃提乌斯（Aëtios）于公元 10 世纪所著《哲人述学录》（*Placita Philosophorum*）II 4，3，D. 331：*Ἡράκλειτος οὐ κατὰ χρόνον εἶναι γενητὸν τὸν κόσμον，，ἀλλὰ κατ᾽ ἐπίνοιαν.* 参看 Hermann Diels/Walther Kranz《前苏格拉底学派著作残篇》，前揭，第 146 页。

②　阿基罗库斯残篇，D 本 68，Budé 本 115—116：

　　　　　　τοῖος ἀνθρώποισι θυμός, Γλαῦκε, Λεπτίνεω πάι,
　　　　　　γίνεται θνητοῖσ᾽, ὁκοίην Ζεὺς ἐφ᾽ ἡμέρην ἄγηι,
　　　　　　καὶ φρονεῦσι τοῖ᾽ ὁκοίοισ᾽ ἐγκυρέωσιν ἔργμασιν.
　　　　　　格老科啊，莱卜提诺之子，能死者的心
　　　　　　是会发出宙斯带来的那种白日之光的，
　　　　　　人的思想也因此具有行动的风采。

　　详见 Ernestus Diehl 主编《古希腊诗选》（*Anthologia Lyrica Graeca*）Fasc. 3（第 3 册），E. Diehl/R. Beutler，Leipzig，1952 年，第 30 页；布德本《阿基罗库斯残篇》，美文书局，巴黎，1968 年，第 38 页。

历史很大程度上即是思想史："历史＝目的在时间中的演进"。尼采甚至认为,哲学"可以看做历史的最普遍形式"①。但他强调,历史首先是人,历史须作为人的"亲历和患难"来理解,否则就没有历史。

历史是人的此在的历史。倘若历史仅被视为一些工具形态史或制度史,或者认为人是其中的一部分,哪怕作为"主体"来设想,此种历史与自然史又有多大区别? 如此照面的历史,甚至连早期自然学派还不如。要之,则"历史"就是一种冷漠,就像那种主张零度写作的流行见解一样,一切观照皆在零和死亡以下。较之科学的客观,历史的感伤道出的东西更多一些。无论探究多少万物的道理,希腊人凭历史直觉第一次道出的是人类生活中的正义和不义,惩罚和补偿。尼采在研究索福克勒斯的作品时指出,阿波罗责令查明"人之极限"是有来由的,所以希腊悲剧家和诗人把"此在之思"放在一切学问之上。甚至"词源学在民间的影响也成为传说形成的起点"②——那些源头之物仍在创造着历史,而更直接的是生活本身也在创造着语言和起源的事物。所以历史意识中还是多一点"死亡的乡愁"为好,否则我们将视往昔为"死亡之物",不再对我们起作用。任何时代都有起源和建基,源出语言直觉的单朴乃是一切艺术创新的基础。

在者思自身乃是建基。语言的建基,人的建基,世界的建基是需要工匠和手艺的。在柏拉图和亚里士多德时代,古典修辞学的一些基本术语尚不是纯语法层面和纯技术性的。希腊人讲修辞有一个说法σχήματα διανοίας,这个词组的原始含义并非今

① 参看尼采遗稿《1885 年 6－7 月笔记》[WI 4. Juni-Juli 1885], 36[27],《全集》KSA 本, 第 11 卷, 第 562 页。
② 尼采遗稿《1869 年冬－1870 年春笔记》[PI15a. Winter 1869－70－Frühjahr 1870],3[83];《全集》KSA 本,第 7 卷,前揭, 第 82 页。

天人们所说的"修辞法"或"形象化说法",而是如其字面所示的"思之图象"。Σχῆμα这个古词的基本语义不是"图式"或"流程",而是事物"存在的方式",其古老的词源学含义源于古迈锡尼文字ἔχω(据有),希腊人将其延伸为在精神观照中居有和把握事物存在的方式[①]。与之相应的另一修辞学术语σχήματα λέξεως,今作"用词法",其初始含义亦不是什么文法尺牍一类,而是某种可以观照的东西——"词语图象"。虽然古罗马的语言学家们后来建立了一套有关修辞学的解说体系(如西塞罗的《修辞学论辩发微》或 M. F. 昆提连的《演说的制度》),但这些高度术语化的表达依然保留了它们起源形态的本质特征:无论思还是语言表达,都是透过词语对事物存在方式的据有。

所以,我们无论经历了何种语言史的变化,譬如文化运动及其后果,文字改革和引入新词,技术的影响,但本质方面尼采始终认为"我们的语言仍然是最古老的将物据有方式的回声"[②];每个铸打出来的词,都按这种据有方式赋予世界以一种意义。所以按古往今来"太初有道"的说法,一切知识模式和尺规是有来源的;归结到这一点,也即在语言本质与存在之被揭示的逻辑关系上,假定语言本身或每个语词都有一个神秘的回声,那么这种据有方式的全部奥秘还得回到根基去寻找;这个根基就是——伴随着语言起源并透过语言本质上是一种思——物的涌现和形而上学的起源。按尼采的看法,全部"形而上学的根蘖"(der metaphysische Nachtrieb)都在这里了。

---

① 参看 Pierre Chantraine 著《希腊文词源字典》(*Dictionnaire étymologique de la langue greque*),巴黎,Klincksieck,1999 年修订版,第 392 页以下。

② 参看尼采遗稿《1885 年秋－1886 年秋笔记》[WI 8. Herbst 1885－Herbst 1886],2[156];《全集》KSA 本,第 12 卷,前揭,第 142 页。

　　诗人从"狄提兰卜体裁"获益的,就是这种作为据有方式的起源性的思。词即是物,物即是词,是为"思的图象"和"词语图象",而非现今称为形象表达法或用词法那类修辞范式。指出这种词源学来源是很有必要的。我们对古代之物是否还存有足够的好奇心?

　　《颂歌》这部诗集处在希腊思想的浸润下——首先是狄提兰卜古歌,若说它有什么耐人寻味的奥妙,那就是借用了一个古老的双重结构,即"思之图象"和"词语图象"。这是最古老的作诗法,也是人们看世界的方式。正是在此意义上,亚里士多德说"诗是比历史更富于哲学意味的"。又言"凡与思有关者,都应在讨论修辞的文章中有其一席之地","一切借助语言来确立的东西,都属于思想"①。

　　在现今已公布的魏玛尼采档案中,未见任何有关《狄俄尼索斯颂歌》这个书名的材料或暗示。诗集定稿本(档案编号 D24)首页写有"Dionysos-Dithyramben"的最终书名,我们似乎有理由相信是作者在最后时刻决定的。虽然题旨本身并不让人感到陌生,但这个德文书名还是令注家觉得怪异。人们不知道,这些诗是题献给一个古代神的作品呢,还是对一种古代精神(酒神精神)的现代翻版,抑或一个现代人突发奇想尝试用古老的狄提兰卜诗体创作。也许都是。我们在上文亦曾提到,这部书的主旨是一个回返:从现代回溯希腊思想的源头。为确保事情稳当,不是盲目穿越而偏离路径,这就需要从"现代理解"中将诗的单纯化即与普遍言说割裂的方式纠正过来。基于这样一个特殊视角,尼采决定这件工作由诗来完成。由于诗集中并没有多少关

① 　参看亚里士多德《诗学》(Περὶ ποιητικῆς) 1451b,1456a;布德本,美文书局(Société Les Belles Lettres),巴黎,1979 年,第 42 页,第 57 页。

于狄俄尼索斯这个古老传说的"叙事"（只有一处例外，见于《阿莉阿德尼的咏叹》一诗尾声），论家多以为这是一个现代哲学才子随意冒用狄俄尼索斯名义写成的抒发个人情绪的作品；当然也有严肃的学者试图去挖掘书名与作品的内在联系，以期揭开尼采本人及其哲学著作与这部诗集的关系。凡此种种，皆不无道理。此书就像东方的千头蛇阿难陀（Ananta），短短九章诗歌，读来却千头万绪，从任何地方你都可以入手，又不能入手。各章之间似乎缺少关联，全书看起来也没有一个统一的结构。也许这种"杂乱无章"恰是这部诗集的妙意所在吧。"诗人诳语"——尼采经常亮出这一幌子。

16

大致浏览诗集各章内容，你会发现与作者生平中那些不同时期的思想线索相契合。这些线索中有同心圆也有相交点，而起点是古希腊酒神诗。这是曾经有志于学术生涯的青年尼采受业于古典语文大师李奇尔（Friedrich Ritschl）门下时的研究课题，也是所有线索中的线索，坐标和起跑线。此后的，就是作为哲人尼采为人所知的理论贡献了——悲剧思想的人本学说，此在之思的形而上学之途，道德谱系批判，扎拉图斯特拉的怀疑主义，敌基督言，价值重估，超人理论，神秘的永恒轮回说，权力意志，诗歌与拯救……这些都不同程度地以诗之言的形式在《颂歌》中出现，当然是巧妙地、隐秘地出现。

或者说，它们大致构成诗集的隐秘结构和阐释基础。但我们这里先入为主的阐释之见不应遮蔽诗的视野；因为作诗就是作诗，这些诗首先不是为某个哲学大纲设计的，尽管这当中诗之言也在可容纳的尺度内（譬如按尼采所说的"知识退居"原则）包含了思的内容，而这些内容应该是一项庞大写作计划的有机组成部分。我们知道,尼采后来不断地重写一些个人文稿,包括留下的大量书稿札记和诗歌片段,有的甚至多达四、五个不同稿本;这部诗集中的多篇作品也是如此,很像一部一再重写的思想小传,是在不同时期上百个手稿残篇的基础上绘制和定型的。仿佛一个人需要不断的重写自己,才能守持归正。正是在这种重写之中,一些原先被搁置的想法恢复了,一些成型的东西被修正了,一些新思路产生了,并且深化了。这个诗集就有这样的特点:对于生存的经验来说,诗之言不仅使重塑的东西重新凝聚,还使旧日子变成新的一天,把光亮带入黑暗的记忆。

> [日子]照样金灿灿的流回来,
> 汇入黑暗的大海,——
> 而他的床头
> 七零八落开着遗忘之花。①

按照以上大致言之成理的意见,《颂歌》这部诗集是需要些许阐释的。至少,依学界的传统看法(也许并不十分妥当),哲人诗集应被列为一个哲学"学案"。问题在于,面对庞杂的思想传记资料,诗是否需要作者那些思想著作或"隐秘事"来加以印证呢?诗歌阐释的界限又应该在哪里?总之,只要涉及阐释,诗歌阅读就会变成一件苦差事。董仲舒讲诗无达诂,当是在理之言。这里我们面对的是一种类型的诗歌,如果你不限于文本的第一

---

① 此手稿残篇未见收列《尼采著作全集》KSA 本相关卷;仅见于 Richard Oehler 等人主编的《弗里德里希·尼采著作全集》(*Friedrich Nietzsche Gesammelte Werke*)第 20 卷(诗歌卷),列残篇 N°123,编入该卷附录《狄俄尼索斯颂歌手稿片段》(*Bruchstücke zu den Dionysos-Dithyramben*),Mu-sarion 出版社,慕尼黑,1927 年,第 249 页。

印象，而是要深入其内核，那末，缺少起码的资料佐证，可能会留下一种阅读的遗憾。

17

较之一切原始涌发的直观性，事物的本质是难以窥见的。一首诗不也是如此么？艺术品的脐带上永远带有它从黑暗中孕育而来的全部隐秘印记。任何诠释都是勉为其难。

在这篇权充疏解的译本"前言"里，我们仍尽可能将诗的阐释严格置于与诗相关的背景里，尤其它所标明的希腊背景。隐匿之物能否从诗之言里浮现，也取决于读者的阅读和参照，怎样聚焦，怎样扩大视野，怎样剥去果壳，怎样探囊取宝。尼采尝言："事物的本质是难以被思触及的：思想只是作为动因，作为意志激发力，才对我们产生作用……"①这里提出的难题恰恰是思的决定性起点。"动因"指的是形而上学的内在性，某种思想的地质学和环形山构造，它的放射纹路规定了基础的走向。在这里，那些按先验方法作为普适原则订立的本原之物始终是有效的，它们被归置在阿那克西曼德的"无限者"领域，这个领域按其性质包容了万物的原则。正是从这里，思想作为动因，"原诗"的神秘性投射到人的现实中来，虽然它到来的方式是那么的虚无缥缈，带有不可把抓的性质，却得以进入我们的语言，成为生活本身的内容。什么叫做诗？难道不是按人关于苦难的意见，在历史的基质上出现的东西么？诗接受人们在现实中的说法，——大自然的，作品的或者生活中的；但诗也要求人以另一种眼光看它，在人是其自身一切可能性之创造者的意义上，无论出于需要还是空想，诗都是生活本身的最高原则和法权，是世界自立的基

---

① 尼采《狄俄尼索斯的世界观》，《全集》KSA 本，第 1 卷，前揭，第 576 页。

础,高于一切历史表象。所以尼采断言:"没有诗,人就什么也不
是了。"①

　　人生应该美好,这个简单的想法,虽然伴随着承受"此在"的
那一切悲剧性义务,在希腊人那里却是绝对的,超乎一切道德界
限的。所以希腊人传授编织生活的伟大手艺②,把诗意揭示为
劳作的本质,但不是什么智慧或最高智力,而是在者本身的需要
创造出"思想之思"(Gedanken der Gedanken)。这个见解见于
为《颂歌》准备的一个手稿片段,尼采把它称作"最高的障越"
(WII 10a. 125)。

　　何谓"思想之思"? 为何将它设为"最高的障越"? 如果不是
希腊人称为"作诗"的那种创造之思,如果不是关系到人的时日
与劳作,以及人作为有限中的"此在"之无限可能,而这个"无限
可能"又是如此不确定,不能单纯从伦理方面加以规定,而是涵
盖在者与世界历史之全部关系,我们又如何去理解ποιεῖν这个词
所包含的全部本质含义? 人诗意地劳作——ποιεῖν这个希腊词
的基本含义,既是生活本身,也是一个关系到"生存之义"的形而
上学问题。品达有一首颂歌(残篇)说"通过创造［ἐν ἔργμασιν］
去战胜命运,而不是凭借武力"③,就是这意思。尼采洞察这其
中的关系:艺术乃"通过形式去创造灵魂",而"思想就是这种创

---

① 尼采《快乐的知识》(Die fröhliche Wissenschaft)卷二,§84;《全集》KSA本,第
　　3卷,前揭,第442页。
② 赫西俄德《劳作与时日》(Ἔργα καὶ Ἡμέραι) 63 — 64:Ἀθήνην ἔργα διδασκῆσαι,
　　πολυδαίδαλον ἱστὸν ὑφαίνειν［(宙斯)命雅典娜教他劳动,学会丰富多彩的编织手
　　艺］。《赫西俄德著作集》(Hésiode),布德本,美文出版社(Edition Les Belles
　　Lettres),巴黎,2002年,第88页。
③ 品达残篇 fr. ὑμνοι 38:ἐν ἔργμασιν δὲ νικᾷ τύχα, οὐ σθένος. 详见 Teubne-riana 本
　　《品达诗歌与残篇》卷二,Pindarus Carmina cum fragmentis, Pars II Frag-
　　menta. Indices, Post B. Snell, edidit H. Maehler, Bibliotheca Scriptorum
　　Graecorum et Romanorum Teubneriana, Leipzig, 1989,第13页。

造力"。① 在荷马史诗和古希腊悲剧中，ἔϱγμα这个古老的词指的就是"作品"，如果涉及到"战胜命运"，这里讲的就不仅仅是诗学或艺术美学，也是生存之义。据尼采解释，"思想之思"就是某种创造性的自我投射。犹如一道关山和无尽的阶梯，必须越过自我，越过死亡，达于彼岸。

> 踏上广阔而遥遥的阶梯
> 走向自己的命运②

如此看来，"思想之思"乃是诗的哲学之名。至少在希腊人的意义上，在他们对思想这件事所要求的广博、深邃和明晰的意义上，尤其在思想撰述所秉承的诗歌传统叙说风格方面，可以这样理解。也许不止于此。按尼采为此语所作的简短提示，讲的应该就是"思想之诗"了。所谓"狄提兰卜体裁"，也即《颂歌》这部诗集的指归，即是"以歌声[诗艺]唱出——而思想达于其作用的最高点"。因为尼采在此洞悉的不仅仅是一种诗艺，而是更关键的东西，即形而上学的完成。在尼采看来，现代人追求的"伟大风范"（großen Stil）早在希腊人那里就已奠定了。那是一种非常老实的处世态度，一种根植于创造生活乐趣的伊壁鸠鲁精神。面对此在之有限性，希腊人的泰然是有道理的。这是一种"照样生活"的最乐观的智慧。假若人不是以歌唱去追问死亡这一世界最高法则，那末，艺术充其量不过是精美的斧钺和兵器而已。歌德晚年也曾思考这个问题：

---

① 尼采这一见解，参看其遗稿《1884 年夏秋笔记》[WI 2. Sommer-Herbst 1884]，26[38]，26[40]；《全集》KSA 本，第 11 卷，前揭，第 158 页。
② 尼采《狄俄尼索斯颂歌手稿残篇》[WII 10a. Sommer 1888]，20[143]；《全集》KGW 本，第 VIII/3 卷，前揭，第 377 页。

如果你一天不发觉

"你得死和变！"这道理，

终是个凄凉的过客

在这阴森森的逆旅。①

在者思自身，是希腊人提出的哲学任务；人透过"此在"看见自身和历史。这里，形而上学就像是修辞学的孪生姊妹；修辞学轻松地承受了世界，而此在之思沉重地承受了肉体。也许这就是尼采这部诗集所要告诉我们的许多事情之一吧。

---

① 　引自歌德诗《幸福的憧憬》(*Selige Sehnsucht*)，《西东合集》(*West-östlicher Divan*)；梁宗岱译文。

尼 采 的 诗

乔治·柯利

　　诗人尼采与哲学家尼采并没有什么不同，却一点也不为人所知。毕竟，缺少某种概念支撑，两者难以相提并论。大凡体验过直觉闪现独特时刻的人，大凡经历过强烈闪光的人，都敢冒险走上这条诗歌表达之路。假若可以在一种独特的表达方式中把握整体，假若可以把一种文字拼图汇集起来作为数字加以研究，从而得以敲开那难以进入的内心世界，那么事情就会顺当一些，充满各种痕迹的材料会告诉我们，尼采抒情作品里这方面许许多多的意象，一些跌宕起伏的段落，以及那些不胜枚举的讽喻、苦涩、煎熬、荒谬乃至梦幻般的瞬间片刻。但我们也只能是满足于一种无法证实的经验而已；评价这种诗歌表达方式——譬如它的美学层面——很快就会因这种内在情形的不可把抓而失之偏颇乃至牵强附会，原因就在于这种抒情诗是与尼采的全部散文作品以及其他诸多支撑因素内在地联系在一起的，理所当然缺少真正的艺术表现。

　　这样说并没有低估的意思，既然牵涉到事情的本质，既然冒昧介绍某种特定的内涵，这事情本身就容忍了表达上的失败。柏拉图在这方面说得好，而且，为了让自己的话显得郑重，他还特地引证了荷马:"[……]看一部作品,不管是哪一个人写的[……]人们都有权利设想,即便此人真的是深刻,作品对他来说未必是最深刻的东西,最深刻的东西属于其人格中最可贵的方面;如果他真的是写下了内心深处的成果,那就可以肯定'不是众神,而是常人夺去了他的理智'。"

再者,撇开插曲式的《墨西拿田园诗》不提,尼采并没有公开发表过任何诗歌,除非是出于"作品建构"的考虑,想在精打细磨的散文写作范围内突出俏皮和轻松的风格,要么就是为了形式上讨人喜欢而放松某种程度的张力。诗歌在他的作品里扮演次要角色,只占补充地位。虽然尼采偶也想到出一本纯粹的诗集,但这个计划一再束之高阁。只是到了最后,才以一册《狄俄尼索斯颂歌》了却一桩心事,就好像终于抗不住诗歌诱惑似的。《狄俄尼索斯颂歌》是经他本人之手编定好要出版的最后一部作品;而且,就在他细心到以学究式的专注誊清手稿期间,他还——在一种罕见的精神分裂中——寄出了疯狂状态支配下起草的几封书信和告知消息的短简。

可以确定的是,尼采并非在他意识清醒的最后几天完成《颂歌》这个集子的(这些诗在《扎拉图斯特拉如是说》写作年代和在都灵的最后一个秋天早已成形),只是到了这个时候才将诗稿结集,并做了一些增补和修改,尔后誊抄清楚的。这里要小心,切不可轻易说,这是借助诗歌最后一次超凡入圣。当尼采的文学生涯在诗歌的标志下结束时,留给后人去解释的首要依据,当然是他本人的提示,即他对"诗"(Poesie)这个概念所作的理解。此外,不要忘了《狄俄尼索斯颂歌》是按《瞧,这个人》一书的坏样量身打造的出版稿,所以也是一个怪人在过度思考状态中蒙上了思想客观问题兴趣的一部作品,而此人就是专做此类问题裁剪和缝纫的。这个最后的逆转过程,其根由可能是个半神秘、半病理的大变故。就好像带有标记的理论结全都松了,虽然还没有完全解开;这类纠缠不休的问题冲击波,尼采在最后几年挡也挡不住,只好设法克服,想不到突然一朝平息了;拟订一个系统哲学大纲的计划放弃了,但某种说不清的内心混乱,也许是一种优柔寡断的迹象抑或危机吧,并没有因此而明显好转。想必是对理性的困扰和诱惑产生了厌倦,本来想发掘人类活动的根源,岂料这种需要也破灭了,兴许连值得去追求的真理也不知不觉地终结了。要么就是无能为力——射猎之人箭箭落空的那种无奈。奇怪的是,这种失败感的出现——放弃一个长期追求的计划自然是会有这种感觉的——竟没有伴随任何沮丧,也没有任何消沉,反而大有一身轻的感觉,仿佛卸下了一副重担,那种油然兴奋之情,竟溢于言表。这里,病态的东西也进入了游戏,一种幻觉似的精力旺盛居然让挫折感像征服了什么似的,也就是说借助一种反常的移花接木手法,无所顾忌地急于在文学上有所成就了。问题的神秘一面就在于,这个怪人几乎很实际地直奔其症结所在:尼采在幻觉中看见自己和自己来了个分身术。《瞧,这个人》一书(第 263 页①)开篇就是这样写的:"所以我向我讲述自己的生活。"哲学的力量,一个需要把握的各种关系的宇宙,将它简化成一种代码,这一切都落空了,于是痛苦也随之化为什么也不在乎的轻松;既然讨厌的客体被清除了,主体于是变成服服帖帖的客体,任人去讲述了。

　　《狄俄尼索斯颂歌》就是这种倒转过来的最终产品。现在,真理被打发了,道路也就——严格按尼采的视野——为诗的诳语敞开了。既然尼采本人占据了客体的位置,这时候一种抒情

----

① 此引书页码系《尼采著作全集》KSA 本第 6 卷页码。所引文句见于尼采《瞧,这个人》一书卷首语——译注。

的表达方式就是理所当然的了,而且是一种抒情诗,是由上文所说的"大变故"引出来的,所以第一行诗传达的东西并不涉及诗人的心态,而是"外表",即巫师眼中打量的那个尼采－扎拉图斯特拉想象的外表。这种分裂,这种虚无飘渺的镜中自窥,正适合"狄提兰卜颂歌"那种独特的抒情方式;这当中,人们期待"我"出场的地方却用了"你",连虚虚实实的对话也编织进去了,仿佛抒情语境之中非得添上一点戏剧性的海市蜃楼不可。那么,这个不是挖苦就是满腹同情,不是劝导就是告诫,最后变成了尼采－扎拉图斯特拉的人,究竟是谁呢? 肯定不是尼采,而是一个声音,一个借他的嘴说话的声音,神的声音,这个神有个名字,叫做"狄提兰卜":莫非这里要表现的就是神秘超人之现身,即尼采在个人生活的另一视野中,窥见自己身边立着的那个咄咄逼人的形象吧? 在《狄俄尼索斯颂歌》中,此种亢奋状态时而流于太虚梦境,前面已经提及的那种失败原因一开始还不完全看得出来,现在则找到了表达方式——并非仅以忧郁的调式、孤独的烦闷以及早夭的预感,偶尔也以一个人充满恐惧的心境,而这个人——在寻求真理的道路上——已经陷入了致命的、毫无出路的境地。

　　这一切使《狄俄尼索斯颂歌》这组看似质朴无华的诗变得沉重。就形式和内容来说,这些诗还缺少坚实的基础。内容从头到尾显得支离破碎;至于形式,给人的印象是尼采功夫尚不到家。底子是靠临时拼凑的材料组成的,一系列直接的内心记录,看不到尼采作品里通常有的规范,即那种运用概念的大手笔。而诗的章法,虽运用自如——毕竟囿于希腊诗歌范本的韵律框架——在抽象概念失重的状态下,总之达不到那种绝响的境界。《扎拉图斯特拉如是说》中有大量抽象思考,它们起于直接的事物,又回到直接的事物,故艺术表现效果略高一筹,因为内心传达意味着最终疏远理性的先决条件,而神秘的语调则使创造性的回流和艺术的抽象得到表达。但这里,在《狄俄尼索斯颂歌》中,理性的内容非但没有显露出来,与抽象思维的联系也销声匿迹了,必然要产生对立,概念从内心逸出而流于形式。这部诗集除了个别篇顶尖之作,譬如"荒原女"中那种怪诞的东拉西扯(而且是早几年的作品),尼采只是不完全成功罢了。面具,诗人的诡辞,搬出来装神弄鬼,也触及不了要害,因为,那些被遮蔽起来的东西——人的命运的恐惧,一个写诗的人的人格破裂的焦虑——在对立中反而更清晰地显露出来。

尼采的《狄俄尼索斯颂歌》

彼得·皮茨

　　这部《狄俄尼索斯颂歌》，是献给必战胜"十字架受难者"①之神的。在古代希腊，"狄提兰卜"(Dithyrambos)这个名称原是酒神狄俄尼索斯的别号，也用来指一种以陶醉的语言和音乐颂赞酒神业绩与苦难的诗歌。这种诗歌形式上不规整，韵律和诗节也因人而异；亚理士多德以为此种诗歌与悲剧起源有关。据说阿里翁(Arion，约公元前 600 年)是这种"狄提兰卜"颂歌的创始人；品达、西摩尼得斯和巴克基利得斯都写过一些名篇。公元前 500 年以后，这种最初用于祭神的诗歌体裁渐渐世俗化了；其诗节形式乃至相关的思想内容也随之发生嬗变，渐渐式微以至丧失其传统语境。及至近代文学，提供此种诗歌范例的还大有人在，如歌德(《漫游者的狂飙之歌》)、荷尔德林和尼采。尼采一共写有九首新颖的"狄俄尼索斯颂歌"，其中三首初刊于《扎拉图斯特拉如是说》卷四，收进集子时(1888 年)又稍稍做了修改。这三首诗是：《疯子也已！诗人也已！》，见于《扎拉图斯特拉如是说》中《忧郁之歌》篇下，原诗无标题；另一首以《荒原生长了：祸

---

① "十字架受难者"(Gekreuzigten)：指耶稣基督。

兮，护荒者……》为题①，置于《在荒原女之乡》篇内；再一首《阿莉阿德尼的咏叹》，原诗无标题，列于《巫师》篇下。

　　人们对尼采诗歌创作的质量评价不一。有人把它视为尼采最伟大的文学成就，并说等到作者的其他著作长久被人遗忘之后，他的这些诗歌会愈加为人所欣赏。有人则以为，尼采的诗充其量不过是半拉子抒情散文罢了，诗中过多的修辞成分窒息了诗。这种说法也许只适用于《扎拉图斯特拉如是说》中的大部分篇章，而不适用于整部"狄俄尼索斯颂歌"，更不适用于《疯子也已！诗人也已！》和《太阳沉落了》这样的诗篇。这里，演说家的风格隐退了，尽管听起来还有点像"扎拉图斯特拉"的语言，但那种不时刻意模仿圣经的手法不见了。即便写作主题偶有借鉴，也不是取自对观福音书，而是取自《雅歌》和《启示录》（譬如"第七种孤独"，《启示录》8：1以下）。影响这些颂诗的不是劝诫式的效颦风格，而是充满隐喻的新旧约图景和象征。学界尼采研究者还指出了其他的来源：诸如古代印度史诗《摩诃婆罗多》，克洛卜施托克②和诺瓦利斯的作品，荷尔德林的《许珀里翁的命运之歌》，以及瓦格纳作品的一些日耳曼成分，尼采诗中大量使用头韵即受此影响；还有浪漫主义，譬如好用自由节奏，以此作为破除极限的表达方式，达于直击普遍事物的倾向。这当中，起伏顿挫的心智之上被赋予了规整的韵律节奏，而节奏跳动又使所表现的生活既破除了形式又开创了形式。这种"狄提兰卜"体颂

---

① Pütz本编者从Schlechta本，将此行诗作为标题，且未收《在荒原女之乡》篇首散文部分。Giorgio Colli Mazzino 和 Montinari 主编的 KSA 考订本则按尼采手稿，以"在荒原女之乡"为诗题，诗文并收，而将此行诗单独列为全诗第2部分。——译注

② 克洛卜施托克（Friedrich Gottlieb Klopstock，1724－1803）：德国诗人，狂飙突进运动先驱。代表作有长篇史诗《救世主》（*Der Messias*，1748）。

歌借助长短不一的诗行、无规律的顿挫、从意象到意象的跳跃、破碎的句法以及表面上看起来任意设置的重音,打破了传统的诗歌范式。毕竟,词语的份量,意蕴和音色,认知和表现意图及表现手法(诸如排比、重复、隐喻),这一切都是有形式约束力的。

　　直到《狄俄尼索斯颂歌》,孤独和感伤一直是尼采诗歌的突出主题。词汇场里几乎只容纳否定性内涵和有情感特质的词语(诸如"流逝"、"失去"、"无言"、"寒冷",等等),而意境也多半打上阴暗面(如"夜半"、"沉睡"、"罂粟"、"梦幻")。除了几乎所有批评家称作"表现主义"诗歌的《威尼斯》两节诗外,尼采早期诗歌的韵脚和韵律都还保留着某种程度的规整。相反,在《狄俄尼索斯颂歌》集子里,人们听到的并非只是黯淡的忧郁调子,也听到了意气风发的高昂声音。抒情主体跌荡于至高之处和最低的深渊,在巅峰和深谷、冰雪和火光、大海和荒原之间,而且总是处于边缘,处于极限。伴随而来的是"诡谲"、"窥伺"、"残暴"等主题,其中又首推猛兽(豹子和鹰)。这种主题的极度张力,正好契合思想和人生阅历中那种对应的反题:古老宴席打翻之后的痛苦和新的自由带来的乐趣,知识逃避和感知盛宴,南方异国的无忧心态和欧洲的多疑症,成功的喜悦和不堪忍受的绝望。《疯子也已!诗人也已》一诗中就表达了这种硬是凑到一起的对立面。譬如"悠哉讽世,悠哉鬼雄,悠哉嗜血"这样的说法。

　　有人说,尼采的诗注重智力而不注重心灵,唤醒的不是情感而是思想。也可以说,尼采的诗有很多用词来自知识分子的词汇表(如"怀疑"、"真理"、"诳言"之类),不合乎人们通常所说的抒情诗概念。然而,直接从这种所谓的理性语言出发,也能得出非同一般的感性魅力,其引起联想的媒质不在于词义本身,而在于它们加入合奏时产生的音乐性(诸如声调,节奏,反复,等等)。一些通常作为概念诉诸智力的词语,在这里根本就不是郑重地按它们固有的含义来理解的，似乎丧失了它们的语义学身份。比如说"诳言"，可以是害人的东西，也可以是有益的、促进生活的东西，还可以是叫人反感甚至厌恶的东西。这里甚少涉及某一特定实情的理解中介，词的搭配也证明了这一点，不是向听众传达信息，而是使听者着迷（譬如 Katzen-Mutwillen"野猫气"这个词的组合）。概念不过是作者用来玩游戏的材料罢了；作者根据自己的爱好来摆弄它，直到它晕头转向，大大疏远了理智。当抽象的概念获得鲜明的色彩，变得绚丽而耀眼时（如"绿色的真理"，"硫磺色的真理"，"蓝色的遗忘"），智性和感性的复杂关系重又浮现出来了，结果是它们那五光十色的外表也和它们所谓的语义内核一样起作用了。尼采在哲学上推翻一切和重估一切的意图，不仅导致感性世界与精神性事物搅作一团，还生发出一些颇具挑战意味的语言对立物甚或新词来，如"Einsiedler"-"Zweisiedler""隐士"—"双隐士"；"nachdenklich"-"vordenklich"（"后思"—"前思"）；甚至故意以模仿的方式调侃名家名句（例如仿歌德名句"像秃鹰那样"造出"或者像苍鹰"这样的句子）。

这些颂诗虽然出自"扎拉图斯特拉"语境并因此带上了其中的职能，但还是有它们自身特点的。这些诗并不针对任何对话者，而是一个孤独的灵魂在跟自己说话。有一些诗看起来还有修辞成分，那是因为过多使用疑问句和祈使句的缘故，加上频繁使用第一人称和第二人称代词。然抒情主体已不像扎拉图斯特拉那样面向听者和门徒，而是以变幻莫测的、滚轴似的片段自我投影，去识别其破碎的意识和此在（Dasein）。这就像《瞧，这个人》一书中的尼采，并非狄俄尼索斯反十字架上受难者，而是狄俄尼索斯与十字架上受难者，看来《狄俄尼索斯颂歌》中的尼采也是如此的，他如同基督受难，又像古代的神那样心醉神迷。在《扎拉图斯特拉如是说》里，一切都服务于理论和价值重估的游戏,这里则是一切都为了真理的狂舞,为了表达被带入能使人自由又可能毁灭的漩涡中心的一切。古朴的咏叹形式("祸兮……")与祝福紧密联系在一起,而一种难以抑制的笑声又想盖过痛苦的嚎叫。这并不是一个能够说"这是我的大地"的普罗米修斯在不顾一切地宣示自己的力量,而不过是一个坠落的天使发出绝望的讽世之声,他既不想模仿一个旧神,又不能跟新的神一模一样。

《太阳沉落了》

大致浏览《狄俄尼索斯颂歌》这本诗集,至少可以观察到一个突出而又极具强度的诗歌言说范例。《太阳沉落了》这首诗由三阕诗组成,每阕又以多三行的方式递进(15,18,21)。第一和第三阕又各分为三节,中间那阕只有两节,但用的是新韵(也是三三递进)。"三"这个数也使诗的内容关系结构化了,仿佛回应了,因而也突出了它与最后一阕诗的"七"行排列之神秘关系,而最后一阕诗本身又指涉到圣经《启示录》中的"七印"和"七天使"等现象(参看《启示录》8:1以下)。主观的自然景物描写(海上落日),由于一开始就令人信服地在语义学上借助负载了意义的数字对应词来支持,因此也被拓宽了,升华了。

看来,首先要理清头绪的是这首诗演进的时间流程,这虽然是一个悄然迁移的过程,但在关键阶段还是可以辨认清楚的。在首阕诗里,抒情主体迎来渐渐靠近的"午后凉爽的精灵",随即在一种回旋诗的方式中自我安慰,而在回顾已熬过来的炎炎白昼之后,又预感到夜色那诱人的目光,要有毅力才能抗拒它。所以这三节诗各自包含了一种肯定的劝勉姿态:期许,问候,勉励。

首阕诗还带着它不同的侧面,完全停留在单一的日子层面,所以随着第二阕的开始,"我有生之日"的远景也展开了,紧接下来的一节诗也重复这句话为开头。仿佛个别日子的隐喻向"自我"的此在延伸,于是日子——生命——时间跑到前面去了:"太阳沉落"渐渐靠近了抒情时刻,诗的标题已预告了这一点。此阕诗第一节末尾的那个"还"(noch)又一次折回渐去渐远的"正午",但也仅仅是在疑问形式中谈及罢了;顺便提一下,在为诗集付梓而誊清的稿样中,此处明白写着:"白天,太阳在石上睡大觉。"(KSA 考订本,第 14 卷,第 517 页)这一改动显示出,确定的东西已向新的不确定性敞开。在这个畏畏缩缩的"还"之后,刚要转入第三阕诗,来临的就已经报到了,这个"已经"(schon)以三次首语重复的排比句式,在第二节诗里迭现。朝着同一个方向,时间终点的信号指向了"已近黄昏"、"目光半碎"和"最后的……"。

　　第三阕诗加快了时间的推移并增强其扩散性的感染力:在这个白昼和浮生一日之后,继之而来的是预先尝一口死亡的那种安详了。可是,诗人至此所描写的时光流逝,虽说在时间上合乎时序地标示出来,并且随着三阕诗各各展开而得到强调,到了这里还是最终失去"何从何去"的方向,竟迷失在一种漫无边际的无目的性之中了。夜,在首阕诗中还因为它那乜斜的引诱者目光而被疑为险象,须以勇气和毅力去对付,现在反倒对比鲜明,成了预先尝一口死亡的那种"最神秘最甜美的滋味",不仅不再遇到抵抗,反而凭它那无法回避的幸福追上了"自我"。第三阕诗中间段落谈到了劳碌疲惫的"此在"以及困坷、狂飙与奋进,这一切都已逝去了,不再有任何未来的目标和启航的"壮志与希望"。全都沉入了"蓝色的遗忘";顺便提一下,继中间第二阕诗里出现青、褐、白、大红诸色调之后,这里呈现的是人世间炎炎白日的最后色彩。紧接着,其间又笼罩另一种升华了的色调,似乎是永恒的色彩,仿佛应验了那神秘而意味深长的数字。第二阕诗开头在夕阳西沉里始现（"泛起金光"）的东西，此时在最后一阕诗里给出了它的基色，为这个几乎神魂颠倒的尘世照见了轻松、游戏和"甜蜜的平安"："金色的"，"银光闪闪的"。沉落的太阳、夜和死亡不仅把相对的东西带给"我浮生一日"，也把它的升华（"我从未感到……离我这么近"）带进一种状态；在这种状态里，温暖和寒光不再是相互排斥的对立面。

　　在尼采的作品里，尤其在他晚期作品里，这种不断在飞旋中产生意义的词语狂舞，一下子就能抓住光明与黑暗、白昼与黑夜、生命与死亡的基本法则，把它们的差异性卷进撤销了所有出口的漩涡地带，以至于沉沦也可以是上升，黄昏也可以是暮色西沉或晨光升起。这就是说，非此非彼，更不是两者，而是完完全全的他者：老人的死亡当中或许就是一个新的人诞生，莫非这就是"往者"（Gewesenen）的一种替代？是否向下的就是蓝色的遗忘——或者说向上的就是金灿灿地化作神明——，所有这一切原则上是成问题的，这就是为什么在圣经里吉凶之兆（Zeichen）总是跟在那些惊叫的人后面。"下面"的蓝和"上方"的金色之间是银色，即两极之间，向下和向上之间，回光返照的颜色，一种可能的银色闪光，不是垂直的，而是横向的。但最后那个瞄准了目标的词还是与之不相符，它带着指向敞开域的省略号："出海……"从尼采为此书付梓而誊清的稿样里可以看出，这个"结束语"替换了一句更早的异文，原先是这样说的："进入虚无。"（参看《全集》KSA 考订本，第 14 卷，第 517 页）如此看来，这首诗的结尾在其不可避免的未定生成过程中否定了纯粹的否定性。

狄俄尼索斯颂歌

Dionysos-Dithyramben

Nur Narr! Nur Dichter!

Bei abgehellter Luft,
wenn schon des Thau's Tröstung
zur Erde niederquillt,
unsichtbar, auch ungehört
— denn zartes Schuhwerk trägt
der Tröster Thau gleich allen Trostmilden —
gedenkst du da, gedenkst du, heisses Herz,

疯子也已！诗人也已！①

　　在澄明之气里，
　　当露水的恩泽已霈然
　　降向大地，
　　看不见，也无声无息
　　——踏着轻履而来
　　这慰人的露仿佛一切慰的施主——
　　回想吧，还记得吗，火热的心，

---

① 此诗初刊于加斯特（Peter Gast）编定的《扎拉图斯特拉如是说》卷四（1885 年私刊本）；未见标题，仅列于《忧郁之歌》篇下。据尼采 1884 年秋手稿［ZII 5b］，诗标题初拟为《日之凶兆》（Sonnen-Bosheit），似取意于诗首阙末三句（《全集》KSA本，第 11 卷，Giorgio Colli 和 Mazzino Montiari 主编，1988 年，de Gruyter，柏林/纽约，第 297 页以下）；及至 1888 年底誊清《狄俄尼索斯颂歌》预备付印稿（Dm稿本）时，尼采又曾将诗题改为 Aus der siebenten Einsamkeit（《出自第七种孤独》），参看《全集》KSA 本，第 14 卷（注释卷），前揭，第 516 页。又，尼采 1884 年冬曾将此诗的一个稿本改写成散文，打算作为一章编入《扎拉图斯特拉如是说》卷四，以合该书体例，但最终放弃这一想法，仍采诗体版本；详见尼采遗稿《1884－1885 年冬笔记》［ZII 8. Winter 1884－85］，31［31］；《全集》KSA 本，第 11 卷，前揭，第 367－369 页。

　　诗题中 Narr 一词在德文中是个多义词。根据格林兄弟编修的《德语大辞典》（Deutsches Wöterbuch，Jacob und Wilhelm Grimm），此词最早的含义指罹患精神病者（eine verrückte，irrsinnige und über-haupt geisteskranke，an einer fix-en idee leidende person）；旧亦借指不信神者（gottlose）；今多指傻子，（转下页）

wie einst du durstetest,

nach himmlischen Thränen und Thaugeträufel

versengt und müde durstetest,

dieweil auf gelben Graspfaden

boshaft abendliche Sonnenblicke

durch schwarze Bäume um dich liefen,

blendende Sonnen-Gluthblicke, schadenfrohe.

„Der Wahrheit Freier — du? So höhnten sie

nein! nur ein Dichter!

ein Thier, ein listiges, raubendes, schleichendes,

das lügen muss,

das wissentlich, willentlich lügen muss,

nach Beute lüstern,

bunt verlarvt,

sich selbst zur Larve,

sich selbst zur Beute

das — der Wahrheit Freier? ...

Nur Narr! Nur Dichter!

Nur Buntes redend,

（接上注①）或戏剧中的丑角和爱说笑打趣的人（spaszmacher，schalk）。尼采研究者、原巴塞尔大学德语文学教授沃弗兰·格罗德克（Wolfram Groddeck）以为，此诗当是对《扎拉图斯特拉如是说》卷四《忧郁之歌》篇的自由而不精确的诗体表达，参看格氏所著《弗里德里希·尼采〈狄俄尼索斯颂歌〉》（*Friedrich Nietzsche "Dionysos-Dithyramben"*）第二卷，Gruyter 出版社，1991 年，第 3—4 页。

又，诗首句"在澄明之气里"："澄明"一词，原文 abgehellter（动词原形 abhellen，使明亮透彻），今罕用。据注家考释，此词原为酿酒业专词，与 abklären（澄清、过滤）同义，指酒经滗析后变得清纯。

从前你多么的焦渴，

盼望天国的清泪和垂露

焦灼以至干渴难当，

而在枯黄的草径上

黄昏那不祥的夕阳视线

正穿过黑暗的树林朝你奔来

那耀眼的余晖，好像幸灾乐祸。

"你，真理的情人?"①他们笑道

不是。一介诗人而已！

一只野兽，一只狡猾，捕食，悄悄出没的野兽，

它一定是在撒谎，

在故意撒谎，存心撒谎，

见了猎物就垂涎，

变了一副花脸，

自己成了假面②，

自己成了猎物

这——真理的情人? ……

疯子也已！诗人也已！

只见他满嘴花俏，

---

① 此处"情人"一词，Freier，旧指求婚者，借指（某一事物的）追求者。

② 假面：德文 Larve，源自拉丁文 larva，意为"幽灵"，"假面"，"幻象"；旧指迷信风俗中所说的人死后在阴间所成"冤鬼"或不得安宁的"游魂"，常以各种丑陋可怖长相返回人间恐吓生人。今此词在德文中通指"伪装的面孔"；生物学上亦指昆虫的幼体。

aus Narrenlarven bunt herausredend,

herumsteigend auf lügnerischen Wortbrücken,

auf Lügen-Regenbogen

zwischen falschen Himmeln

herumschweifend, herumschleichend —

nur Narr! nur Dichter! ...

Das — der Wahrheit Freier? ...

Nicht still, starr, glatt, kalt,

zum Bilde worden,

zur Gottes-Säule,

nicht aufgestellt vor Tempeln,

eines Gottes Thürwart:

nein! feindselig solchen Tugend-Standbildern,

in jeder Wildniss heimischer als in Tempeln,

voll Katzen-Muthwillens

durch jedes Fenster springend

husch! in jeden Zufall,

jedem Urwalde zuschnüffelnd,

戴着小丑面具闪烁其词，
踩着唬人的词语跳板跃上跃下，
在诳言的彩虹之上
在虚假的天堂之间①
踅来踅去，漫步徜徉——
疯子也已！诗人也已！

这——真理的情人？……

绝非清冷，僵硬，光滑，冰凉，
成了一尊立像，
成了神柱，
不，绝不是立在庙堂前的
上帝守门人：
不！平生仇视此等德行造像②，
身在荒野比在神殿自在，
一身野猫气③
纵身越过每一扇窗口
呼喇一声！跃入每一种偶然，
嗅遍每一座原始森林④，

---

① 早期刊本（见《扎拉图斯特拉如是说》卷四《忧郁之歌》篇）中，此句作"……在虚假的天堂/和虚假的大地之间"。参看《尼采著作全集》KSA 本，第 4 卷，前揭，第 372 页。
② 《扎》本中"德行造像"作"真理造像"（Wahrheits-Standbildern）。详见《全集》KSA 本，第 4 卷，前揭，第 372 页。
③ 野猫气：原文 Katzen-Mutwillen，直译"野猫的恶意"；又德文 Katze 一词亦指猫科动物（Felidae），故此句又可迻译为"虎狼气"。
④ 《扎》本此行以下重复有 Süchtig-sehnsüchtig zuschnüffelnd［执迷地、热切地凭嗅觉刺探］句。《全集》KSA 本，第 4 卷，第 372 页。

dass du in Urwäldern

unter buntzottigen Raubthieren

sündlich gesund und schön und bunt liefest,

mit lüsternen Lefzen,

selig-höhnisch, selig-höllisch, selig-blutgierig,

raubend, schleichend, lügend liefest ...

Oder dem Adler gleich, der lange,

lange starr in Abgründe blickt,

in seine Abgründe ...

— oh wie sie sich hier hinab,

hinunter, hinein,

in immer tiefere Tiefen ringeln! —

Dann,

plötzlich,

geraden Flugs,

gezückten Zugs

auf Lämmer stossen,

jach hinab, heisshungrig,

nach Lämmern lüstern,

gram allen Lamms-Seelen,

grimmig gram Allem, was blickt

tugendhaft, schafmässig, krauswollig,

dumm, mit Lammsmilch-Wohlwollen ...

好让你在山林里
在毛色斑驳的猛兽中间
邪恶又健康,美丽而斑斓地游走,
低垂着贪婪的嘴头,
悠哉讽世,悠哉鬼雄,悠哉渴血,
奔跑,游走,撒谎,掳掠……

或者像苍鹰,久久地,
久久地俯视崖谷,
探入自己的深渊……
——嗟,山谷回旋直下,
层层而落,落入
深得一发不见底的空壑! ——
于是,
猛然间,
笔直飞起
又成群落下
朝羊群扑过去,
赫然击将下来,饿狼般
要叼走羊儿,
冲着所有羔羊灵魂,
赫然怒向一切看起来
有德行的,绵羊般的,长着羊毛卷儿①,
傻乎乎,带有羊羔乳臭味善良愿望的东西……

---

① 《扎》本此行及下一行行文略异:"羊儿般的,长着羊眼和羊毛卷儿,/灰土土的,
　　带有羔羊绵羊善良愿望的东西!"详见《尼采著作全集》KSA 本,第 4 卷,前揭,
　　第 373 页。

Also
adlerhaft, pantherhaft
sind des Dichters Sehnsüchte,
sind deine Sehnsüchte unter tausend Larven,
du Narr! du Dichter! ...

Der du den Menschen schautest
so Gott als Schaf —,
den Gott zerreissen im Menschen
und zerreissend lachen —

das, das ist deine Seligkeit,
eines Panthers und Adlers Seligkeit,
eines Dichters und Narren Seligkeit! ...

Bei abgehellter Luft,
wenn schon des Monds Sichel
grün zwischen Purpurröthen
und neidisch hinschleicht,
— dem Tage feind,
mit jedem Schritte heimlich

就这样
如鹰，如豹
此乃诗人的向往①，
此乃你千般面具之下的宿愿，
你这疯子！你这诗人！……

你在人身上看到
既像上帝又像绵羊②——，
你在人身上撕碎上帝
如同在人身上撕碎羔羊，
一边撕还一边笑——

这，就是你的无上快乐，
豹子和鹰的快乐，
诗人和疯子的快乐！……

在澄明之气里，
当月镰已经
青莹莹的在紫红间
嫉妒地悄然隐去，
——敌视白昼，
每一步都暗暗地

---

① 在1884年冬改写的此诗散文版中，此句作"此乃巫师的向往"。详见尼采遗稿
《1884－1885年冬笔记》[ZII 8. Winter 1884－85]，31[31]；《全集》KSA本，第
11卷，前揭，第368页。
② 疑影射使徒约翰将耶稣比做"神的羔羊"。参看《约翰福音》1:29。

an Rosen-Hängematten
hinsichelnd, bis sie sinken,
nachtabwärts blass hinabsinken:
so sank ich selber einstmals,
aus meinem Wahrheits-Wahnsinne,
aus meinen Tages-Sehnsüchten,
des Tages müde, krank vom Lichte,
— sank abwärts, abendwärts, schattenwärts,
von Einer Wahrheit
verbrannt und durstig
— gedenkst du noch, gedebkst du, heisses Herz,
wie da du durstetest? —
dass ich verbannt sei
von aller Wahrheit!
Nur Narr! Nur Dichter! ...

从玫瑰吊床①

刈割而过，直到它落下，

向着黑夜苍白地坠落下去：

我自己就曾这样沉沦，

出于我的真理猖狂，

出于我的白昼思盼，

倦于旦日，病于光明，

——沉下去了，向着黑夜，向着阴影，

被一个真理

烧焦而枯槁了

——还记得吗，回想吧，火热的心，

那时你多么的焦渴？——

但愿我已被逐出

一切真理！

疯子也已！诗人也已！

---

① 玫瑰吊床(Rosen-Hängematte)：此意象所指不详。或指挂于屋室壁上之玫瑰花吊篮。或以花床喻追求现世生活和肉体享受；欧洲古典文学作品中多有此俗之描写，及至近世法语文学中还流行这样的说法："*Être sur un lit de roses*"（"睡在玫瑰床上"）——谓偷欢或肉体享乐。

Unter Töchtern der Wüste

1

„Gehe nicht davon! sagte da der Wanderer, der sich den
Schatten Zarathustras nannte, bleibe bei uns, — es möchte
sonst uns die alte dumpfe Trübsal wieder anfallen.

Schon gab uns jener alte Zauberer von seinem
Schlimmsten zum Besten, und siehe doch, der gute fromme
Papst da hat Thränen in den Augen und sich ganz wieder aufs
Meer der Schwermuth eingeschifft.

Diese Könige da mögen wohl vor uns noch gute Miene ma-
chen: hätten sie aber keine Zeugen, ich wette, auch bei ihnen
fienge das böse Spiel wieder an,

— das böse Spiel der ziehenden Wolken, der feuchten
Schwermuth, der verhängten Himmel, der gestohlenen Son-
nen, der heulenden Herbstwinde,

— das böse Spiel unsres Heulens und Nothschreiens:
bleibe bei uns, Zarathustra! Hier ist viel verborgenes Elend,
das reden will, viel Abend, viel Wolke, viel dumpfe Luft!

Du nährtest uns mit starker Mannskost und kräftigen
Sprüchen: lass es nicht zu, dass uns zum Nachtisch die weich-
lichen weiblichen Geister wieder anfallen!

Du allein machst die Luft um dich herum stark und klar!
Fand ich je auf Erden so gute Luft als bei dir in deiner Höhle?

在荒原女之乡①

1

"别这样就走呀!"行者叫道。这自称是扎拉图斯特拉影子的人还说,"留在我们这里吧,——不然,那古老沉闷的大悲哀又要向我们袭来了。

老巫师已向我们亮出他囊中最狠的法宝,你看,善良虔诚的教皇含着眼泪,又一次乘筏浮于悲伤之海。

众王也许还能在我们面前装出一副好脸色②:可是,万一他们没有见证人呢,我敢打赌,他们那里凶象又要开始了,

——凶象,浮云疾走,潮闷的忧郁,阴霾密布的天空以及太阳被窃,秋风呼号,

——凶象,我们哀声四起苦苦号叫:留在我们这里吧,扎拉图斯特拉! 这里隐藏太多灾难,而灾难是要发话的,太多的黄昏,太多的乌云,太多沉闷的空气!

你用强身的食粮和豪言壮语哺育我们:不让我们吃餐后甜点时被那些娘娘腔的懦弱精神再次侵染!

就你一人能使周围的空气变得浓烈而清纯! 这大地上,我去哪里找像你山洞里这么好的空气?

---

① 此篇诗文初刊于《扎拉图斯特拉如是说》卷四;标题相同。

② 《扎》本中此句以下有:das lernten Die namlich von uns Allen hente am Besten! [想必在我们今天所有人当中,数他们最懂这一套!]详见《尼采著作全集》KSA本,第 4 卷,前揭,第 379 页。

Vielerlei Länder sah ich doch, meine Nase lernte vielerlei Luft prüfen und abschätzen: aber bei dir schmecken meine Nüstern ihre grösste Lust!

Es sei denn —, es sei denn —, oh vergieb eine alte Erinnerung! Vergieb mir ein altes Nachtisch-Lied, das ich einst unter Töchtern der Wüste dichtete.

Bei denen nämlich gab es gleich gute helle morgenländische Luft; dort war ich am fernsten vom wolkigen feuchten schwermüthigen Alt-Europa!

Damals liebte ich solcherlei Morgenland-Mädchen und andres blaues Himmelreich, über dem keine Wolken und keine Gedanken hängen.

Ihr glaubt es nicht, wie artig sie dasassen, wenn sie nicht tanzten, tief, aber ohne Gedanken, wie kleine Geheimnisse, wie bebänderte Räthsel, wie Nachtisch-Nüsse —

我见过的陆地多了,我的鼻子早已学会品尝鉴别各种各样的空气:只有在你这里,我的鼻孔才嗅出最大的快感!

除非——,除非——,噢,请原谅一个古老的记忆吧! 请原谅我茶余饭后的一支老歌,那是有一天我在荒原女儿那里写下的。

她们那里也有同样清新美妙的东方空气;在那里,我与多云、潮湿而又沉闷的古老欧洲①离得最远了!

那时我爱的就是这样的东方女孩,另一个蓝色的天国,上面没有乌云悬浮,也没有思想。

说来你们很难相信,她们不跳舞的时候,乖乖的坐在那里,深沉的样子,但没有思想,仿佛是些小秘密,仿佛是用饰带扎起来的谜,跟饭后当果品的核桃似的——

---

① 尼采对欧亚文明的一些基本看法见于他不同时期的著作。譬如谈到他那个时代欧洲人的"时尚与现代性"时,尼采认为:"在这里,'现代的'、'欧洲的'这些词几乎是同义词,人们把欧洲理解为远比地理上的欧洲(即亚洲的一个小半岛)所涵盖的面积要大得多的疆土;尤其美洲也应归在里面,只要它是我们文化的一个女儿国度。另一方面,欧洲并不是整个的落在'欧洲'这一文化概念之下的;而仅仅是那些民族和部落,它们都在古希腊罗马文化以及犹太教和基督教之中有着共同的往昔。"参看《人性的,太人性的》(*Menschliches, Allzumenschliches*)卷 II,2,§215,《尼采著作全集》KSA 本,第 4 卷,前揭,第 650 页。

关于欧亚思想史,尼采认为:"欧洲已经进入了逻辑的和批判的思想学派,而亚洲还不知道在真理和诗之间加以区别,还意识不到其信念究竟来自观察本身和正常的推理,还是出自想象。——学院中的理性使欧洲成其为欧洲;在中世纪的时候,她走上了重新变成亚洲行省和附属的道路,——结果是失去从希腊那里得来的科学精神。"(《人性的,太人性的》卷 I,§265,前揭,第 220 页)。

欧亚人的处世之道,尼采亦有观察:"对于思想家以及一切敏锐的精神来说,无聊(Langeweile)乃万事俱畅、一帆风顺之前那种令人扫兴的灵魂'风平浪静';必须承受得了,内心里还得等待其效果——这一点,恰恰是那些天性较弱的人绝对做不到的! 不惜以任何手段驱走无聊是粗俗的,与无乐趣 (转下页)

bunt und fremd fürwahr! aber ohne Wolken: Räthsel, die
sich rathen lassen: solchen Mädchen zu Liebe erdachte ich da-
mals einen Nachtisch-Psalm. "

Also sprach der Wanderer, der sich den Schatten
Zarathustras nannte; und ehe Jemand ihm antwortete, hatte er
schon die Harfe des alten Zauberers ergriffen, die Beine
gekreuzt und blickte ge-lassen und weise um sich: — mit den
Nüstern aber zog er langsam und fragend die Luft ein, wie
Einer, der in neuen Ländern eine neue Luft kostet. Endlich
hob er mit einer Art Gebrüll zu singen an.

2

Die Wüste wächst: weh dem, der Wüsten birgt...

3

Ha!
Feierlich!
ein würdiger Anfang!
afrikanisch feierlich!
eines Löwen würdig

（接上注①）的工作一样粗俗。也许亚洲人在这一点上不同于欧洲人，他们比欧
洲人更擅长于长时间的、深邃的休息；就连他们的麻醉品起作用也很慢，要求有
耐心，与酒精这种欧洲毒药难以承受的突发性正好相反。"《快乐的知识》（Die
fröhliche Wissenschaft），卷一，§ 42,《尼采著作全集》KSA 本，第 3 卷，前揭，第
408－409 页。

真是奇丽又陌生啊！可是没有云彩：谜，费人猜详的谜。正是为了这样的女孩，我那时构思了一首茶余饭后赞诗。"

那行者如是说，且自称是扎拉图斯特拉的影子[①]；趁着没人答腔，他已径自将那老巫师的竖琴一把拽了过来，跷起二郎腿，机智地、不动声色地环顾了一下四周：——这时只见他用鼻孔一边探究一边缓缓吸着空气，像个新来乍到的人，在新的地方品尝新的空气。末了，他竟用一种近乎吼叫的声音自吟自唱起来。

2

荒原生长了：祸兮，护荒者……

3

哈！
多么盛大！
一个庄严的开端！
非洲式的隆重！
称得上一头雄狮

[①] 《扎》本中此句作："那行者和影子如是说。"参看《扎拉图斯特拉如是说》卷四，《尼采著作全集》KSA 版，第 4 卷，前揭，第 380 页。

oder eines moralischen Brüllaffen ...
— aber Nichts für euch,
ihr allerliebsten Freundinnen,
zu deren Füssen mir,
einem Europäer unter Palmen,
zu sitzen vergönnt ist. Sela.

Wunderbar wahrlich!
Da sitze ich nun,
der Wüste nahe und bereits
so ferne wieder der Wüste,
auch in Nichts noch verwüstet:
nämlich hinabgeschluckt
von dieser kleinsten Oasis
— sie sperrte gerade gähnend
ihr liebliches Maul auf,
das wohlriechendste aller Mäulchen:
da fiel ich hinein,
hinab, hindurch — unter euch,
ihr allerliebsten Freundinnen! Sela.

Heil, Heil jenem Walfische,
wenn er also es seinem Gaste
wohlsein liess! — ihr versteht

或者一只有道义的吼猴……
——于你们却不算什么，
你们这些可爱的小冤家，
就在你们脚边，我
一个欧洲人来到棕榈树下
竟得赐坐。细拉①。

真是奇妙！
刚坐下来，
毗邻荒原，又已经
如此的远离荒原，
人也荒芜到一无所是：
这就是落荒了
被这小小绿洲吞没了
——正好它打个哈欠
张开它那小巧玲珑的嘴，
这可是最芳香的小嘴哦：
我掉进去了，
坠落，穿越——来到你们中间，
你们，可亲可爱的小冤家！细拉。

祝福，祝福，这条鲸鱼，
瞧它待客这么的
周到！——你们可明白

---

① 细拉(Sela)：古希伯来经文中标示段落或停顿的用语，亦可能是唱诗时在某一段落要求会众同声欢颂的符号，见于旧约《诗篇》。

meine gelehrte Anspielung? ...

Heil seinem Bauche,

wenn er also

ein so lieblicher Oasis-Bauch war,

gleich diesem: was ich aber in Zweifel ziehe.

Dafür komme ich aus Europa,

das zweifelsüchtiger ist als alle Eheweibchen.

Möge Gott es bessern!

Amen!

Da sitze ich nun,

in dieser kleinsten Oasis,

einer Dattel gleich,

braun, durchsüsst, goldschwürig,

lüstern nach einem runden Mädchen-Maule,

mehr aber noch nach mädchenhaften

eiskalten schneeweissen schneidigen

Beisszähnen: nach denen nämlich

lechzt das Herz allen heissen Datteln. Sela.

Den genannten Südfrüchten

我深奥的暗示①? ……

它的大肚皮有福了,

虽然是

一个如此可爱的绿洲肚皮,

跟这个一样:可我还是将信将疑。

因为我就来自这个欧洲,

它比所有的小媳妇都多疑成性②。

愿上帝纠正它!

阿门!

如今我坐下来,

在这小小的绿洲,

如同一粒海枣,

红了,熟透了,金黄欲滴,

巴不得落进一张圆圆的姑娘嘴,

更有一口小牙

坚冰似的雪白而锋利

格格地咬:正是这口小牙

叫热乎乎的海枣求之心切。细拉。

好比人称南方之果

---

① 诗中的"我"自比约拿,坠渊如落鱼腹。典出旧约:古犹太先知约拿(Jonas)受上帝之命前去亚述尼尼微宣示神意,途中被大鱼吞入腹中,三日后方被吐岸上。参看《约拿书》(2:1—10):"约拿在鱼腹中祷告耶和华他的神,说:'我遭遇患难求告耶和华,/你就应允我;/从阴间的深处呼求,/你就俯听我的声音。'"(译文和注释中凡引圣经,皆采联合圣经公会中文版新标点和合本。)

② 《扎》本中"小媳妇"作"老娘儿们"(ältlichen Eheweibchen),详见《尼采著作全集》KSA 版,第 4 卷,前揭,第 383 页。

ähnlich, allzuähnlich

liege ich hier, von kleinen

Flügelkäfern

umtänzelt und umspielt,

insgleichen von noch kleineren

thörichteren boshafteren

Wünschen und Einfällen, —

umlagert von euch,

ihr stummen, ihr ahnungsvollen

Mädchen-Katzen

Dudu und Suleika

— *umsphinxt*, dass ich in Ein Wort

viel Gefühle stopfe

(— vergebe mir Gott

diese Sprachsünde! ...)

— sitze hier, die beste Luft schnüffelnd,

Paradieses-Luft wahrlich,

lichte leichte Luft, goldgestreifte,

so gute Luft nur je

vom Monde herabfiel,

sei es aus Zufall

oder geschah es aus Übermuthe?

相似，太相似了，

我躺在这里，有小小的

飞虫

绕着飞舞和嬉戏，

就好像那飞舞的是更小

更愚蠢更邪恶的

愿望和奇思异想，——

被你们围住了，

你们这些不作声，充满预兆的

猫女

杜杜和苏莱卡①

——司芬克斯化了，以至于一句话

我就填补了许多感觉

（——上帝啊，饶恕我

这番言辞之罪吧！……）

——坐在这里，吸收最好的空气，

真是天堂之气，

明亮又轻灵的风，金光流溢，

这么美妙的空气

只能是从月亮上掉下来的吧，

是出于偶然

还是出于轻狂傲慢？

---

① 杜杜（Dudu）：拜伦笔下的美人，长着"雅典式的前额"，"菲狄亚斯式的鼻子"，与
"罗拉"（Lola，"像印度那样薄暗，也像那样和暖"）、"嘉丁加"（Kattinka，"乔治亚
人，又白又红"）共为拜伦所想象的天下三美。参看《唐璜》（*Don Juan*）第 6 歌第
40 首以下；中译有朱维基译本，上海译文出版社，1996 年。
　　苏莱卡（Suleika）：东方女子名；歌德《西东合集》（*West-oestlicher Divan*）中
写有多篇"苏莱卡情歌"。遂成东方美人代称。

wie die alten Dichter erzählen.

Ich Zweifler aber ziehe es in Zweifel,

dafür komme ich

aus Europa,

das zweifelsüchtiger ist als alle Eheweibchen.

Möge Gott es bessern!

Amen!

Diese schönste Luft athmend,

mit Nüstern geschwellt gleich Bechern,

ohne Zukunft, ohne Erinnerungen,

so sitze ich hier, ihr

allerliebsten Freundinnen,

und sehe der Palme zu,

wie sie, einer Tänzerin gleich,

sich biegt und schmiegt und in der Hüfte wiegt

— man thut es mit, sieht man lange zu ...

einer Tänzerin gleich, die, wie mir scheinen will,

zu lange schon, gefährlich lange

immer, immer nur auf Einem Beinchen stand?

— da vergass sie darob, wie mir scheinen will,

das andre Beinchena?

Vergebens wenigstens

suchte ich das vermisste

Zwillings-Kleinod

— nämlich das andre Beinchen —

in der heiligen Nähe

如往昔的诗人所述。
可怀疑者我还是心有疑忌，
因为我来自
欧罗巴，
它比所有的小媳妇都多疑成性。
愿上帝纠正它！
阿门。

呼吸①最美的空气，
鼻孔张起如酒杯，
没有未来，没有记忆，
我就坐在这里，你们
最可亲最可爱的小冤家啊，
我凝望棕榈树，
看它，多像一个舞女，
起兮伏兮，扭动着腰枝
——看久了，人也会一同起舞……
恰似一个舞女，依我看，似乎
太久了，再下去恐要出事了
永远，永远只是一足而立？
——在我看，她一定是忘了
另一条腿？
至少我是白费心机了
找那丢失了的
本是配成一对的珍奇
——也就是另一条腿——
纵然在神圣的咫尺间

---

① 《扎》本中"呼吸"作"喝"（trinkend），见《扎拉图斯特拉如是说》卷四，《尼采著作全集》KSA版，第4卷，前揭，第383页。

ihres allerliebsten, allerzierlichsten

Fächer-und Flatter-und Flitter-Röckchens.

Ja, wenn ihr mir, ihr schönen Freundinnen,

ganz glauben wollt,

sie hat es verloren ...

Hu! Hu! Hu! Hu! Hu! ...

Es ist dahin,

auf ewig dahin,

das andre Beinchen!

Oh schade um dies liebliche andre Beinchen!

Wo — mag es wohl weilen und verlassen trauern,

dieses einsame Beinchen?

In Furcht vielleicht vor einem

grimmen gelben blondgelockten

Löwen-Unthiere? oder gar schon

abgenagt, abgeknabbert —

erbärmlich, wehe! wehe! abgeknabbert! Sela.

Oh weint mir nicht,

weiche Herzen!

Weint mir nicht, ihr

Dattel-Herzen! Milch-Busen!

Ihr Süssholz-Herz-

Beutelchen!

Sei ein Mann, Suleika! Muth! Muth!

在她那柔美可爱,万分可爱
落落如巾扇如云霞如金箔的裙裾下。
是啊,你们,美丽小冤家,
如果你们信我的话,
那珍物已经失去了……
哎呀! 哎呀! 哎呀! 哎呀呀! ……①
完了,
永远没了,
另一只脚!
可惜啊,另一只亭亭小脚!
哪去了呢——它又能流连何处独伤悲呢,
那孤零零的一只小脚?
也许是被一只怪物
吓坏了,一匹长着黄毛鬈鬣
凶狠无比的狮子猛兽? 要么就是
被叼走了,啃了——
好可怜呀! 痛心啊! 啃了! 细拉。

好啦不要哭了,
柔软的心!
不要哭了,你们这些
海枣心! 奶妈怀!
香木②做的
心包包!
要像个男子汉呀,苏莱卡! 坚强些! 坚强些!

_____

①　《扎》本中无此句。
②　香木:原文 Süssholz,即甘草,拉丁学名 Glycyrrhiza glabra;产于欧亚大陆,根茎
　　入药,味甘甜,有去咳止痰功效。西人自古亦有用甘草制作药茶之传统。

Weine nicht mehr,

bleiche Dudu!

— Oder sollte vielleicht

etwas Stärkendes, Herz-Stärkendes

hier am Platze sein?

ein gesalbter Spruch?

ein feierlicher Zuspruch? ...

Ha!

Herauf, Würde!

Blase, blase wieder,

Blasebalg der Tugend!

Ha!

Noch Ein Mal brüllen,

moralisch brüllen,

als moralischer Löwe vor den Töchtern der Wüste

    brüllen!

— Denn Tugend-Geheul,

ihr allerliebsten Mädchen,

ist mehr als Alles

Europäer-Inbrunst, Europäer-Heisshunger!

Und da stehe ich schon,

als Europäer,

ich kann nicht anders, Gott helfe mir!

Amen!

不要哭了，
苍白的杜杜！
——要不正好
来点补药，强心剂什么的
这会儿用得上？
一句香膏格言？
一种庄严的勉励？……

哈！
起来，尊严！①
鼓吹吧，再鼓起来，
美德的小风箱②！
哈！
又一次怒吼，
道德式的怒吼，
像一头有德的狮王在荒原女儿面前吼叫！
——毕竟，美德的嚎叫，
最可亲的姑娘们啊，
胜过所有
欧洲人的激情，欧洲人的饥渴！
而我立于此地，
作为欧洲人，
别无他法，上帝助我！
阿门！

① 《扎》本此句以下另有一行：Tugend-Würde！Europäer-Würde!［美德的尊严！
欧洲人的尊严！］《全集》KSA版，第4卷，前揭，第384页。
② 小风箱：Blasebalg，欧洲常见家用鼓风囊，用皮革做成，形状像羊皮袋。

*   *   *

Die Wüste wächst: weh dem, der Wüsten birgt!

Stein knirscht an Stein, die Wüste schlingt und
würgt.

Der ungeheure Tod blickt glühend braun

und kaut, — sein Leben ist sein Kaun...

Vergiss nicht, Mensch, den Wollust ausgeloht:

du — bist der Stein, die Wüste, bist der Tod...

＊　　　＊　　　＊

荒原生长了：祸兮，护荒者！①

石头磕石头，荒原在大嚼大咽。

饕餮死神露出发亮的深暗目光

不停啃食，——它的生活就是啃食……

被享乐烧焦的人呀，别忘了：

你——就是石头，荒原，死神……

---

① 《扎》本此诗到此结束。又，1884 年手稿［ZII 5b］异文中"护荒者"作"变成荒原的人"：

　　荒原生长了：祸兮，变成荒原的人！
　　荒原本是扒尸的饥饿。
　　纵然有水井和棕榈在这里筑巢——
　　荒原的龙牙照样大啃大嚼
　　沙粒就是牙磕牙，饕餮之苦
　　仿佛用颌把一块块石头垒起
　　永远在这里磨牙
　　永不疲惫的颌……
　　饕餮的饥饿在这里牙磕牙地咬
　　荒原的龙牙……
　　沙子就是噬咬，龙牙的种
　　磨了再磨——永不疲倦地嚼……
　　沙地就是吞吃自己孩子的母亲
　　体内藏着一把飞剑……

参看尼采遗稿《诗及诗稿片断。1884 年秋》（Gedichte und Gedichtfragmente. Herbst 1884），28［4］；《全集》KSA 本，第 11 卷，前揭，第 299 页。

Letzer Wille.

So sterben,
wie ich ihn einst sterben sah —,
den Freund, der Blitze und Blicke
göttlich in meine dunkle Jugend warf.
Muthwillig und tief,
in der Schlacht ein Tänzer —,

unter Kriegern der Heiterste,
unter Siegern der Schwerste,
auf seinem Schicksal ein Schicksal stehend,
hart, nachdenklich, vordenklich —:

erzitternd darob, dass er siegte,
jauchzend darüber, dass er sterbend siegte —:

最后的愿望

就这样死去，
就像从前我看见他死去的那样——，
那朋友①，曾把闪电和目光
像神一样投进我黑暗的青春！
狂放而深沉，
战场上的舞者——，

勇士中最快活，
胜者中最沉重，
他的命运之上还有一个命运，
严酷，思前，思后——：

终而战栗，因为他胜利了，
终而欢呼，因为他死而得胜——：

---

① 皮茨(Peter Pütz)以为此诗系尼采悼亡友诗，并推断"朋友"句乃指尼采早年挚
　友恩斯特·封·葛斯道夫(Ernst von Gersdorf)，见 Pütz 版《尼采文集》十卷注
　疏本，Goldmann，7511，第 6 版，第 337 页。皮氏此说似无确证。按：葛斯道夫家
　族乃德国最古老的贵族世家之一；恩斯特·封·葛斯道夫是卡尔·封·葛斯道
　夫(Carl von Gersdorf，1844—1904)男爵的兄弟。尼采早年在家乡瑙姆堡普佛
　塔中学念书时与葛氏兄弟结识，交情甚笃，其后并与卡尔通信多年。恩斯特于
　1867 年去世，尼采哀之英年早逝。

befehlend, indem er starb
— und er befahl, dass man vernichte...

So sterben,
wie ich ihn einst sterben sah:
siegend, vernichtend...

下令了，在他死的时候
——他下令，去毁灭那一切……

就这样死去，
就像从前我看见他死去的那样：
去胜利，去毁灭……

Zwischen Raubvögeln.

Wer hier hinabwill,
wie schnell
schluckt den die Tiefe!
— Aber du, Zarathustra,
liebst den Abgrund noch,
thust der Tanne es gleich? —

Die schlägt Wurzeln, wo
der Fels selbst schaudernd
zur Tiefe blickt —,
die zögert an Abgründen,
wo Alles rings
hinunter will:
zwischen der Ungeduld
wilden Gerölls, stürzenden Bachs

猛禽之间①

谁要从这里坠下，
刹那间
就会葬身万丈深谷！
——可你，扎拉图斯特拉，
还是爱深渊，
要学那冷杉傲然屹立？——

它扎根的地方
山石朝下望一眼
也要颤栗——，
它临深谷稍一犹豫，
周围的一切
就会落下去：
苍茫倥偬之间
但见山间乱石飞瀑俱下

---

① 1888 年岁末手稿誊写本[Mp XVIII 4]中，此诗标题曾拟作 Am［Abhang］Ab-
grund［在（崖）深渊边］参看《尼采著作全集》KSA 本，第 14 卷（注释卷），前揭，
第 516 页。

geduldig duldend, hart, schweigsam,
einsam ...

E i n s a m !
Wer wagte es auch,
hier Gast zu sein,
d i r Gast zu sein? ...
Ein Raubvogel vielleicht:
der hängt sich wohl
dem standhaften Dulder
schadenfroh in's Haar,
mit irrem Gelächter,
einem Raubvogel-Gelächter ...

W o z u so standhaft?
— höhnt er grausam:
man muss Flügel haben, wenn man den Abgrund
    liebt ...
man muss nicht hängen bleiben,
wie du, Gehängter! —

Oh Zarathustra,
grausamster Nimrod!
Jüngst Jäger noch Gottes,

而它耐心,坚忍,刚强,沉默,
孤独……

孤独!
可谁又胆敢
到此拜访,
做你的客人?……

也许有一只猛禽:
毅然飞来
落向这顽强的忍者
幸灾乐祸地抓住他的头发,
发出狂笑,
一只猛禽的大笑……

何苦坚忍如此?
——它恶言相讥:
既然爱深渊,就得有一对翅膀……
哪能这样悬空而立,
像你,一个吊死鬼①! ——

噢,扎拉图斯特拉,
最无情的宁录②!
不久前还是上帝的猎手,

---

① 初稿[W II 10,207]中"吊死鬼"(Gehängter)曾作"绞死者"(Gehenkter)。见《全集》KSA本,第14卷,前揭,第516页。

② 宁录(Nimrod):圣经人物,挪亚的后代,含(Cham)的孙子。传说他是古巴比伦城的建造者,被称为"世上英雄之首","在耶和华面前是个英勇的猎户"(参看《创世记》10:8—10)。

das Fangnetz aller Tugend,
der Pfeil des Bösen!
Jetzt —
von dir selber erjagt,
deine eigene Beute,
in dich selber eingebohrt ...

Jetzt —
einsam mit dir,
zwiesam im eignen Wissen,
zwischen hundert Spiegeln
vor dir selber falsch,
zwischen hundert Erinnerungen
ungewiss,
an jeder Wunde müd,
an jedem Froste kalt,
in eignen Stricken gewürgt,
Selbstkenner!
Selbsthenker!

Was bandest du dich
mit dem Strick deiner Weisheit?
Was locktest du dich

一切德行的罗网，

射向罪恶的箭矢！

如今——

自己捕杀自己，

成了自身的猎物，

在自己身上楔入自己……

如今——

孤影自对，

你成了你学问里的双身人，

在一百个镜子中

照出虚幻的你来，

在一百个回忆中①

朦胧不清，

疲于每一道伤痛，

寒于每一次严霜，

被自己的绳索紧紧勒死，

自知者！

自戕者！

你为什么

用你的智慧之绳缚住自己？

你为什么

---

① 初稿［WII 10, 207］中此句以下四行作：zwischen hundert Erinnerungen /［ein-
gesperrt］eingespannt, blutend an jeder Wunde / zitternd vor jedem Hauch［在
一百个回忆中/血淋淋地（囚）拴于每一道伤口，/颤抖于阵阵风吹］参看《全集》
KSA 本，第 14 卷，前揭，第 516 页。

ins Paradies der alten Schlange?

Was schlichst du dich ein

in dich — in dich? ...

Ein Kranker nun,

der an Schlangengift krank ist;

ein Gefangner nun,

der das härteste Loos zog:

im eignen Schachte

gebückt arbeitend,

in dich selber eingehöhlt,

dich selber angrabend,

unbehülflich,

steif,

ein Leichnam —,

von hundert Lasten überthürmt,

von dir überlastet,

把自己引到那古蛇①的天堂？

为什么你悄然爬行

进入自身——盘入自身？……

你是个病夫了，

中了蛇毒，病入膏肓；

一个囚徒②，

交了最严酷的命运：

在自身的井里

弯腰劳作，

在自己身上挖坑，

亲手埋葬自己，

无所依托，

僵硬，

一具尸体③——，

上面高高堆着无数的重负，

被你自己压垮，

---

① 古蛇（der alter Schlange）：疑指《创世记》中引诱人类偷吃禁果的蛇，又称"龙"，盖古代龙蛇并称，见于新约《启示录》："我又看见一位天使从天降下，手里拿着无底坑的钥匙和一条大链子。他捉住那龙，就是古蛇，又叫魔鬼，也叫撒旦，把它捆绑一千年，扔在无底坑里，将无底坑关闭，用印封上，使它不得再迷惑列国。"（《启示录》12：7—9；20：2—3）尼采将"蛇"的古老想象视为知识的诱惑："知识的太阳又一次出现在正午：它的光芒中盘绕着那永恒之蛇——这是**你们的**时间啊，正午的兄弟。"参看尼采遗稿《1881 年春秋笔记》[MIII 1. Frühjahr-Herbst 1881]，11[196]；《全集》KSA 本，第 9 卷，前揭，第 519 页。

② 早期手稿中此句以下四行作："一个囚徒，交了最严酷的命运：/弯腰劳作，/在潮湿发霉的黑井里劳作：/一个学问家……"参看《狄俄尼索斯颂歌手稿残篇》第 81，见本书第 279 页。

③ 1888 年岁末手稿誊清本[Mp XVIII 4]中，此句以下有被划去的三行：wie ein Leichnam / im Leben schon verzehrt / im Leben schon angewurmt [如同一具尸体/被活活吞噬/被虫子活活蛀空]参看《全集》KSA 本，第 14 卷，前揭，第 516 页。

ein Wissender!
ein Selbsterkenner!
der weise Zarathustra! ...

Du suchtest die schwerste Last:
da fandest du dich —,
du wirfst dich nicht ab von dir ...

Lauernd,
kauernd,
Einer, der schon nicht mehr aufrecht steht!
Du verwächst mir noch mit deinem Grabe,
verwachsener Geist! ...

Und jüngst noch so stolz,
auf allen Stelzen deines Stolzes!
Jüngst noch der Einsiedler ohne Gott,
der Zweisiedler mit dem Teufel,
der scharlachne Prinz jedes Übermuths! ...

一个明白人！

一个自知者！

聪明的扎拉图斯特拉！……

你寻找最重的负担：

找到的是你自己——，

你身上甩不掉这个你……

窥伺，

蹲伏，

一个已经直不起腰的人！

你只能和你的坟墓长在一起，

一个畸形的鬼魂①！……

不久前还那么自豪，

在自尊心之上踩高跷！

不久前还是个无需神佑的隐士②，

与魔鬼同隐深山③，

这孤高傲世的猩红王子！……

---

① 初稿［WII 10，25］中此句以下有：wie könnte er jemals *auferstehen*？［叫他怎能起死回生？］参看《全集》KSA 本，第 14 卷，前揭，第 516 页。

② 初稿［WII 10，18］中此句以下三行作：Ist dies nicht der Verführer Zarathustra？/ Der Einsiedler ohne Gott？/ Der Zweisiedler mit dem Teufel？/ Der scharlachne Prinz der Finsterniß？［不就是一个诱惑者吗，扎拉图斯特拉？/无需神佑的隐士？/与魔鬼同隐深山？/黑暗之域的猩红王子？］参看《全集》KSA 本，第 14 卷，前揭，第 516 页。

③ "同隐深山"句：尼采这里仿照 Einsiedler（隐士）一词杜撰了一个新词：Zweisiedler，大意为"同隐者"或"双隐士"，何不"双身隐士"？ 言智者与魔鬼一身二任焉。

Jetzt —

zwischen zwei Nichtse

eingekrümmt,

ein Fragezeichen,

ein müdes Räthsel —

ein Räthsel für Raubvögel...

sie werden dich schon „lösen",

sie hungern schon nach deiner „Lösung",

sie flattern schon um dich, ihr Räthsel,

um dich, Gehenkter! ...

Oh Zarathustra! ...

Selbstkenner! ...

Selbsthenker! ...

如今——
在两种虚无之间
蜷缩着，
一个问号，
一个疲倦的谜——
一个给猛禽的谜……

猛禽就要来"破"你了，
它们早就渴望"猜破"你，
它们正拍打着翅膀朝你扑来，
围着你这个吊死鬼！……
扎拉图斯特拉呀！
自知者！……
自戕者！……

Das Feuerzeichen.

Hier, wo zwischen Meeren die Insel wuchs,
ein Opferstein jäh hinaufgethürmt,
hier zündet sich unter schwarzem Himmel
Zarathustra seine Höhenfeuer an,
Feuerzeichen für verschlagne Schiffer,
Fragezeichen für Solche, die Antwort haben...

Diese Flamme mit weissgrauem Bauche
— in kalte Fernen züngelt ihre Gier,
nach immer reineren Höhn biegt sie den Hals —
eine Schlange gerad aufgerichtet vor Ungeduld:
dieses Zeichen stellte ich vor mich hin.

Meine Seele selber ist diese Flamme,
unersättlich nach neuen Fernen
lodert aufwärts, aufwärts ihre stille Gluth.

火　符①

　　这里，海中有屿长成，
　　一块祭石突起成塔，
　　在这里黑色的天宇下
　　扎拉图斯特拉点燃他的高山之火，
　　这是漂泊水手的火符，
　　是投给有答案者的问号……

　　这飘动着灰白肚皮的火焰
　　——朝寒远之地吐着贪婪的舌头，
　　脖子伸到更加纯粹的高处——
　　一条蛇焦急得抬头直立：
　　这信号，我把它置于前方。

　　我的灵魂就是这火，
　　永不知足向着新的远方
　　向上，向上，燃着静静的火光。

---

① 此诗标题原文 Feuerzeichen，今德文中通指灯标、号灯及各种火光信号；西方星
　象学中又指"火相星座"（白羊座、狮子座和射手座等）。考虑到此词在诗中的多
　义性，姑且译为"火符"。

Was floh Zarathustra vor Thier und Menschen?
Was entlief er jäh allem festen Lande?
Sechs Einsamkeiten kennt er schon —,
aber das Meer selbst war nicht genug ihm einsam,
die Insel liess ihn steigen, auf dem Berg wurde er zur
    Flamme,
nach einer siebenten Einsamkeit
wirft er suchend jetzt die Angel über sein Haupt.

Verschlagne Schiffer! Trümmer alter Sterne!
Ihr Meere der Zukunft! Unausgeforschte Himmel!
nach allem Einsamen werfe ich jetzt die Angel:
gebt Antwort auf die Ungeduld der Flamme,
fangt mir, dem Fischer auf hohen Bergen,
meine siebente letzte Einsamkeit! ——

（接下注②）藉此以能承受弃绝本身；也许人从此天天向上，最终不复在一个上帝的身上悠悠空流。

③　尼采在 1885 似乎打算将部分相关手稿编辑成一部《不合时宜的沉思续篇》，并事先为此草拟了一篇"前言"，文中谈及"钓竿"的隐喻：

"我的前四卷《不合时宜的沉思》(十年后我又增补了第五卷、第六卷和第七卷)乃是尝试将与我志同道合的人吸引到我这里来；所以说，那是一些为寻找'我的同类'而甩出的钓竿。当时，我还年轻，怀着急切的期待去做这样一件钓鱼的事。今天——一百年后，我还敢按我的尺度来衡量时间！——那是因为我还没有老到失去全部耐心和希望。至今，我耳边还神奇地回响着一位老者凭他的经验说过的这番话——

歌德如是说，难道他说的不对吗？很少有人的理智能像歌德那样老练而有头脑！还是听一听希腊人对老年的看法吧：——他们憎恨老年超过憎恨死亡，当他们感觉到自己开始变得如此理智，就宁可死去。何况，年轻也有它自己的理性：那是一种相信生命、爱和希望的理性。"参看尼采遗稿《1885 年 5—6 月笔记》[WI 3a. Mai—Juli 1885]，35[48]；《全集》KSA 本，第 11 卷，前揭，第 534—535 页。

④　参看《扎拉图斯特拉如是说》卷四，《蜜献》篇："有人在高山上钓过鱼么？就算是一件蠢事吧，在这高处所想所做；还是胜过在下面煞有介事地等待，发黄发青——"《全集》KSA 本，第 4 卷，前揭，第 297—298 页。

扎拉图斯特拉在人和兽面前逃什么?[①]

他为何匆匆离开陆地?

他经历过六种孤独——,

但大海对他来说还不够清静,

岛屿让他升起,升到山顶化作火焰,

向着第七种孤独[②]

他试探着举起钓竿甩出去。

漂泊的水手! 古老星辰的碎片!

你们未来之海! 不曾探究的天空!

如今我举起钓竿甩向所有孤独者[③]:

应一声吧,回答这火焰的焦灼,

请为我,高山上的渔夫[④],

逮住那最后的第七种孤独! ……

---

① 初稿[WII 10, 197]中,此句以下五行曾拟作:"为什么[我]扎拉图斯特拉逃避人类——/为什么[我]他避开一切坚实的陆地? /寻找新的孤独/[我]他上下求索,求索,把钓杆远远甩出去/所有的大海[对我]对他都不够孤独:/是岛把我推向高山/到了山顶我依然是火焰/[我]扎拉图斯特拉就像宁静的火光,烛照中天"。参看《全集》KSA 本,第 14 卷,前揭,第 516—517 页。

② 在《快乐的知识》(*Die fröhliche Wissenschaft*)一书里,尼采曾在"更高者"主题下言及"七种孤独"(《全集》KSA 本,第 3 卷,前揭,第 527—528 页):

更高者(*Excelsior*)——"你不再祈祷了,也不朝拜了,再也不栖息在漫无边际的信仰里了——你拒绝在最后的智慧面前止步,拒绝在最后的善和最后的力量面前停留,拒绝给你的思想卸下马具——不会有守护人和朋友时时来陪伴你的七种孤独——你生活在此却无从眺望远山,山顶积雪皑皑,内部有火焰——对你来说,既无报答者,也不会有最后能修正你的人——凡发生的一切,都不再有理性;落到你头上的事,也不会有情有义——你的心不再有憩园任你安歇而不复奔波,你不让自己有任何终极和平,你渴望战争与和平的永恒轮回:——断念之人啊,你真要弃绝一切么? 谁来给你这力量? 谁又何尝有过这等魄力!"——有一个湖海,终有一天弃而不复东流,在湖水今还流淌的地方,它已筑起堤坝;从此湖水不停涨高。也许,这种弃绝正好赋予我们以力量,(转前页续注)

Die Sonne sinkt

1

Nicht lange durstest du noch,
  verbranntes Herz!
Verheissung ist in der Luft,
aus unbekannten Mündern bläst mich's an
  — die grosse Kühle kommt ...

Meine Sonne stand heiss über mir im Mittage:
seid mir gegrüsst, dass ihr kommt
  ihr plötzlichen Winde
ihr kühlen Geister des Nachmittags!

Die Luft geht fremd und rein.
Schielt nicht mit schiefem
  Verführerblick
die Nacht mich an? ...

太阳沉落了

1

你不会干渴太久了，
　　　烧焦的心！
希望的诺许已飘在空中，
从那些不相识的人口中向我吹来，
　　　——浩浩凉风来了……

正午我的太阳炎炎照在头上：
欢迎哦，你们来了
　　　飒然而至的风①
你们，午后凉爽的精灵！

这风吹得奇妙而清朗。
而夜不正用乜斜的
　　　引诱者目光
在打量着我吗？……

---

① 早期手稿［W II 10，13］中此句以下有两行：seid mir gelobt, die ihr kommt, / ihr
　plötzlichen Winde, Tröstlinge［赞美你呀，你来了，/飒然而至的风，丝丝慰人］
　参看《全集》KSA 本，第 14 卷，前揭，第 517 页。

Bleib stark, mein tapfres Herz!
Frag nicht: warum? —

2

Tag meines Lebens!
Die Sonne sinkt.
Schon steht die glatte
 Fluth vergüldet.
Warm athmet der Fels:
 schlief wohl zu Mittag
das Glück auf ihm seinen Mittagsschlaf?
 In grünen Lichtern
spielt Glück noch der braune Abgrund herauf.

Tag meines Lebens!
gen Abend geht's!
Schon glüht dein Auge
 halbgebrochen,
schon quillt deines Thaus
 Thränengeträufel,
schon läuft still über weisse Meere

坚强些,我勇敢的心!①
不要问:为什么?——

2

我有生之日!
太阳沉落了。
平静无澜的水面
　　　已泛起金光。
岩石散发着热气:
　　　也许这午时
幸福正躺在上面午憩②?
　　　那绿光之中
青紫的深渊还闪动着幸福的神情。

我有生之日!
已近黄昏!
你的眼睛还亮着
　　　目光半碎,
已经涌出露珠般的
　　　泫泫之泪,
白茫茫的海上已悄然奔流着③

---

① 初稿[WII 10, 19]中此句以下两行作 schon zweifelt auch das tapfre Herz / und frag: warum? [勇敢的心已产生怀疑/并且在问:为什么?]参看《全集》KSA 本,第 14 卷,前揭,第 517 页。
② 初稿[WII 10, 13]中此句作 die Sonne schlief auf ihm am Tage [白天,太阳在上面睡大觉]参看《全集》KSA 本,第 14 卷,前揭,第 517 页。
③ 初稿[WII 10, 18]中此句以下有数行未定稿: Schon quillt des Thaus / Thränengeträufel, Schon [strömt] läuft aus halbgebrochnem Auge / （转下页）

deiner Liebe Purpur,

deine letzte zögernde Seligkeit ...

3

Heiterkeit, güldene, komm!

　du des Todes

heimlichster süssester Vorgenuss!

— Lief ich zu rasch meines Wegs?

Jetzt erst, wo der Fuss müde ward,

　holt dein Blick mich noch ein,

　holt dein Glück mich noch ein.

Rings nur Welle und Spiel.

　Was je schwer war,

sank in blaue Vergessenheit,

müssig steht nun mein Kahn.

Sturm und Fahrt — wie verlernt er das!

　Wunsch und Hoffen ertrank,

　glatt liegt Seele und Meer.

Siebente Einsamkeit!

　Nie empfand ich

näher mir süsse Sicherheit,

（接上注①）［Sterbender Tag］Über weiße Meere，deiner［letzten］Liebe letzte，/ Purpurne zögernde Seligkeit /［Still über weissee Meere hin.］］已经涌出露珠般的/法法之泪，/从半花的眼里（滔滔）流出/（垂死的岁月）在那白茫茫的海上/你（最后的）爱情，最后的，/跚踱的大红永福/（无声无息在白茫茫的海上流逝。）］参看《全集》KSA本，第14卷，前揭，第517页。

你爱情的红光，
你最后的踟蹰的永福……

3

安详，金色的，来吧！
　　你是预先尝一口
死亡，那最神秘最甜美的滋味！①
——难道我路走得太快了？
如今，脚疲倦了，
　　你的目光才追上了我，
　　你的幸福才赶上了我。

四周只有浪花和蜃景。
　　往日的艰辛，
早已沉入蓝色的遗忘，
我的小船如今空寂悠闲。
狂飙与奋进②——怎么都忘了！
　　壮志和希望皆已逝，
　　灵魂和大海不再起风浪。

第七种孤独！
　　我从未感到
甜蜜的平安③离我这么近，

---

① 关于这句诗，尼采另有解释："安详，作为预尝**死亡**的那种神秘——它免去我们退场时的巨大负担。"参看尼采遗稿《1883 年岁末笔记》[ZII 3a. Ende 1883]，22[3]；《全集》KSA 本，第 10 卷，前揭，第 629 页。
② 初稿[WII 10，41]中此句一度拟作：Fahrt und Ziel [奋进与目标]参看《全集》KSA 本，第 14 卷，前揭，第 517 页。
③ 平安：德文 Sicherheit；此词亦有"安全"，"有把握"，"老练"，"自信"，"确信"等义。

wärmer der Sonne Blick.

— Glüht nicht das Eis meiner Gipfel noch?

Silbern, leicht, ein Fisch

Schwimmt nun mein Nachen hinaus ...

太阳的目光这么温暖。

——我山顶上的冰不是还发出红光吗?

银闪闪的,轻盈,像一条鱼

我的小船现在又要乘风出海①……

---

① 1888 年手稿誊写本[Mp XVIII，1，11]中这个结束句作:"我的小船驶进虚
无……"参看《全集》KSA 本,第 14 卷,前揭,第 517 页。

Klage der Ariadne

Wer wärmt mich, wer liebt mich noch?

Gebt heisse Hände!

gebt Herzens-Kohlenbecken!

Hingestreckt, schaudernd,

Halbtodtem gleich, dem man die Füsse wärmt,

geschüttelt ach! von unbekannten Fiebern,

zitternd vor spitzen eisigen Frostpfeilen,

von dir gejagt, Gedanke!

Unnennbarer! Verhüllter! Entsetzlicher!

Du Jäger hinter Wolken!

阿莉阿德尼的咏叹①

谁来温暖我，谁还会爱我？
　　伸出火热的手吧！
　　把你心上那团火给我！
躺在地上，直哆嗦，
像个半死的人，让人暖脚，
颤巍巍的，天哪！颤栗着未曾有过的激情，
就怕那冰冷冷的风矢霜箭，
　　是被你追逐的呀，思想！
不可名状！藏头遮面！可怖之极！
　　你这个云雾后面的猎人！

---

① 阿莉阿德尼（Ariadne，一译阿里阿德涅）：古希腊神话人物，克里特岛国王弥诺
　斯的女儿。传说她用一个线团搭救了到克里特岛为雅典人除害的英雄忒修斯。
　忒修斯杀死住在迷宫里的怪物弥诺陶洛斯后，借助一端拴在迷宫门口的线团走
　出来。后人用"阿莉阿德尼之线"的典故喻引路的线，即摆脱困境的办法。又言
　忒修斯完成大业后，将阿莉阿德尼带到那克索斯岛，趁她睡熟时独自离去；阿莉
　阿德尼后来成为狄俄尼索斯的祭司和妻子。
　　　此诗初刊于《扎拉图斯特拉如是说》卷四，列《巫师》（Der Zau-berer）篇下，
　无标题。篇中，吟唱这首诗的"巫师"被扎拉图斯特拉讥为"杂耍"、（转下页）

Darnieder geblitzt von dir,

du höhnisch Auge, das mich aus Dunklem anblickt!

　So liege ich,

biege mich, winde mich, gequält

von allen ewigen Martern,

　getroffen

von dir, grausamster Jäger,

du unbekannter — Gott …

Triff tiefer!

Triff Ein Mal noch!

Zerstich, zerbrich dies Herz!

Was soll dies Martern

mit zähnestumpfen Pfeilen?

Was blickst du wieder

der Menschen-Qual nicht müde,

mit schadenfrohen Götter-Blitz-Augen?

Nicht tödten willst du,

nur martern, martern?

Wozu — mich martern,

du schadenfroher unbekannter Gott?

（接上注①）"伪币制造者"。尼采 1889 年 1 月初精神崩溃前夕最后改定的《狄俄尼索斯颂歌》预备付印稿（Dm 稿本）中,此诗标题一度拟作 Ungeliebt …
[Lied der Ariadne][失恋的女人……（阿莉阿德尼之歌）]。参看《尼采著作全集》KSA 本,第 14 卷,前揭,第 517 页。
　收进《狄俄尼索斯颂歌》集子,作者给此诗重新冠以《阿莉阿德尼的咏叹》之标题;叙述者身份变了,也赋予这首诗以全新的意义。

我被你闪电般击倒了，
你那凶险的目光，正从黑暗里打量着我！
　　我就这样躺着，
缩着，蜷卧着，苦于
一切永世之劫，
　　为你
所伤，最狠心的猎手，
你这个未曾谋面的——神……

击入更深吧！
再戳一次！
刺穿，戳破这颗心！
为何这般折磨人，
以颓锋钝齿的箭镞？
你又在看什么
从不放过人的苦楚，
以幸灾乐祸的天雷霹雳之眼？
你不是要人死，
而是摧残，折磨？
何苦——这般折磨我，
你这个幸灾乐祸的未识之神①？

---

① 古代雅典人信奉的神中有"未识之神"。使徒保罗在雅典传教时，将这个"未识
　之神"说成是基督教的上帝（参看《使徒行传》17∶22）。尼采借用这一圣经词语
　来比喻一切袭来的未知的"思想"或"未定者"，与诗集首篇中的 Wahrheit Freier
　（"真理的情人"）相呼应。

Haha!

Du schleichst heran

bei solcher Mitternacht? ...

Was willst du?

Sprich!

Du drängst mich, drückst mich,

Ha! schon viel zu nahe!

Du hörst mich athmen,

du behorchst mein Herz,

du Eifersüchtiger!

    — worauf doch eifersüchtig?

Weg! Weg!

wozu die Leiter?

willst du hinein,

ins Herz, einsteigen,

in meine heimlichsten

Gedanken einsteigen?

Schamloser! Unbekannter! Dieb!

Was willst du dir erstehlen?

Was willst du dir erhorchen?

was willst du dir erfoltern,

du Folterer!

du — Henker-Gott!

Oder soll ich, dem Hunde gleich,

vor dir mich wälzen?

Hingebend, begeistert ausser mir

dir Liebe — zuwedeln?

嘿嘿！

你又摸来了

在这三更半夜的？……

想要什么？

说吧！

你逼我，催我，

哼！都逼到这份上了！

你听我呼吸，

你探我心跳，

你这个醋罐子！

　　——嫉妒什么？

走开！走开！

这把梯子是想干嘛？

想上来吗，

钻进这颗心，

钻进我最隐秘的

思想？

不害臊！不相识！贼！

想偷什么？

想探听什么？

想拷问出什么，

你这刑官！

你这——该死的杀人魔王！

不然，我就得像狗一样，

爬在你的脚下？

委身于你，不由自主地

乞怜于——你的爱？

Umsonst!

Stich weiter!

Grausamster Stachel!

Kein Hund — dein Wild nur bin ich,

grausamster Jäger!

deine stolzeste Gefangne,

du Räuber hinter Wolken ...

Sprich endlich!

Du Blitz-Verhüllter! Unbekannter! sprich!

Was willst du, Wegelagerer, von — mir? ...

Wie?

Lösegeld?

Was willst du Lösegelds?

Verlange Viel — das räth mein Stolz!

und rede kurz — das räth mein andrer Stolz!

Haha!

Mich — willst du? mich?

mich — ganz? ...

Haha!

Und marterst mich, Narr, der du bist,

zermarterst meinen Stolz?

Gieb Liebe mir — wer wärmt mich noch?

   wer liebt mich noch?

gieb heisse Hände,

gieb Herzens-Kohlenbecken,

gieb mir, der Einsamsten,

痴想！
往深里刺吧！
穿心的锥！
我不是狗——我只是你的野兽，
杀千刀的猎手！
我只是你最高傲的囚徒，
你这个藏在云雾后面的强盗……
你倒是说呀！
人鬼霹雳！我跟你不相识！说呀！
拦路打劫的匪人，想从我这儿——得到什么？……

什么？
赎金？
要多少赎金？
那就多要吧——我的自尊奉劝你！
别啰唆了——我的另一份骄矜告诉你！

哈哈！
你要的——是我吧？我？
我——整个的？……

哈哈！
于是你折磨我，傻瓜，对吧，
你想灭掉我的自尊？
给我爱吧——还有谁来温暖我？
还有谁会爱我？
伸出温暖的手吧，
把你心上的一团火给我，
给我吧，我是最孤独的人，

die Eis, ach! siebenfaches Eis
nach Feinden selber,
nach Feinden schmachten lehrt,
gieb, ja ergieb
grausamster Feind,
mir — dich! ...

Davon!
Da floh er selber,
mein einziger Genoss,
mein grosser Feind,
mein Unbekannter,
mein Henker-Gott! ...
Nein!
komm zurück!
Mit allen deinen Martern!
All meine Thränen laufen
zu dir den Lauf
und meine letzte Herzensflamme
dir glüht sie auf.
Oh komm zurück,
mein unbekannter Gott! mein Schmerz!
   mein letztes Glück! ...

坚冰，天哪！七重的冰
早已教会我思仇人，
苦苦思念那冤家死对头，
给我吧，把那
无情无义的冤家交给
我吧——就是你呀！……

奈何！
那厮自己先逃了，
我唯一的情郎，
我的大冤家，
我的陌路之客，
该死的杀人魔王！……
不行！
你给我回来！
带上你所有的歹毒刑具！
我所有的泪水
向你发泄
我最后的心头之火
冲你燃烧。
回来哟，
我的未识之神！我的痛苦！
　　　我最后的缘分！① ……

---

① 此诗早期刊本到此结束。参看《扎拉图斯特拉如是说》卷四《巫师》篇；《全集》
KSA 本，第 4 卷，前揭，第 317 页。接下来的尾声是作者在诗集编定时增加的。
从叙事角度看，结尾添加一个场景让狄俄尼索斯出场，合乎古代传说（阿莉阿德
尼是狄俄尼索斯的祭司和妻子），也使人物身份明晰，诗的结构得以完美，又与
诗集书名契合。

Ein Blitz. Dionysos wird in smaragdener Schönheit sichtbar.

Dionysos:

Sei klug, Ariadne! ...

Du hast kleine Ohren, du hast meine Ohren:

steck ein kluges Wort hinein! —

Muss man sich nicht erst hassen, wenn man sich
    lieben soll? ...

Ich bin dein Labyrinth...

一道闪电。狄俄尼索斯出场，一身绿宝石般的丽质。

狄俄尼索斯：

放聪明点，阿莉阿德尼！……
你长的是一对小耳朵，你长了我的耳：
好好听一句明白事理的话！——
人该相爱的时候，不是从相恨始么？……
我，就是你的迷宫……

Ruhm und Ewigkeit

1

Wie lange sitzest du schon
   auf deinem Missgeschick?
Gieb Acht! du brütest mir noch
   ein Ei,
   ein Basilisken-Ei
aus deinem langen Jammer aus.

Was schleicht Zarathustra entlang dem Berge? —

Misstrauisch, geschwürig, düster,
ein langer Lauerer —,
aber plötzlich, ein Blitz,
hell, furchtbar, ein Schlag
gen Himmel aus dem Abgrund:

声名与永恒

1

已经多久了，你盘坐
　　在你的不幸之上？
当心哦！你还会给我孵化
　　一只卵，
　　一只蛇妖①卵
长久的悲愁可要孵出仔来。

扎拉图斯特拉为何沿着山腰慢慢爬？——

疑神疑鬼，生疮，阴郁，
一个长时间的窥伺者②——，
突然，一道闪电，
耀眼，可怕，一声巨响
从深渊升上天宇：

---

① 蛇妖（Basilisk）：东方神话中的蛇怪，传说由一只公鸡下的蛋孵化而出，长成鸡首
　龙尾怪蟒，全身剧毒，看人一眼即可致人于死地。今欧洲一些教堂的柱饰上仍
　可看到这一蛇怪的雕塑。
② 初稿［WII 10，13］中此句以下有：eine Höhle ［一个山洞］参看《尼采著作全集》
　KSA 本，第 14 卷，前揭，第 517 页。

— dem Berge selber schüttelt sich
das Eingeweide ...

Wo Hass und Blitzstrahl
Eins ward, ein Fluch —,
auf den Bergen haust jetzt Zarathustra's Zorn,
eine Wetterwolke schleicht er seines Wegs.

Verkrieche sich, wer eine letzte Decke hat!
Ins Bett mit euch, ihr Zärtlinge!
Nun rollen Donner über die Gewölbe,
nun zittert, was Gebälk und Mauer ist,
nun zucken Blitze und schwefelgelbe Wahrheiten —
Zarathustra flucht ...

2

Diese Münze, mit der
alle Welt bezahlt,
Ruhm —,
mit Handschuhen fasse ich diese Münze an,
mit Ekel trete ich sie unter mich.

Wer will bezahlt sein?
Die Käuflichen ...

——连山峰也晃动了
内脏……

在仇恨和电光
交织的地方,天罚①——
扎拉图斯特拉的怒火此刻笼罩在山上,
他像乌云挤出一条路。

快跑吧,有最后庇身之所的人!
赶紧钻到床上,你们这些公子哥儿②!
穹顶上面已经雷声隆隆,
只见梁柱和四壁摇摇欲坠,
天空打闪了,硫磺色的真理在颠跳——
　　　　扎拉图斯特拉在诅咒……

2

这块铜板,人世间
用它来付帐,
声名——,
这铜板,我戴着手套将它拎起,
扔到脚下厌恶地踏上几脚。

谁愿意卖身?
那些可收买的人……

---

① 天罚:原文 Fluch,又译"诅咒"。迷信的人指灾难、报应之类恶果;基督教指上帝的惩罚。
② 公子哥儿:原文 Zärtlinge,指娇生惯养的人。初稿[WII 10, 16]中曾作 Furcht-same [胆小鬼]见《全集》KSA 本,第 14 卷,前揭,第 517 页。

Wer feil steht, greift
mit fetten Händen
nach diesem Allerwelts-Blechklingklang Ruhm!

— Willst du sie kaufen?
sie sind Alle käuflich.
Aber biete Viel!
klingle mit vollem Beutel!
— du stärkst sie sonst,
du stärkst sonst ihre Tugend ...

Sie sind Alle tugendhaft.
Ruhm und Tugend — das reimt sich.
So lange die Welt lebt,
zahlt sie Tugend-Geplapper
mit Ruhm-Geklapper —,
die Welt lebt von diesem Lärm ...

Vor allen Tugendhaften
   will ich schuldig sein,
schuldig heissen mit jeder grossen Schuld!
Vor allen Ruhms-Schalltrichtern
wird mein Ehrgeiz zum Wurm —,

谁待价而沽，伸出
油腻腻的手
去抓世上那叮当作响发出铜臭的名望！

——你想要买吗？
他们都是标价待售的。
那就出大价钱吧！
晃一晃你满满的钱袋！
——不然就给他们打打气，
壮一壮他们那副德性……

都是些有德的人喔。
声名与德行——说来真凑韵。
只要世道长存，
他就会拿功名的呓语
去买德行的牙慧——，
而人世就靠这种喧声度日……

在这些有德的人面前
　　　我宁愿做个罪人，
人称债鬼，背一身的孽债！①
在所有声名鼓噪者面前
我的凌云壮志宁可变成一条虫②——

_____

① 初稿［WII 10a，112］中此句以下有："——可是所有的美德／还得在我的罪过面
前下跪"，《全集》KGW 本，第 VIII3 卷，前揭，第 372 页。参看本书第 251 页。
（《狄俄尼索斯颂歌手稿残篇》第 36）。
② 初稿［WII 10，11］中，此句以下三行作"凭这被扼杀的志气／在这样的人当中我
只想／做一个最后的人"，《全集》KSA 本，第 14 卷，前揭，第 517 页。参看本书
第 293 页。（《狄俄尼索斯颂歌手稿残篇》第 112）。

unter Solchen gelüstet's mich,
der Niedrigste zu sein ...

Diese Münze, mit der
alle Welt bezahlt,
Ruhm —,
mit Handschuhen fasse ich diese Münze an,
mit Ekel trete ich sie unter mich.

3

Still! —
Von grossen Dingen — ich sehe Grosses! —
soll man schweigen
oder gross reden:
rede gross, meine entzückte Weisheit!

Ich sehe hinauf —
dort rollen Lichtmeere:
— oh Nacht, oh Schweigen, oh todtenstiller Lärm! ...

Ich sehe ein Zeichen —,
aus fernsten Fernen
sinkt langsam funkelnd ein Sternbild gegen mich ...

在这样的人当中我只想，
做个最低贱者……

这块铜板，人世间
用它来付帐，
声名——
这铜板，我戴着手套将它拎起，
扔到脚下厌恶地踏上几脚。

3

安静！——
对于伟大的事物——我看见大事物！——
要么沉默
要么口出狂言①：
说得狂一点，我出神入化的智慧！

我抬头仰望——
那里翻腾着茫茫灯海：
——夜啊，寂静啊，静得像死一般的喧声！……

我看见一个星象——，
从远方之远
朝我慢慢沉落下来，一个熠熠闪耀的星座……

---

① 此语亦见于尼采遗稿《1888 年春笔记》[WII ba. Frühjahr 1888]，15[118]："伟
大的事物要求人们要么对它保持沉默，要么口出狂言：狂，就是不拘礼俗而又天
真无邪。"《全集》KSA 本，第 13 卷，第 477 页。

4

Höchstes Gestirn des Seins!

Ewiger Bildwerke Tafel!

Du kommst zu mir? —

Was Keiner erschaut hat,

deine stumme Schönheit, —

wie? sie flieht vor meinen Blicken nicht?

Schild der Nothwendigkeit!

Ewiger Bildwerke Tafel!

— aber du weisst es ja:

was Alle hassen,

was allein i c h liebe,

dass du e w i g bist!

dass du n o t h w e n d i g bist!

Meine Liebe entzündet

sich ewig nur an der Nothwendigkeit.

Schild der Nothwendigkeit!

Höchstes Gestirn des Seins!

— das kein Wunsch erreicht,

4

最高的存在之象！
永恒的图集！
你是在朝我走来吗？——
而人所不见的，
你那寂静的美，——
怎样呢？它不会避开我的目光吧？①

必然性之符箓哦！
永恒的图集！
——你早就知道：
众人所恶，
独我钟爱：
乃因你是永恒者！
乃因你是必然者！
我的爱将永远燃烧
只缘心中有了这必然性。

必然性之符箓哦！
最高的存在之象！
——任何愿望不能企及，

---

① 初稿［WII 10，32］中此句以下有：An deiner stummen Schönheit / Kühlt sich mein heißes Herz［就看你那寂静的美/我火热的心好乘凉］《全集》KSA 本，第 14 卷，前揭，第 517 页。另参看《狄俄尼索斯颂歌手稿残篇》第 105，文字略有出入；见本书 289 页。

das kein Nein befleckt,

ewiges Ja des Sein's,

ewig bin ich dein Ja:

denn ich liebe dich, oh Ewigkeit! ——

　　　任何"不"也玷污不了，
　　　永恒的存在之"是"啊，
　　　我将永远是你的"是"：
　　　因为我爱你呀，永恒！① ……

---

① 　此行诗曾作为尾声迭句出现在《扎拉图斯特拉如是说》卷三《七印》(*Die sieben
　　Siegel)篇中，参看《全集》KSA 本，第 4 卷，前揭，第 287－291 页。

Von der Armut des Reichsten.

Zehn Jahre dahin —,
kein Tropfen erreichte mich,
kein feuchter Wind, kein Thau der Liebe
— ein regenloses Land ...
Nun bitte ich meine Weisheit,
nicht geizig zu werden in dieser Dürre:
ströme selber über, träufle selber Thau
sei selber Regen der vergilbten Wildniss!

Einst hiess ich die Wolken
fortgehn von meinen Bergen, —
einst sprach ich „mehr Licht, ihr Dunklen!"

论最富者之贫①

十年了——，
我沾不到一滴水，
没有一丝潮湿的风，没有爱的甘露
——一片无雨的土地……②
如今我恳求我的智慧，
在这场大旱中不要变得吝啬：
你就涌流吧，降下甘霖，
化作这枯黄萧杀之地的一场雨！

我曾吩咐浮云
离开我的山峰，——
我曾说"多一点光明吧，黑暗之物！"③

---

① 初稿［WII 10, 202］中，此诗标题曾拟作 Zarathustra melkt die Kühe(《扎拉图斯特拉挤牛奶》)，参看《全集》KSA 本，第 14 卷，前揭，第 517 页。

② 关于这场"大旱"，尼采在《狄俄尼索斯颂歌》编定前一篇题为《来自灵魂军校》的笔记里写道："已经延续十年了：没有一个声音传到我这里——一片无雨的土地。应该有多一些人类留下来，以免在这场大旱中灭绝。"参看尼采遗稿《1888年 7－8 月笔记》［Mp XVII 5. Mp XVI4b. Juli－August 1888］，18［1］；《全集》KSA 本，第 13 卷，第 531 页。

③ 初稿［WII 10, 16］中，此句以下六行作：damals sprach ich: "werdet 　（转下页）

Heut locke ich sie, dass sie kommen:
macht dunkel um mich mit euren Eutern!
— ich will euch melken,
ihr Kühe der Höhe!
Milchwarme Weisheit, süssen Thau der Liebe
ströme ich über das Land.

Fort, fort, ihr Wahrheiten,
die ihr düster blickt!
Nicht will ich auf meinen Bergen
herbe ungeduldige Wahrheiten sehn.
Vom Lächeln vergüldet
nahe mir heut die Wahrheit,
von der Sonne gesüsst, von der Liebe gebräunt, —
eine r e i f e Wahrheit breche ich allein vom Baum.

Heut strecke ich die Hand aus
nach den Locken des Zufalls,
klug genug, den Zufall
einem Kinde gleich zu führen, zu überlisten.
Heut will ich gastfreundlich sein

（接上注①）Licht！" / Nun locke ich sie, daß sie kommen: / kommt, ihr Wolken！werdet Nacht, / macht Dunkel um mich / mit eurem Flügel / birg mich, du schönes Nachtgeflügel！[我曾说：'化作光明吧！'/如今，我一招引，它就来了:/来吧，乌云！变成黑夜，/让我四周笼罩黑暗/用你们的翅膀/遮护我，美丽的夜翅！]《全集》KSA本，第14卷，前揭，第517页。

今天，我一招引，它就来了：
请用你们的乳房庇我于晦暗！
——我要挤你们的奶，
你们这些天上的母牛！
我要让热如奶汁的智慧，爱的雨露甘霖
倾注到这片土地上。

走开，走开，如此真理①，
你们目光昏庸！
我不想在我的高山上
看到又酸又涩的浮躁真理。
瞧那笑意中一片金光
透过来，真理靠近了我，
太阳催熟了它，爱使它变得金黄，——
我只采摘树上成熟的真理。

今天，我伸手②
去捉那偶然的囤子，
已经机灵到足以
智取偶然，就像引导一个孩子。
今天，我要盛情款待

---

①　此处"真理"一词，原文 Wahrheiten（复数），盖泛指常人或浅识所言之真理，与口
　　耳之学相去未远矣。尼采一生对世间真理多持怀疑。
②　初稿［WII 10，11］中，此节诗曾拟为：strecke die Hand nach kleinen Zufällen, /
　　sei lieblich gegen das Unwillkommene; / Gegen sein Schicksal soll man nicht
　　stachlicht sein, / man sei denn ein Igel.［把手伸给小小的偶然，/热情款待不速
　　之客/面对自己的命运，不要亮出硬刺，除非是一只刺猬。］参看《尼采著作全集》
　　KSA 本，第 14 卷，前揭，第 517 页。

gegen Unwillkommnes,

gegen das Schicksal selbst will ich nicht stachlicht

sein

— Zarathustra ist kein Igel.

Meine Seele,

unersättlich mit ihrer Zunge,

an alle guten und schlimmen Dinge hat sie schon

geleckt,

in jede Tiefe tauchte sie hinab.

Aber immer gleich dem Korke,

immer schwimmt sie wieder obenauf,

sie gaukelt wie Öl über braune Meere:

dieser Seele halber heisst man mich den Glücklichen.

Wer sind mir Vater und Mutter?

Ist nicht mir Vater Prinz Überfluss

und Mutter das stille Lachen?

Erzeugte nicht dieser Beiden Ehebund

mich Räthselthier,

mich Lichtunhold,

mich Verschwender aller Weisheit Zarathustraw?

不速之客，

甚至对命运本身，我也不会亮出硬刺

——扎拉图斯特拉绝不是刺猬。

我的灵魂，

用它不知足的舌头，

早已舔过世间好的坏的东西，

早已探遍每一道深渊。

但它总是像只软木塞①，

总是浮上来漂在水面，

像油飘在暗红的海面闪烁不定：

就因为这灵魂，人们管我叫幸运儿。

谁是我父我母？

我父不就是那位"富贵"大公么，

而我母亲就叫"暗笑"②？

难道不是这对结发夫妻

生下我这个谜兽，

我这个光明恶魔，

我这个挥霍一切智慧的扎拉图斯特拉？

---

① 初稿［WII 10，31］中，此句以下四行曾拟作 du bist wie der Kork，／gemacht für das Licht／du gaukelst auf der Oberfläche aller Meere：／man heißt dich einen Glücklichen［你就像一只软木塞，／生来就是为了光明／闪闪烁烁浮动在所有海面：／人说你是幸运儿］参看《尼采著作全集》KSA 本，第 14 卷，前揭，第517 页。

② 初稿［WII 10，6］中，以上两行曾拟作 ist's nicht das grause Schicksal／und das liebliche Lachen？［不就是'恶运'／和'媚笑'么？］参看《尼采著作全集》KSA 本，第 14 卷，前揭，第 517 页。

Krank heute vor Zärtlichkeit,

ein Thauwind,

sitzt Zarathustra wartend, wartend auf seinen Ber-

gen, —

im eignen Safte

süss geworden und gekocht,

unterhalb seines Gipfels,

unterhalb seines Eises,

müde und selig,

ein Schaffender an seinem siebenten Tag.

— Still!

Eine Wahrheit wandelt über mir

einer Wolke gleich, —

mit unsichtbaren Blitzen trifft sie mich.

Auf breiten langsamen Treppen

steigt ihr Glück zu mir:

komm, komm, geliebte Wahrheit!

— Still!

Meine Wahrheit ists!

Aus zögernden Augen,

aus sammtenen Schaudern

trifft mich ihr Blick,

lieblich, bös, ein Mädchenblick …

今天他害上儿女情长病了，

一阵解冻的风，

扎拉图斯特拉坐着等候，在山上等候，——

在自己的汁液里

蒸煮，变得甜丝丝的，

在他的山峰之下，

在他的冰雪之下，

疲顿而逍遥，

俨然一个到了第七天的造物者。

——肃静！

一个真理正在我身上漫步，

好似一朵浮云，——

用看不见的闪电击中了我。

沿着宽阔而漫长的阶梯①

它的福泽来到我身边：

来吧，来吧，亲爱的真理！

——肃静！

这是我的真理！

它那羞涩的眼睛，

带着天鹅绒般的颤栗，

目光朝我逼来，

迷人，凶悍，犹如少女的眼神……

----

① 初稿［WII 10，34］中，此处尼采写有旁注：auf breiter langsamer Treppe / zu seinem Glück［沿着宽阔而漫长的阶梯/通向自己的幸福］《全集》KSA 本，第 14 卷，前揭，第 518 页。

Sie errieth meines Glückes G r u n d ,

sie errieth m i c h — ha! was sinnt sie aus? —

Purpurn lauert ein Drache

im Abgrunde ihres Mädchenblicks.

— Still! Meine Wahrheit r e d e t ! —

Wehe dir, Zarathustra!

Du siehst aus, wie Einer,

der Gold verschluckt hat:

man wird dir noch den Bauch aufschlitzen! ...

Zu reich bist du,

du Verderber Vieler!

Zu Viele machst du neidisch,

zu Viele machst du arm ...

Mir selber wirft dein Licht Schatten —,

es fröstelt mich: geh weg, du Reicher,

geh, Zarathustra, weg aus deiner Sonne! ...

Du möchtest schenken, wegschenken deinen Überfluss,

aber du selber bist der Überflüssigste!

Sei klug, du Reicher!

V e r s c h e n k e d i c h s e l b e r e r s t , oh Zarathustra!

它猜中我命运的底细了，

它看穿我了——哈！它在打什么主意？——

一条龙，大红龙①

伏在它少女目光的深渊里等候。

——肃静！我的真理发话了！——

该你倒霉，扎拉图斯特拉！

你看上去就像一个

吞吃了金子的人：

总有一天要把你开膛破肚！……

你太富了，

你害了多少人！

你让多少人羡慕嫉妒，

你使太多的人贫困……

甚至对我，你的光芒也投来阴影——，

叫我不寒而栗：走开，你这富足之人，

滚，扎拉图斯特拉，从你的太阳里滚出去！……

你想施舍分赠你多余的东西，

可最多余的是你自己！

聪明一点，阔佬！

先把你自己献出来吧，扎拉图斯特拉！

---

① "大红龙"：参看《启示录》(12：1—4)："天上又现出异象来：有一条大红龙，七头十角，七头上戴着七个冠冕。它的尾巴拖拉着天上星辰的三分之一，摔在地上。龙就站在那将要生产的妇人面前，等她生产之后，要吞吃她的孩子。"

Zehn Jahre dahin —,
und kein Tropfen erreichte dich?
Kein feuchter Wind? kein Thau der Liebe?
Aber wer sollte dich auch lieben,
du Überreicher?
Dein Glück macht rings trocken,
macht arm an Liebe
— ein regenloses Land ...

Niemand dankt dir mehr,
du aber dankst Jedem,
der von dir nimmt:
daran erkenne ich dich,
du Überreicher,
du Ärmster aller Reichen!

Du opferst dich, dich quält dein Reichthum —,
du giebst dich ab,
du schonst dich nicht, du liebst dich nicht:
die grosse Qual zwingt dich allezeit,
die Qual übervoller Scheuern, übervollen
Herzens —
aber Niemand dankt dir mehr ...

十年了——，

你沾不到一滴水？

没有一丝潮湿的风？没有爱的甘露？

可有谁会爱上你，

你这个大富大贵？

你的福气使方圆一片干枯，

使爱贫乏

——一片无雨的土地……

没人再报答你，

只有你报答每一个人，

受你恩惠的人：

这下我可认识你了，

你这个财主，

你是富人中的最贱之辈！

你献出自己，因为财富折磨你①——，

你贱卖自己，

你不自重，也不自爱：

大忧大患时时逼迫你，

你满屋满仓的烦恼，满心戚醮——

不会有人再报答你……

---

① 初稿［WII 10，9］中，此处尼采另有附笔：er opfert sich, das macht sein Reich-
thum：/ er giebt, er giebt sich ab：/ er schont sich nicht, er liebt sich nicht，——
/ die große Qual / zwingt ihn, die Qual der übervollen Scheuern［他献出自己，
这才创造了他的财富：/他贱卖自己，开仓甩卖/他不自重，他不自爱，——/大
忧大烦/在逼迫他，满屋满仓的烦恼］参看《尼采著作全集》KSA本，第14卷，前
揭，第518页。

Du musst ärmer werden,

weiser Unweiser!

willst du geliebt sein.

Man liebt nur die Leidenden,

man giebt Liebe nur dem Hungernden:

verschenke dich selber erst, oh Zarathustra!

— Ich bin deine Wahrheit ...

你得穷下去，
聪明的糊涂人！
如果你想得人爱。
人爱天下寒士，
有情犹念饥饿之子：
先把你自己献出来吧，扎拉图斯特拉！

——我就是你的真理……

附录一

狄俄尼索斯颂歌手稿残篇

Bruchstücke
zu den Dionysos-Dithyramben
（1882—1888）

1

    Das eherne Schweigen —

Fünf Ohren — und kein Ton darin!
Die Welt ward stumm ...

Ich horchte mit den Ohren meiner N e u g i e r d e
fünf Mal warf ich die Angel über mich,
fünf Mal zog ich keinen Fisch herauf —
Ich fragte — keine Antwort lief mir ins Netz —

Ich horchte mit dem Ohr meiner L i e b e

  2

Du liefst zu rasch:
jetzt erst, wo du müde bist,
holt dein Glück dich ein.

1

青铜的寂静——

五只耳朵——不见一个声音！
世界已然哑默了……

我曾以好奇心的耳朵去听
五次，我挥起钓杆甩出去，
五次，钓不到一条鱼——
我追问——没有一个答案跑进我渔网——

我曾以爱之耳倾听

2①

你走得太快了：
只是到了这个时候，疲倦了，
你的幸福才追上了你。

————

① 参看《太阳沉落了》第 3 阕第 1 节第 4—7 行,见本书第 187 页。

3

eine verschneite Seele, der
ein Thauwind zuredet

4

ein glitzernder tanzender Bach, den
ein krummes Bett
von Felsen einfieng:
zwischen schwarzen Steinen
glänzt und zuckt seine Ungeduld.

5

Den Verwegnen
hüte dich zu warnen!
Um der Warnung willen
läuft er in jeden Abgrund noch.

6

Gut verfolgt,
schlecht erwischt

3

一个冰雪覆盖的灵魂
正被一阵解冻的风苦苦劝说

4

一条闪亮又蹦蹦跳跳的小溪
被弯弯曲曲的
石头河床逮住不放：
瞧它焦急的样子
闪跳在黑色的山石间。

5

对于冒失鬼
可别去提醒他！
你一声告诫，
他转身就跳进深渊。

6

追得紧，
未必逮得着

7

krumm gehen große Menschen und Ströme,

krumm, aber zu *ihrem* Ziele:

das ist ihr bester Muth,

sie fürchten sich vor krummen Wegen nicht.

8

Ziegen, Gänse und andere

Kreuzfahrer und was sonst je

der heilige Geist

geführt hat

9

sind dies Stelzen?

oder sind's des Stolzes starke Füße?

10

geknickt und knechtisch,

anbrüchig, anrüchig

7

伟人与河流一样曲折，
弯弯曲曲，却达于各自的目标：①
此乃人生之大勇，
千里之途不怕走弯路。

8

山羊、野鹅以及其他
十字军骑士，不然就是那些
圣灵
引导的东西了

9②

这是高跷？
还是粗壮的傲慢之脚？

10

屈膝和低三下四，
酸臭，狼藉

---

① 参看《扎拉图斯特拉如是说》卷四，《高人》篇："一切好事皆曲曲折折地接近其目
　标。"《全集》KSA 本，第 4 卷，前揭，第 365 页。
② 参看《猛禽之间》第 11 节第 1—2 行，见本书第 175 页。

11

unter euch bin ich immer
wie Oel unter Wasser:
immer obenauf

12

ein Saufladen neben jedem Kaufladen

13

Seines Todes ist man gewiß:
warum wollte man nicht heiter sein?

14

schlecht mit sich selber
verheirathet, unfriedlich,
sein eigner Hausdrache

15

der Himmel steht in Flammen, das Meer
speit nach uns

11①

我一直在你们中间
如油落在水中：
永远居上

12

杂货店旁必有酒垆

13

他的死既然已确定无疑：
为什么大家不能快活一点？

14

错矣，嫁人
错嫁自己，难相处，
身上有条看家龙②

15

天烧成一片大火，海
向我们呕吐

---

① 参看《论最富者之贫》第 5 节第 7—8 行，见本书第 219 页。
② 此处"看家龙"为直译；原文 Hausdrache 系德文俚语，指家中悍妇。

16

das Meer fletscht die Zähne
gegen dich.

17

euer Gott, sagt ihr mir,
ist ein Gott der Liebe?
der Gewissensbiß
ist ein Gottesbiß,
ein Biß aus Liebe?

18

unterhalb meines Gipfels
und meines Eises
noch von allen Gürteln
der Liebe umgürtet

19

wem ziemt die Schönheit?
dem Manne nicht:
den Mann versteckt die Schönheit, —
aber wenig taugt ein versteckter Mann.
Tritt frei herfür, —

16

大海龇牙咧嘴
冲你而来。

17

你们说,你们的神
是个大爱之神?
那么这良知的伤痕
是神咬的啰,
出于爱而咬它一口?

18[①]

我的山峰
和我的冰雪下面
依然系着
所有爱的纽带

19

美对什么人合适?
对人并不合适:
美会把人遮蔽,——
被遮蔽的人一钱不值。
还是洒脱一点好,……

---

① 参看《论最富者之贫》第 7 节第 6—7 行,见本书第 221 页。

20

du mußt wieder ins Gedränge：
im Gedränge wird man glatt und hart.
Die Einsamkeit mürbt …
die Einsamkeit verdirbt …

21

verkennt ihn nicht!
Wohl lacht er
wie ein Blitz：
aber hinterdrein
grollt zornig sein langer Donner.

22

schon ahmt er sich selber nach,
schon ward er müde,
schon sucht er die Wege, die er gieng —
und jüngst noch liebte er alles Unbegangne!

23

meine Weisheit that der Sonne gleich：
ich wollte ihnen Licht sein,
aber ich habe sie geblendet；
die Sonne meiner Weisheit stach
diesen Fledermäusen
die Augen aus …

20

你还是回到熙攘人世去吧：
熙攘之中人能变得圆滑和冷酷。
孤独催人残……
孤独使人朽……

21

您可不要小看！
他笑得好看呢
如同一道闪电：
可笑过之后
又勃然发出经久不息的雷声。

22

他已经在模仿自己，
变得百无聊赖，
他已在寻找他走过的路——
而不久前他还喜欢未踏过的处女地！

23

我的智慧曾与太阳争辉：
我本想给他们以光明，
岂料反使他们目眩眼花；
我的智慧的光芒已然戳坏了
这些田鼠的
眼睛……①

———————————

① 此残篇初稿见于 1883 年秋的一则笔记，文字稍有不同："我本想成为 （转下页）

24

sein Mitleid ist hart,

sein Liebesdruck zerdrückt:

gebt einem Riesen nicht die Hand!

25

so ist's jetzt mein Wille:

und seit das mein Wille ist,

geht Alles mir auch nach Wunsche —

Dies war meine letzte Klugheit:

ich wollte das, was ich muß:

damit zwang ich mir jedes „Muß" ...

seitdem giebt es für mich kein „Muß"...

26

Hochmüthig gegen kleine

Vortheile: wo ich der Krämer

lange Finger sehe,

Da gelüstet's mich sofort,

den Kürzeren zu ziehn:

so wills mein spröder Geschmack von mir.

（接上注①）他们的一盏灯，岂料却使他们变成了瞎子；——太阳这样叹道，它把
[他们的]眼睛灼坏了。"参看尼采遗稿《1883 年秋笔记》[NVI 6. Herbst 1883]，
17[13]；《全集》KSA 本，第 10 卷，前揭，第 537 页。

24

他的同情心是很硬的，
他的爱的负担能压死你：
千万别向一个巨人伸出你的手！

25

这是我今后的意志了：
自从有了这意志，
我事事都遂愿——
此乃我最后的智慧：
吾行吾之所思：
于是我克服了一切"必须"……
从此不再迁就任何"必须"……

26

蔑视小恩
小惠：看见小气鬼
那不干净的长手指，
我立刻就心想，
我甘拜下风：
我挑剔的口味要求我这样做。

27

kleine Leute,
zutraulich, offenherzig,
aber niedere Thüren:
nur Niedriges tritt durch sie ein.

28

willst du bloß der Affe
deines Gottes sein?

29

deine großen Gedanken,
die aus dem Herzen kommen,
und alle deine kleinen
— sie kommen aus dem Kopfe —
sind sie nicht alle s c h l e c h t gedancht?

30

hüte dich,
sei nicht der Paukenschläger
deines Schicksals!
gehe aus dem Weg
allen Bumbums des Ruhmes!

（接下注②）的笔记稿，行文略有不同："伟大的思想'出自内心'，渺小的思想来
自下体：两者都是思坏了的东西。"参看尼采遗稿《1882 年夏秋笔记》[ZI 1.
Sommer-Herbst 1882]，3[1]；《全集》KSA 本，第 10 卷，第 60 页。

③　参看《声名与永恒》第 2 阕第 5 节，见本书第 207 页。

27

小民百姓，
亲切，胸怀坦荡，
可是家门低矮：
只有矮子才能走进去。①

28

你真的一门心思
要做上帝的小猴儿？

29

你的伟大思想，
全都出自内心，
而你所有狭隘的念头
——它们来自头脑——
不都是被思坏了的东西么？②

30③

当心哦，
不要充当自己命运的
吹鼓手！
最好避开
那些声名的锣鼓！

---

① 参看《扎拉图斯特拉如是说》卷三，《论渺小化的道德》篇："扎拉图斯特拉站下了，沉思片刻。终于忧伤地说：'一切都变得渺小了！'到处我只看到低檐矮门，是我这种人，也能进去的，可是——他要弯腰了！啊，何时我能重返故乡，那不必低头躬身之地——无需在小的面前折腰！"《全集》KSA本，第4卷，前揭，第211页。

② 此残篇初稿见于1882年尼采为《扎拉图斯特拉如是说》卷四预备（转前页续注）

31

willst du sie fangen?

rede ihnen zu,

als verirrten Schafen:

„euren Weg, oh euren Weg

ihr habt ihn verloren"

Sie folgen Jedem nach,

der so ihnen schmeichelt.

„Wie? hatten wir einen Weg?

reden sie zu sich heimlich:

es scheint wirklich, wir hatten einen Weg! "

32

zürnt mir nicht, daß ich schlief:

ich war nur müde, ich war nicht todt.

Meine Stimme klang böse;

aber bloß Schnarchen und Schnaufen

war's, der Gesang eines Müden:

kein Willkomm dem Tode,

keine Grabes-Lockung.

31

你想使之就范？
那就劝他们，
像劝迷途的羔羊：
"道，噢，你们的道
早被你们丢失了！"
他们会转而追随
每一个投其所好的人。
"什么？我们有过一条道？"
他们私下自言自语：
"真的呐，好像我们有道！"

32

别怪我长眠于此：
我只是疲惫，并未死去。
我的嗓音不好听；
那不过是打鼾和喘息，
此乃一个疲惫的人的歌声：
既不欢迎死神，
也不向往坟墓。

33

unbehülflich wie ein Leichnam,

im Leben schon todt, vergraben

34

strecke die Hand aus nach kleinen Zufällen,

sei lieblich gegen das Unwillkommene:

Gegen sein Schicksal soll man nicht stachlicht sein,

man sei denn ein Igel.

35

Steigt ihr,

ist es wahr, daß ihr steigt,

ihr höheren Menschen?

Werdet ihr nicht, verzeiht,

dem Balle gleich

in die Höhe gedrückt

— durch euer Niedrigstes? ...

Flieht ihr nicht vor euch, ihr Steigenden? ...

33①

无所依托，形同尸首，
生前就已丧亡，落葬

34②

伸手去抓那小小的偶然，
要善待倘来之物：
人不能对自己的命运亮出硬刺，
除非你是一只刺猬。

35

攀登，
你们真的是在攀登吗，
你们这些高尚的人？
对不起，你们不是变得
跟皮球一样吗
一下就蹦到高处
——从你们最下贱的地方？……
你们这不是自我逃避吗，攀登者？……

---

① 参看《猛禽之间》第 9 节 9—11 行，见本书第 173 页。
② 参看《论最富者之贫》第 4 节，见本书第 217 页。

36

mit erdrosseltem Ehrgeize:
unter solchen gelüstet's mich,
der Letzte zu sein —

37

dem Gottesmörder
dem Verführer der Reinsten
dem Freund des Bösen?

38

rechtschaffen steht er da,
mit mehr Sinn für das Rechte
in seiner linksten Zehe
als mir im ganzen Kopfe sitzt:
ein Tugend-Unthier,
weißbemäntelt

39

was hilft's! sein Herz
ist eng und all sein Geist
ist in diesen engen Käfig
eingefangen, eingeklemmt

36

凭这被扼杀的志气：
在这样的人当中我只想
做最后的人——

37[1]

致弑神者
致引诱清白子弟的人
致人间怅鬼？

38

他诚实地站在那里，
小脚趾上的那点正义感，
在最靠左的趾头上，
比我整个脑袋里装的还多：
一个道貌岸然的怪兽，
穿了一身白衣

39

有什么办法！他
心地狭隘，整个灵魂
都在这小笼子里
夹得死死，动弹不得。

---

[1]　此手稿片断见于《猛禽之间》初稿。参看《全集》KSA 本，第 14 卷（注释卷），前揭，第 770 页。

40

ihr steifen Weisen,
mir ward Alles Spiel

41

liebe ich euch? ...
So liebt der Reiter sein Pferd:
es trägt ihn zu seinem Ziele.

42

enge Seelen,
Krämerseelen!
Wenn das Geld in den Kasten springt,
springt die Seele immer mit hinein!

43

du hältst es nicht mehr aus,
dein herrisches Schicksal?
Liebe es, es bleibt dir keine Wahl!

40

古板的智者啊，
万般于我皆游戏

41

我爱你们？……
骑手可是这样爱他的马的：
骑着它直奔目标。

42

窄魂，
小气鬼！
钱掉进抽屉，
魂也跟着跳进去！①

43

再也不能忍受
你严酷的命运？
那就爱它吧，你别无选择！

---

① 据 KSA 本编者考证,此节诗后两句改写自 16 世纪宗教改革时期德国平民诗人
汉斯·萨克斯(Hans Sachs, 1494—1576)嘲笑赎罪小商人的一首讽刺诗:"听见
钱在钱柜里叮当响/灵魂立刻从炼狱里蹦出来。"参看《尼采著作全集》KSA 本,
第 14 卷(注释卷),前揭,第 770 页。

44

der Wille erlöst.
Wer nichts zu thun hat, dem macht
ein Nichts zu schaffen.

45

die Einsamkeit
pflanzt nicht: sie reift ...
Und dazu noch mußt du die Sonne zur Freundin
  haben

46

Wirf dein Schweres in die Tiefe!
Mensch, vergiß! Mensch vergiß!
Göttlich ist des Vergessens Kunst!
Willst du fliegen,
willst du in Höhen heimisch sein:
wirf dein Schwerstes in das Meer!
Hier ist das Meer, wirf dich ins Meer!
Göttlich ist des Vergessens Kunst!

44

有志者能解脱。
无所事事的人，空无
也能让他忙个够。

45

孤独
它不栽培，而是催熟……
当然还得有阳光来与你为伴。

46

把你的重负抛进深渊！
人啊，遗忘吧！人，遗忘！
遗忘的艺术是神圣的！
你想飞翔吗，
你要以天空为家吗：
那就把你最沉重的东西抛进大海！
这里就是大海，把你也抛到海里吧！
多么神圣啊遗忘的艺术！

47

die Hexe.

wir dachten übel von einander? ...

wir waren uns zu fern.

Aber unu, in dieser kleinsten Hütte,

angepflockt an Ein Schichdsal,

wie sollten wir noch uns feind sein?

man muß sich schon lieben,

wenn man sich nicht entlaufen kann

47①

女　巫

我们曾经互相猜忌？……
我们之间离得太远。
可如今，在这间小茅屋里，
拴在同一个命运之上，
我们怎能还要互为寇仇？
既然无法避开对方，
那就好好相亲相爱。②

---

① 参看《阿莉阿德尼的咏叹》尾声部分，本书第 201 页。
② 此手稿片段，柯利（Giorgio Coli）和蒙蒂纳里（Mazzino Montinari）主编的 KSA
考订本据手稿档案添加标题《女巫》，诗行亦分 5 行，其中第 3、4 句合为一行，第
5、6 句合为一行。译者以为，虽则手稿作此，按尼采诗歌行文习惯，仍宜分 7 行，
似更合作者本意。据 1927 年 Musarion 版《弗里德里希·尼采著作全集》第 20
卷（诗歌卷）改，参看 Richard Oehler, Max Oehler 和 Friedrich Chr. Würzbach
主编 *Friedrich Nietzsche Gesammelte Werke*, Zwanzigster Band, Musarion
Verlag München, 1927 年，第 244 页。

48

Die Wahrheit —

ein Weib, nichts Besseres:

arglistig in ihrer Scham:

was sie am liebsten möchte,

sie will's nicht wissen,

sie hält die Finger vor ...

Wem giebt sie nach? Der Gewalt allein! —

So braucht Gewalt,

seid hart, ihr Weisesten!

ihr müßt sie zwingen

die verschämte Wahrheit ...

zu ihrer Seligkeit

braucht's des Zwanges —

— sie ist ein Weib, nicht‹s› Besseres ...

48①

真理——

是个娘儿们,绝了:

羞涩之中藏奸:

最心仪什么,

她不想知道,

她用手指遮遮掩掩……

她会听谁摆布? 惟有力量叫她折服! ——

那就使劲吧,

狠一点,你们这些智者高人!

得逼她,

害羞的真理……

为了叫她快活,

你得用逼迫的办法——

——真理是个妇人,绝了……

---

① 参看尼采《快乐的知识》(*Die fröhliche Wissenschaft*)附录《飞鸟王子之歌》中
《在南方》(*Im Süden*)一诗末节:"我爱过一个女子,她老得叫人害怕:/这老妪,
名字就叫做'真理'……"《全集》KSA 本,第 3 卷,前揭,第 642 页。把真理比作
妇人,亦见于尼采《善恶之彼岸》(*Jenseits von Gut und Böse*)一书前言:"假定真
理是个女人——,那又怎么样呢? 此种怀疑难道不是建立在这样的情况之上:
大凡哲学家,哪怕是教条主义者,都不理解女性?"《全集》KSA 本,第 5 卷,前
揭,第 11 页。

49

ach, daß du glaubtest
verachten zu müssen,
wo du nur verzichtetest! ...

50

Stunde des Abends
wo auch noch das Eis
meiner Gipfel glüht!

51

Wasserfahrt — Ruhm.

Ihr Wellen?
Ihr Weiblein? Ihr Wunderlichen?
ihr zürnt gegen mich?
ihr rauscht zornig auf?
Mit meinem Ruder schlage ich
eurer Thorheit auf den Kopf.
Diesen Nachen —
ihr selber tragt ihn noch zur Unsterblichkeit!

49

嗄，你自以为
有权蔑视，
在你尽自放弃的时候！……

50①

黄昏时刻
我山峰上的冰
依然发出红光！

51②

水上行——声名

波涛吗？
小娘子？怪女子？
你们生我的气？
你们要翻江倒海？
瞧我劈头一桨
打掉你们脑门上的愚顽。
这一叶轻舟——
还得你们亲手把它推向不朽！

----

① 参看《太阳沉落了》末节第 5 行，本书第 189 页。
② 此诗稿标题《水上行》添加"声名"一词颇唐突，疑是作者为《声名与永恒》一诗准备的手稿片段之一。

52

Dergleichen mag nicht widerlegbar sein:
wäre es schon deshalb wahr?
oh ihr Unschuldigen!

53

Auf Höhen bin ich heimisch,
nach Höhen verlangt mich nicht.
Ich hebe die Augen nicht empor;
ein Niederschauender bin ich,
Einer, der segnen muß:
alle Segnenden schauen nieder ...

54

Schon wird er unwirsch,
zackicht reckt
er den Ellenbogen;
seine Stimme versauert sich,
sein Auge blickt Grünspan.

52

这种事情也许是驳不倒的：
因此就是真的了吗？
好天真的人噢！

53①

我住高山顶，
不求上青天。
我不举目仰望；
我是个下视之人，
一个祝福者：
所有祝福者皆目光朝下……

54

他脾气变躁了，
动辄伸出
胳膊肘子；
嗓门酸溜溜的，
目光也变绿了。

————————————

① 此节手稿大意已见于尼采《扎拉图斯特拉如是说》卷一《论读与写》篇："你们望
向上方，每当你们渴望升华。而我下视，因我已在高处。"参看《全集》KSA 本，
第 4 卷，前揭，第 48—51 页。

55

ein vornehmes Auge mit
Sammtvorhängen;
Selten hell, —
es ehrt den, dem es sich offen zeigt.

56

Milch fließt
in ihrer Seele; aber wehe!
ihr Geist ist molkicht

57

ein fremder Athem haucht und faucht mich an:
bin ich ein Spiegel, der drob trübe wird?

58

schone, was solch zarte Haut hat!
Was willst du Flaum
von solchen Dingen schaben?

59

Wahrheiten, die noch kein Lächeln
vergüldet hat;
grüne herbe ungeduldige Wahrheiten
sitzen um mich herum.

55

一只高贵的眼睛
垂挂着天鹅绒窗帷：
难得见它明亮，——
它只恭候能敞开心扉的人。

56

流着奶汁
他们的灵魂里；可是不幸！
他们的精神尽是乳清

57

一股陌生气息热乎乎的迎面拂来：
我是一面照不清人脸的浊镜？

58

要爱惜啊，那表皮柔柔之物！
为何你要刮掉
这类东西上的绒毛？

59[①]

真理，还没有一丝笑意
来使之金黄；
又青又涩，焦急的真理
围坐在我的四周。

---

① 参看《论最富者之贫》第三节，见本书第 217 页。

60

Oh ihr glühenden Eise alle!
Ihr Gipfelsonnen meines einsamsten Glücks!

61

Langsame Augen,
welche selten lieben:
aber wenn sie lieben, blitzt es herauf
wie aus Goldschächten,
wo ein Drache am Hort der Liebe wacht ...

62

„zur Hölle geht, wer deine Wege geht? " —
Wohlan! zu meiner Hölle
will ich den Weg mir mit guten Sprüchen pflastern

63

Willst du in Dornen greifen?
Schwer büßen⟨s⟩ deine Finger.
Greife nach einem Dolch

60①

哦，所有发出红光的冰呀！
是我最孤寂的福泽之山巅太阳！

61

迟缓的眼睛，
很少爱上什么：
一旦爱上了，立刻神采动人，
如同出自金矿，
有条龙在守护着爱的宝藏……

62

"循你路子，必进地狱"——
好吧！那就进我的地狱吧
我用美妙的格言诗给你铺路。

63

你想把手伸进刺丛？
你的手指可要受罪的哟。
还是拿一把刀子吧！

———————————

① 参看《太阳沉落了》末节，本书第 189 页。

64

bist du zerbrechlich?
so hüte dich vor Kindshänden!
Das Kind kann nicht leben,
wenn es nichts zerbricht ...

65

auch der Rauch ist zu etwas nütz:
so spricht der Beduine, ich spreche es mit:
du Rauch, kündest du nicht
dem, der unterwegs ist,
die Nähe eines gastfreundlichen Herds?

66

wer heute am besten lacht,
der lacht auch zuletzt.

64

你很脆弱吗？
那就请当心孩童的手！①
孩童不打碎东西，
就没法生活……

65

烟雾也是有用途的，
贝都因人②这么说，我也来凑一句：
烟雾，难道不是告诉
路上的人，
前面不远就是一家好客的厨房？

66③

今天谁笑得最好，
谁就笑到最后。

---

① 参看尼采遗稿《1885 年秋—1886 秋笔记》："似乎我们知道我们自己太容易破碎，也许已经破碎且无可挽救了；似乎我们害怕生活之手，怕它将我们捏碎，于是我们逃进它的假象……"；"我们身上有些东西很容易碎裂：我们是否害怕孩童的手，什么都打碎？所以我们遇到偶然的事情就避开，逃之夭夭……"[WI 8. Herbst 1885—Herbst 1886]，2[33]；《全集》KSA 本，第 12 卷，前揭，第 80 页。
② 贝都因人：生活在阿拉伯半岛和北非沙漠地带的阿拉伯游牧或半游牧民族。在阿拉伯文中，"贝都因"（Beduine）一词意为"住帐幕的人"或"逐水草而居的人"。
③ 此手稿片段见于尼采《偶像的黄昏》（Götzen-Dämmerung）《格言与箭簇》第 43 首："我保留权利，那又有什么关系呢？我有太多的权利。——今天谁笑得最好，谁就笑到最后。"参看《全集》KSA 本，第 6 卷，前揭，第 66 页。

67

ein müder Wanderer,
den mit hartem Gebell
ein Hund empfängt

68

Milchherz, kuhwarm

69

das sind Krebse, mit denen habe ich kein Mitgefühl,
greifst du sie, so kneipen sie;
läßt du sie, geht's rückwärts.

70

zu lange saß er im Käfig,
dieser Entlaufne!
zu lange fürchtete er einen
Stockmeister:
furchtsam geht er nun seines Wegs;
Alles macht ihn stolpern,
der Schatten eines Stocks schon macht ihn stolpern

67

一个疲惫的旅人，
突闻狂吠
一条狗在迎接他

68

心乳，挤出还热着

69

这就是螯虾，我一点也不同情，
你捉它，它用螯钳蜇你；
你丢下它，它就往后退。

70

坐牢坐得太久了，
这逃犯！
吓也吓得半死了，
就怕狱杖加身！
如今自个儿走路也小心翼翼：
碰上什么都绊脚，
一根木棍的影子就能叫他摔跟头。

71

Jenseits des Nordens, des Eises, des Heute,
jenseits des Todes,
abseits —
unser Leben, unser Glück!
Weder zu Lande,
noch zu Wasser
kannst du den Weg
zu uns Hyperboreern finden:
von *uns* wahrsagte so ein weiser Mund.

71

越过北方、冰雪和今天，

在死亡的那边，

不远处：

我们的生命，我们的幸福！

无论从陆地

还是经由水泽

你都找不到

我们极北乡人的路：

有一位高人这样预言了我们①。

---

① "一位高人"：此指古希腊诗人品达（Pindaros，公元前 522 或 518－前 438）。西
典中古人多有言及"极北乡"事，包括赫西俄德（Hesiode）和历史学之父希罗多
德（Herodot），惟独品达在其《皮托竞技会英雄赞》第 10 篇称彼土无论从陆地还
是海路都无人能抵达，见 Pindare *Pythiqsues*，X，29－30，布德本（Budé），美文
出版社（Les Belles Lettres），巴黎，1992 年，第 147 页。尼采将此节诗稿大意写
进《敌基督》（*Der Antichrist*）一书，作为开篇之言："我们要面对自己。我们本是
极北乡人，——我们知道得够清楚的了，我们就生活在不远处。'无论从陆地还
是海洋，你都找不到通往极北乡之路'，品达早就这样说中我们了。越过北方、
冰雪和死亡——我们的生命，我们的幸福……我们其实已找到幸福，我们知道
路，我们用几千年的时间找到了迷宫的出口。还有谁能找到？——现代人
么？——'我不懂出去，也不懂进来；我就是这不懂进不懂出的东西'——现代
人叹道……我们被此种现代性弄得病入膏肓了[……]"参看《全集》KSA 本，第
6 卷，前揭，第 169 页。

72

oh diese Dichter!
Hengste sind unter ihnen,
die auf eine keusche Weise wiehern

73

sieh hinaus! sieh nicht zurück!
Man geht zu Grunde,
wenn man immer zu den Gründen geht

74

leutselig gegen Mensch und Zufall,
ein Sonnenfleck
an winterlichen Hängen

75

ein Blitz wurde meine Weisheit;
mit diamantenem Schwerte durchhieb sie mir jede
Finsterniß

72

噢，这些诗人！
当中尽是一些小公马，
羞羞答答地嘶鸣。

73

往前看！别往看后！
你会穷根究底①，
如果一直朝深处走下去的话

74

慈悲为怀啊善对人与偶然，
一个太阳黑子
垂垂于冬之山麓

75

我的智慧曾是一道闪电；
它以金刚宝剑为我劈开每一片黑暗

---

① "穷根究底"，原文 zu Grunde gehen；然疑此处作者玩文字游戏，或一语双关：德文短语 zugrunde gehen 有"到头"、"死亡"、"毁灭"之意。

76

rathe, Räthselfreund,
wo weilt jetzt meine Tugend?
sie lief mir davon,
sie fürchtete die Arglist
meiner Augeln und Netze

77

mein Glück macht ihnen wehe:
diesen Neidbolden wird mein Glück zum Schatten;
sie frösteln bei sich: blicken grün dazu —

78

einsame Tage,
ihr wollt auf tapferen Füßen gehen!

79

und nur wenn ich mir selbst zur Last bin,
fallt *ihr* mir schwer!

80

unbequemlich
wie jede Tugend

76

猜吧，谜语爱好者，
猜猜我的德行今在何方？
它早已弃我而去，
担心我的钓杆和渔网
对它不怀好意

77

我的好运使他们痛苦：
这些嫉妒鬼，我的幸福就是阴影；
他们内心冰凉：目光发青——

78

孤寂的日子啊，
得迈出更大的脚步往前走！

79

只有当我成为自己的负担，
才觉得你们沉重！

80

令人难堪
就像任何一种美德

81

ein Gefangner, der das härteste Loos zog:
gebückt arbeiten,
im dumpfen dunklen Schachte arbeiten:
ein Gelehrter ...

82

wohin er gieng? wer weiß es?
aber gewiß ist, daß er untergieng.
Ein Stern erlosch im öden Raum:
öde ward der Raum ...

83

noch rauscht die Wetterwolke:
aber schon hängt
glitzernd still schwer —
Zarathustra's Reichthum über die Felder hin.

84

dies allein erlöst von allem Leiden —
wähle nun:
der schnelle Tod
oder die lange Liebe.

81

一个囚徒，交了最严酷的命运：
弯腰劳作，
在深暗发霉的井里劳作：
一个学问家……

82

这人哪去了？谁知？
可以肯定，他已走向没落。
一颗星在荒凉的地方熄灭：
那地方也变得荒芜……

83

乌云还在翻腾喧嚣：
可那里已高悬着
闪耀，宁静，沉重——
扎拉图斯特拉的财富笼罩原野。

84

惟有如此能解脱一切痛苦——
请选择吧：
猝然死亡
或者长久的爱。①

---

① 关于"长久的爱"，尼采曾解释："长久的爱之所以有可能——尽管它很难得——
是因为人不容易最终拥有，最终占有，——心灵总是不断开启新的、尚未发现的
根由和内里，爱的无限欲望也朝着这些方向伸展。——但是，只要我们感到本
性受到限制，爱也就结束。"参看尼采遗稿《1881 年秋笔记》[NV 7. Herbst
1881]，12[194]；《全集》KSA 本，第 9 卷，前揭，第 609 页。

85

nach neuen Schätzen wühlen wir,

wir neuen Unterirdischen: („Unersättlichen")

gottlos schien es den Alten einst,

nach Schätzen aufzustören der Erde Eingeweide;

von Neuem giebt es solche Gottlosigkeit:

hört ihr nicht aller Tiefen Bauchgrimmen-Gepolter?

86

du wirst absurd,

du wirst tugendhaft

87

die heilige Krankheit,

der Glaube

88

bist du stark?

stark als Esel? stark als Gott?

bist du stolz?

stolz genug, daß du deiner Eitelkeit dich nicht zu

    schämen weißt?

85

我们挖掘新的宝藏，
我们新一代地下人：("不知足者")①
从前，古人觉得，
为寻宝而动大地的内脏是邪恶的；
这种冒犯神明的行为今又出现了：
君不见深处那翻肠搅肚之轰轰烈烈？

86

你荒唐之辈，
你一副道貌岸然

87

崇高的疾病，
信仰

88

你很坚强么？
坚强到像头驴子？坚强如同上帝？
你很自豪么？
自豪到连自己的虚荣都不知害臊？

---

① 括弧中的字句系尼采旁添的斟酌用词。

89

sie haben ihren Gott aus Nichts geschaffen：

was Wunder：nun ward er ihnen zu nichte —

90

ein Gelehrter alter Dinge

ein Todtengräber-Handwerk，

ein Leben zwischen Särgen und Sägespähnen

91

übereilig

gleich springenden Spinnenaffen

92

da stehn sie da，

die schweren granitnen Katzen，

die Werthe aus Urzeiten：

wehe！ wie willst du die umwerfen？

93

ihr Sinn ist ein Widersinn，

ihr Witz ist ein Doch-und Aber-Witz

89

他们从虚无中创造了他们的上帝：
有什么奇怪的：既然他已化为虚无——

90

一个迷恋古董的学究
一门掘墓人的手艺
一种介于棺材和锯末之间的生活

91

仓猝
如同跳来跳去的蜘蛛猴①

92

喏，立在那里，
那些笨重的花岗岩山猫，
史前时代的价值：
天哪！你怎么去推翻它？

93

他们的常识就是谬误，
他们的才智无非是"然而，可是"

---

① 蜘蛛猴：悬猴的一种。四肢细长，喜在树上攀援纵跃，或用长尾巴缠绕在树枝上荡来荡去，远看像一只巨蜘蛛，因得名。

94

fleißig, traulich:
goldhell kommt mir jeder Tag
und gleich herauf.

95

voll tiefen Mißtrauens,
überwachsen vom Moose,
einsam,
langen Willens,
allem Lüsternen fremd,
ein Schweigsamer

96

er kauert, er lauert:
er kann schon nicht mehr aufrecht stehn.
Er verwuchs mit seinem Grabe,
dieser verwachsene Geist:
wie könnte er jemals auferstehn?

94

勤勉，安适：
所有日子金灿灿的为我升起
而且始终如一。

95

内心充满狐疑，
身上长满了青苔，
孤独，
志向远大，
不识一切人间烟火，
一个寡言者

96①

他蹲伏着，窥伺着：
从此再也直不起腰来。
他已和坟墓长到一起，
这畸形的鬼魂：
叫他如何还能复活？

———————————

① 参看《猛禽之间》第 11 节；本书第 175 页。

97

bist du so neugierig?

kannst du um die Ecke sehn?

man muß, um d a s zu sehn, Augen auch hinter dem
   Kopfe haben

98

sind sie kalt, diese Gelehrten!

Daß ein Blitz in ihre Speise schlüge!

Daß sie lernten Feuer fressen!

99

Kratzkatzen,

mit gebundenen Pfoten,

da sitzen sie

und blicken Gift.

100

was warf er sich aus seiner Höhe?

was verführte ihn?

Das Mitleiden mit allem Niedrigen verführte ihn:

nun liegt er da, zerbrochen, unnütz, kalt —

97

你如此的好奇？
你能看到拐角的那边吗？
若想绕物而视，脑袋后面也得长一对眼睛

98

好冷漠哦，这些学者！
但愿雷电击中他们的餐碟！
让他们也学学吃火！

99

大爪猫，
长着缩成一团的爪子，
坐在那里
眼露凶光。

100

他为何从自身已有的高度跳下？
究竟是什么诱使了他？
是同情诱使了他，对一切卑微者的同情：
结果他躺在那里，粉身碎骨，多余，冰凉——

101

Papier-Schmeißfliege
Eintags-leser

102

ein Wolf selbst zeugte für mich
und sprach: „du heulst besser noch als wir Wölfe"

103

Schwärzres und Schlimmres schautest du als irgend
　　ein Seher:
durch die Wollust der Hölle ist noch kein Weiser
　　gegangen.

104

neue Nächte hülltest du um dich,
neue Wüsten erfand dein Löwenfuß

105

an dieser steinernen Schönheit
kühlt sich mein heißes Herz

101

钻故纸堆的青蝇①
一日书虫

102

一只狼主动过来替我证明
它说:"你的嚎叫比狼还好听"

103

你见识了比先知所见还要黑暗与邪恶的事情:
尚无任何智者完全踏破地狱之趣。

104

你给自己披上新的夜色,
而你的狮蹄早已发明新的荒原

105

就着这冷漠如石的美
我火热的心好乘凉

---

① 青蝇:Schmeißfliege,又称丽蝇,学名 Calliphoridae,丽蝇科苍蝇。种类有上千种,分布在印度以及非洲和南欧等热带或温带地区;外表多呈现类似金属光泽的蓝色、绿色或黑色;喜食腐肉,故又称食肉蝇。

106

von einem neuen Glücke
gefoltert

107

weit hinaus, in das Meer der Zukunft
werfe ich über mein Haupt die Angel

108

Grabe, Wurm!

109

ich bin einer, dem man Schwüre schwört:
schwört mir dies!

110

nicht daß du den Götzen umwarfst:
daß du den Götzendiener in dir umwarfst,
d a s war dein Muth

106

被一种新的幸福
折磨

107①

远远地，向着未来之海
我挥动钓竿从头顶甩出去

108

坟墓，蛆虫！

109

我这个人，谁都可以发誓：
请对我发誓吧！

110

不在于你推翻偶像，
而在于打碎你身上的偶像崇拜，
这才是你的勇气

---

① 　参看《火符》第 3—4 节相关段落，本书第 179 页。

111

mein Jenseits-Glück!

was heut mir Glück ist,

wirft Schatten in seinem Lichte

112

schuldig sein mit der größten Schuld,

— und alle Tugenden sollen noch

vor meiner Schuld auf den Knieen liegen —

113

täuschen —

das ist im Kriege Alles.

Die Haut des Fuchses:

sie ist mein heimliches Panzerhemd

114

R u h m

nicht zu früh erkannt:

Einer, der seinen Ruf a u f g e s p a r t hat

111

我的彼岸之福啊！
今天，我幸福的东西，
正把阴影投进它自身的光明

112①

有罪，背一身大孽债，
——可是一切美德
还得在我的罪过面前下跪——

113

欺骗——
在战争中就是一切。
狐狸皮：
是我藏而不露的铠甲

114

名声
不在于知名过早：
一个人，将他自己的名望积攒起来

———————

① 参看《声名与永恒》第 2 阕第 5 节，本书第 207 页。

115

ist für solchen Ehrgeiz
diese Erde nicht zu klein?

116

ist List besser als Gewalt?

117

Alles gab ich weg
all mein Hab und Gut:
nichts bleibt mir mehr zurück
als du, große Hoffnung!

118

„man siegt in Nichts ohne Zorn"

119

wo Gefahr ist,
da bin ich dabei,
da wachse ich aus der Erde

115

对于如此志向
这地球是否太小了一点?

116

狡诈胜过强权?

117

我已献出一切
我的财产和家当:
什么也没给自己留下来
除了你,伟大希望!

118

"人不愤怒,无以致胜"

119

哪里有危险,
哪里就有我在,
我是从大地生长出来的

120

so spricht jeder Feldherr:
„gieb weder dem Sieger
noch dem Besiegten Ruhe! "

121

die große Stunde kommt,
die Gefahr der Gefahren:
meine Seele wird still …

122

wer wäre das, der Recht dir geben könnte?
So nimm dir Recht!

123

nicht an seinen Sünden und großen Thorheiten:
an seiner Vollkommenheit litt ich, als ich
am meisten am Menschen litt

124

Trümmer von Sternen:
aus diesen Trümmern bilde ich meine Welt

120

每位将军都这么说：
"既要让胜者不宁
也要让败者不休！"

121

伟大时刻来临了，
危难中的危难：
我的灵魂变得平静……

122

又有谁，能够给你权利？
还是把握你的权利吧！

123

并非人的罪恶和大逆不道使我痛苦：
而是因为人的完美，每当
人让我最痛苦的时候

124

星星的碎片：
我用这些碎片打造我的世界

125

an diesem Gedanken
ziehe ich alle Zukunft

126

was geschieht? fällt das Meer?
Nein, mein Land wächst!
eine neue Gluth hebt es empor!

127

ein Gedanke,
jetzt noch heiß-flüssig, Lava:
aber jede Lava baut
um sich selbst eine Burg,
jeder Gedanke erdrückt
sich zuletzt mit „Gesetzen"

128

als keine neue Stimme mehr redete,
machtet ihr aus alten Worten
ein Gesetz:
wo Leben e r s t a r r t, thürmt sich das Gesetz.

125

从这个思想
我绘出所有的未来

126

发生了什么？大海陷落？
不，是我的陆地在成长！
一道新的红光使它升起来！

127

一个思想，
还热乎乎流着，熔岩：
所有熔岩都能
给自己筑起一道城墙，
而每一个思想
会因"法则"终而窒息

128

因为没有新的声音出来说话，
于是你们将古老的词语
打造成法则：
法则高耸，生活却僵化了。

129

damit begann ich:
ich verlernte das Mitgefühl mit *mir*!

130

eure falsche Liebe
zum Vergangnen,
eine Todtengräberliebe —
sie ist ein Raub am Leben,
ihr stehlt sie der Zukunft ab —

131

den schlimmsten Einwand
ich verbarg ihn euch — das Leben wird langweilig:
werft es weg, damit es euch wieder schmackhaft
    wird!

132

diese heitere Tiefe!
Was Stern sonst hieß,
zum Flecken wurde es.

129

我就从这里做起：
对自己不再讲什么情面！

130

你们对往事
怀抱虚假的爱，
掘墓人的爱——
那是对生命的一种掠夺：
盗取了它的未来。

131

最大的异议
我给你们免了——生活变得无聊：
那就抛开它吧，好让生活重又充满乐趣！

132

这从容的深度！
以往被唤做明星的，
全都化作粪土。

133

dieses höchste Hinderniß,

diesen Gedanken der Gedanken,

wer schuf ihn sich!

Das Leben selber schuf sich

sein höchstes Hinderniß:

über seinen Gedanken selber springt es nunmehr hin-

weg

134

Schwärmer und Dämmerlinge,

und was Alles

zwischen Abend und Nacht

kreucht, fleugt und auf lahmen Beinen steht.

135

sie kauen Kiesel,

sie liegen auf dem Bauche

vor kleinen runden Sachen;

sie beten Alles an, was nicht umfällt —

diese letzten Gottesdiener!

Gläubigen!

133

这最高障越，
这思想之思，
是谁创造出来！
是生命，它给自身创造出
最高的障越：
现在它必须跃过自己的思想

134

空想者和迟暮者，
以及所有那些
在黄昏和夜晚之间
出没的飞禽、走兽和瘸足行客。

135

他们啃卵石，
他们拖着大肚皮
趴在又小又圆的东西跟前；
他们崇拜一切不倒翁，——
这些最后的上帝仆人！
　　　　　　信徒！

136

was man nicht hat,
aber nöthig hat,
das soll man sich nehmen:
so nahm ich mir das gute Gewissen.

137

heimlich verbrannt,
nicht für seinen Glauben,
vielmehr daß er zu keinem Glauben
den Muth mehr fand

138

was um euch wohnt,
das wohnt sich bald euch ein:
wo lang du sitzest,
da wachsen Sitten.

139

trockene Flußbetten,
ausgedorrte sandige Seelen

136

人者本无，
但却必需，
所以要去求索：
于是我给自己找到了良知。

137

悄然陨灭，
并非为了信仰，
不如说他再也没有勇气
承担任何信仰

138

浑浑身外物，
转眼就在身上习以为常：
你在哪里呆久了，
习惯也会根深蒂固。

139

干涸的河床，
灵魂枯竭成泥沙

140

hartnäckige Geister,
fein, kleinlich

141

ihre Kälte
macht meine Erinnrung erstarren?
Habe ich je dies Herz
an mir glühn und klopfen gefühlt? ...

142

(Nachts, bestirnter Himmel)
oh dieser todtenstille Lärm!

143

auf breiter langsamer Treppe
zu seinem Glück steigen

140

硬脖子精神①,
细,狭隘

141

他的冷漠
使我的记忆僵化?
我又何尝感觉
这颗心在我身上燃烧和跳动?……

142

(夜,灿烂的星空)
噢,这死一般寂静的繁华!②

143

踏上广阔而遥遥的阶梯
走向自己的命运

---

① 硬脖子:原文 hartnäckige,直译"硬脖子(的)",形容词,原义"顽强",贬义指"固执"。此尼采当取其意而戏言之,故直译。

② 此残篇见于1881年秋的两个手稿片段。较早的一个片段(NV7. 1)文字大致相同:Nachts, vor dem bestirnten Himmel!:/ — Oh dieser todtenstille Lärm! —(夜里,面对灿烂的星空!:/——噢,这死一般寂静的繁华! ——)。稍后的一个片段(M III 5.)不分行,但中间增加一段异文:Nachts, bei dem bestirntem Himmel regt sich wohl ein Gefühl, wie armselig unsere Fähigkeit zum Hören ist. oh dieser todtenstille Lärm! —(夜里,灿烂的星空撩起一种感觉,似乎我们的听觉能力可怜得很。噢,这死一般寂静的繁华! ——)详见尼采遗稿《1881年秋笔记》[NV 7. Herbst 1881], 12[1],[M III 5. Herbst 1881], 14[4];《全集》KSA本,第9卷,第576页,第624页。

144

von irdischen Lichtern, vom Widerschein fremden
  Glücks
aschgrau angestrahlt,
eine Mond-und Nachtschleiche

145

„liebe den Feind,
laß dich rauben von dem Räuber“:
das Weib hörts und — thuts

146

in den zwölf Sternen meiner Tugend: sie hat alle
  Jahreszeiten

147

unsre Jagd nach der Wahrheit —
ist sie eine Jagd nach Glück?

148

man bleibt nur gut, wenn man vergißt.
Kinder, die für Strafen und Rügen ein Gedächtniß
  haben,
werden tückisch, heimlich —

144

从尘世的灯火，从那陌生的幸福的反光
灰烬般地照耀出来，
一条月蛇，夜的无足蜥蜴

145

"爱你的仇人吧，
就让那强盗把你拐走"：
妇人听了这话——照做了

146

在我的德行十二星宿里：她拥有所有的季节

147

我们对真理的追求——
也是对幸福的追求？

148

人惟在忘怀时能保持善良。
孩童，若时时牢记惩罚和训斥，
就会变得阴险，藏而不露——

149

Die Morgenröthe
mit frecher Unschuld
sah's und verschwand.
Sturmwolken kamen hinter ihr.

150

unruhig, wie Pferde:
schwankt nicht unser eigner Schatten
auf und nieder?
man soll uns in die Sonne führen,
gegen die Sonne —

151

Wahrheiten für unsere Füße,
Wahrheiten, nach denen sich tanzen läßt

149

黎明的曙光
带着目空一切的无辜
看一眼就消失了。
暴风雨的乌云跟着就到。

150

忐忐忑忑，像马①：
我们自身的影子不是在
上下跃跃么？
最好是把我们带进日光吧，
向着太阳——

151

真理本是为我们的脚订做的，
真理，那就按它的步子来跳舞吧

---

① 参看尼采《偶像的黄昏》(*Götzen-Dämmerung*)篇首《格言与箭簇》第 35 首："有
这样的情形，我们这些懂心理学的人就像马，终日惶惶不安；看见自己的影子在
前面上下跃动。懂心理学的人应该懂得避见自己，这样才能真正看见。"《全集》
KSA 本，第 6 卷，前揭，第 64－65 页。

152

Schreckgespenster,

tragische Fratzen,

moralische Gurgeltöne

153

Wetterwolken — was liegt an euch!

Für uns, die freien luftigen lustigen Geister

154

seid ihr Weiber,

daß ihr an dem, was ihr liebt,

leiden wollt?

155

den Faulthieren ins Ohr gesagt:

„wer nichts zu schaffen hat,

dem macht ein Nichts zu schaffen"

152

恐怖幽灵，
悲剧的脸谱，
道德的喉音

153

乌云——关你们什么事！
我们要的，是空气般自由欢乐的精神

154

你们愿做妇人，
爱你所爱，并为之
受苦？

155

树懒①耳边有人说：
"无所事事的人，
一个空无也能让他忙个够"

---

① 树懒（Faultier）：树栖野生哺乳动物，形体似猴，生活在南美洲热带森林；被视为
世上最懒动物，常常一连数小时一动不动倒挂在树枝上。

156

Wenn den Einsamen
die große Furcht anfällt,
wenn er läuft und läuft
und weiß selber nicht wohin?
wenn Stürme hinter ihm brüllen,
wenn der Blitz gegen ihn zeugt,
wenn seine Höhle mit Gespenstern
ihn fürchten macht —

157

ich bin nur ein Worte-macher:
was liegt an Worten!
Was liegt an mir!

158

zu bald schon
lache ich wieder:
ein Feind hat
wenig bei mir gutzumachen

159

Bei bedecktem Himmel,
wenn man Pfeile
und tödtende Gedanken
nach seinem Feinde schießt

156

当那孤独者
受了大惊，
他跑啊跑啊
不知道往哪儿去？
当暴风雨在他后面怒吼，
当雷电向他袭来，
当他的洞穴以及鬼魂
使他害怕——

157

我不过是一个词语匠人：
这跟词有何相干！
与我又何涉！

158

一上来
我报之一笑：
敌人也就
从我这里捞不到多少

159

天空阴沉时，
有人以箭镞
和致人死命的思想
射向他的敌手

160

verirrten Glockenschlägen gleich
im Walde

161

den Tapferen, den Frohgemuthen,
den Enthaltsamen
singe ich dies Lied.

160

如同钟声荡然迷失
在林中

161

为勇者，为性情豪爽之士，
为苦行僧
我唱出这支歌。

附录二

相关手稿附编

[10]

Brause, Wind, brause!
Nimm alles Behagen von mir!

[26]

Die Sphinx

Hier sitzest du, unerbittlich
wie meine Neubegier,
die mich zu dir zwang:
wohlan, Sphinx,
ich bin ein Fragender, gleich dir;
dieser Abgrund ist uns gemeinsam —
es wäre möglich, daß wir mit Einem Munde redeten!

［10］

呼啸吧，风，呼啸！
荡去我身边所有的安逸！

［26］

司芬克斯

你端坐在此，铁面无私
俨然是我的新欢，
要逼我就范：
那好吧，司芬克斯，
我也是个提问者，跟你一样；
这深渊是我们共有的——
也许，我们用的是同一张嘴说话！

[28]

Nach Liebe suchen — und immer die L a r v e n,
die verfluchten Larven finden und zerbrechen
　müssen!

[31]

Ihr fürchtet mich?
Ihr fürchtet den gespannten Bogen?
Wehe, es könnte Einer seinen Pfeil darauf legen!

[34]

Ach, meine Freunde：
wohin ist, was man „gut" hieß!
Wohin sind alle „Guten"!
Wohin, wohin ist die Unschuld aller dieser Lügen!
…
Alles heiße ich gut,
Laub und Gras, Glück, Segen und Regen.

[36]

„Der Mensch ist böse",
so sprachen noch alle Weisesten —
mir zum Troste.

［28］

寻找爱情——往往都是假面，
这些该死的面具，找到就该砸碎！

［31］

你们怕我？
那你们怕绷紧的弓么？
当心，也许有一个人会把箭放上去！

［34］

啊，朋友：
到哪去找，人所说的"善"！
所有的"善"都哪去了！
所有这些谎言的清白哪去了，哪去了！
……
我说万物皆善，
树叶，青草，幸福，恩赐和雨。

［36］

"人者性本恶，"
连最有智慧的人也如是说——
为的是安慰我。

［44］

Zurück! Ihr folgt mir zu nah auf dem Fuße!
Zurück, daß meine Wahrheit euch nicht den Kopf
　　zertrete!

［49］

Ohne Weiber, schlecht genährt
und ihren Nabel beschauend,
— des Schmutzes Bilder,
Übelriechende!
Also erfanden sie sich die Wollust Gottes.

［51］

Ihr höheren Menschen, es gab schon
denkendere Zeiten, zerdachtere Zeiten,
als unser Heut und Gestern ist.

［52］

Diese Zeit ist wie ein krankes Weib —
laßt sie nur schreien, rasen, schimpfen
und Tisch und Teller zerbrechen! ...

［53］

Ihr Verzweifelnden! Wie viel Muth
macht ihr denen, die euch zuschaun!

［44］

退后！你们步我后尘太近！
退后，以免我的真言砸碎你们的脑壳！

［49］

没有女人，饮食不良，
成天瞅着自己的肚脐，
——污秽的肖像，
臭哄哄的！
就这样他们还给自己发明了上帝之乐。

［51］

你们这些高人呀，从前就有过
更有思想的时代，被思至破碎的时代，
岂吾人今朝昨日所能比拟哉。

［52］

这个时代就像个病妇——
让她哭叫去吧，呼天抢地，谩骂吧
把桌子碗碟全都打翻在地！……

［53］

你们这些颓夫！什么样的勇
你们做不出来，做给自己看的！

［56］

Und alle Männer sagen diesen Kehrreim:
Nein! Nein! Dreimal Nein!
Was Himmel-Bimmel-bam-bam!
Wir wollen nicht ins Himmelreich —
das Erdenreich soll unser sein!

［85］

Sei eine Platte von Gold —
so werden sich die Dinge auf dir
in goldener Schrift einzeichnen.

［88］

Wie sicher ist dem Unsteten auch
ein Gefängnis!
Wie ruhig schlafen die Seelen
eingefangner Verbrecher!
Am Gewissen leiden nur
Gewissenhafte!

［56］

人人有句口头禅：
不！不！三倍的不！
什么天上铃儿响叮当！
我们不想上天堂——
我们就想呆在尘世！

［85］

做一块金箔吧——
这东西会以金色的笔迹
铭刻在你身上。

［88］

摇摆不定的人，连监狱
也格外安全啊！
瞧他的灵魂睡得多香，
这被囚的罪犯！
唯有良知不泯的人
才受良知责备！

［90］

Ihr Rauchkammern und verdumpften Stuben,
ihr Käfige und engen Herzen,
wie wolltet ihr freien Geistes sein!

［93］

Die Sträflinge des Reichthums,
deren Gedanken kalt wie Ketten klirren,
— sie erfanden sich die heiligste Langeweile
und die Begierde nach Mond— und Werkeltagen.

［95］

Sie lieben, ach! und werden nicht geliebt,
sie zerfleischen sich selber,
weil niemand sie umarmen will.

...

Sie verlernten Fleisch essen,
mit Weiblein spielen,
— sie härmten sich über die Maßen.

［90］

你们这些烟熏房①和沉闷的陋室，
笼子和狭窄的心，
你们还能有什么样的自由精神！

［93］

守财奴啊守财奴，
思想冰冷得像铁镣叮当响，
——给自己发明了最神圣的无聊
还热衷于月球工作日②。

［95］

他们有情，天哪！却没人爱，
自己苦了自己，
因为没有人愿意拥抱他们。
……
他们无心食肉了，
很少跟小女子嬉戏了，
——他们已然忧伤过度。

---

① 烟熏房(Rauchkammer)：熏制鱼、肉的加工室或作坊。
② 工作日：此处尼采使用的是 Werkeltag 一词，在南部德语中指"工作日"，与今 Werktag 同义；但此词旧的用法中多指"一天中的日常生活"。

[103]

Der Dichter, der lügen kann
wissentlich, willentlich,
der kann allein Wahrheit reden.

[109]

Jenseits von Liebe und Haß,
auch von Gut und Böse,
ein Betrüger mit gutem Gewissen,
grausam bis zur Selbstverstümmelung,
unentdeckt und vor aller Augen,
ein Verführer, der
vom Blute fremder Seelen lebt,
der die Tugend als ein Experiment
liebt, wie das Laster —

[122]

Nacht ist's: wieder über den Dächern
wandelt des Mondes feistes Antlitz.
Er, der eifersüchtigste aller Kater,
allen Liebenden blickt er eifersüchtig,
dieser blasse, fette „Mann im Monde".

Lüstern schleicht er um alle dunklen Ecken,
lehnt breit sich in halbverschlossene Fenster,
einem lüsternen, fetten Mönche gleich
geht frech er nachts auf verbotnen Wegen.

［103］

只有撒谎的诗人
有意撒谎，存心撒谎，
才会说出真话。

［109］

超然于爱和恨，
超然于善和恶，
一个心安理得的骗子，
凶狠到能自残，
竟未被识破，在世人眼前！
一个江湖骗子，
靠喝陌路游魂的血过日子，
爱德行如同做实验，
仿佛，这就是恶习——

［122］①

天黑了：屋顶上又见
那鬼鬼祟祟的月亮大圆脸。
他，一只嫉妒成性的山猫，
正眼馋地盯着所有恋人，
这苍白虚胖的"月中人"。
他在所有黑暗角落悄悄出没，
轻狂地探进半闭的窗户，
像个风流胖修士
整夜浪荡在禁止通行的马路。

---

① 这节诗应是一首已大致完整的诗歌，见于 1883 年一部零零散散的笔 （转下页）

［123］

Fleiß und Genie

Dem Fleißigen neid' ich seinen Fleiß:
Goldhell und gleich fließt ihm der Tag herauf,
goldhell und gleich zurück,
hinab ins dunkle Meer, —
und um sein Lager blüht
Vergessen, gliederlösendes.

［124］

Das Honig-Opfer

Bringt Honig mir, eisfrischen Waben-Honig!
Mit Honig opfr' ich allem, was da schenkt,
was gönnt, was gütig ist —: erhebt die Herzen!

（接上注①）记手稿，这部笔记手稿原是为《扎拉图斯特拉如是说》卷四准备的。
详见尼采遗稿《1883 年夏笔记》[ZI 4. Sommer 1883], 13[1]；《全集》KSA 本，
第 10 卷，前揭，第 425 页。

［123］

勤奋与天才

我羡慕勤奋者之勤奋：
日子照样金灿灿为他涌流，
照样金灿灿的流回来，
汇入黑暗的大海，——
而他的床头
七零八落开着遗忘之花。

［124］

蜜　供

把蜜端来，清凉的蜂房之蜜！
我以蜜献，祭万物之施，
祭天赐，祭善者——：升华吧心灵！

附录三

狄俄尼索斯的世界观

尼 采

1

希腊人借众神来表达他们的世界观神秘学说,但不露声色,结果树立起阿波罗和狄俄尼索斯两个神明,作为他们艺术的双重来源。在艺术领域,这两个名称代表了对立的风格,虽说两者并驾齐驱,几乎总是处于对抗,但似乎有过一次融合,那是在希腊"意志"的全盛期,体现在阿提卡悲剧艺术作品里。此盖因人有两种状态,可达于此在的极乐感,即梦幻和陶醉。梦幻世界的美丽假象,人身临其境而能充分成为艺术家,故为一切造型艺术之父,甚至,诚如我们接下来将要看到的那样,它很大程度上也是诗歌之母。吾人既通过直接的领悟去享受形相(Gestalt),所有的形式也就都向我们展露出来了;没有什么东西是不重要的和多余的。即使这种梦幻现实被经历到最高程度,我们还是能意识到它那隐隐约约透出来的虚幻感;这种感觉一旦停止,就会出现病理学上的效应,梦也就不再起令人耳目一新的作用了,由此而来的具有净化功能的自然力也就消失了。不过,即便在此界限范围内,我们凭全面的理解而得以在自身探查到的东西,也不尽然是令人惬意的和美好的形象:在愉悦的同时,也会看到严峻、悲哀、溷浊、黑暗的东西,只不过表象的面纱在这里必处在飘忽不定的运动中,不至于完全掩盖了真实性的基本形式。所以,梦幻是个体的人与现实的游戏,而雕塑家的艺术(广义上)则是与梦幻游戏。作为大理石块,雕像是某种很真实的东西;但作为梦幻形态的雕像,则是神有生命的人格。只要雕像在艺术家眼前如同幻象那样飘忽不定,艺术家就仍然是在与现实打交道;当他把这个形象转化进入大理石,那就是与梦幻打交道了。

那么,阿波罗是在何种意义上被塑造成艺术之神的呢?只是在他成为梦幻表象之神的情况下。他处处是个"显现者":以其最深邃的太阳神和光明神的根源,展露在光耀中。"美"是他的特质:永恒的青春与之长在。可他的王国却是梦幻世界的美丽假象:相对于有缺陷但易理解的日常真实性,此种更高的真理,此种状态之完美,使他得以升迁到降示神的地位,因而肯定也居于艺术神的地位。美丽表象之神,当然也应该是真知之神了。只不过,这个飘渺的界限,是梦的幻象所不能逾越的,否则会产生病理作用,以至于表象非但不能迷人,还可能被戳穿;这个界限也是阿波罗的本质所不能或缺的:这道充满尺度的边界,这种野性冲动的自由,这种雕塑家之神禀有的才智和宁静。他的目光应该是"太阳般"宁静的:哪怕在他悒悒不欢或怒形于色的时候,他身上依然保持着美好表象的那种庄重。

相反,狄俄尼索斯艺术建立在陶醉和出神的游戏之上。这两种力量,春天的本能和迷魂汤,尤其能使纯朴的自然人上升到陶醉的忘我状态。它们的功能就体现在狄俄尼索斯的形象中。经由这两种状态,个体化原则(Principium individuationis)①被打破了，主观性整个消失在突然涌现的普遍人性甚或普遍自然力的面前。狄俄尼索斯节庆不仅缔结了人与人的纽带，也使人与自然重新和解。大地欣然奉献出它的赠礼，连最凶猛的动物也温驯地互相靠近了：狄俄尼索斯的花车就是由豹子和老虎拉车的。所有的种姓藩篱，贫困和专制在人之间竖起的等级隔离，都消失了：奴隶成了自由人，贵族和出身低微的人走到一起，同声高歌一曲酒神祭。"世界大同"的福音深入人心，传遍一方又一方：人载歌载舞，仿佛都是一个更高理想社会的成员：连走路和说话都不会了。更有甚者，好像中了魔似的，真的就变成了另一个人。这一切，就如同动物会说话，大地奉献奶和蜜，人的身上也有某种超自然的东西在回响。人觉得自己就是神，他身上本来只属于想象力的东西，现在亲身体验到了。这时候，对他来说，肖像和雕塑还能是什么呢？人不再是艺术家，人成了艺术品，人如同他在梦中看见的神一样，高贵而迷恋地徜徉于世间。这里显露出来的是自然的艺术力量，而不复是一个人的艺术力量：一种更高贵的黏土，更珍贵的大理石，在这里被捏塑和削凿成形了：人。这就是艺术家狄俄尼索斯塑造出来的人，他与自然的关系，就如同雕像之于阿波罗艺术家。

如此看来，陶醉乃人与自然的游戏，而狄俄尼索斯艺术家的创作则是与陶醉游戏。此种状态，假若人不是亲身有所体验，就只能以类比的方式去把握了：这有点类似做梦又感觉到梦就是梦。所以狄俄尼索斯信徒必处在陶醉之中，同时又像个窥伺者

---

① 个体化原则（Principium individuationis）：尼采借自叔本华的哲学概念。有两层含义，一是指此种原则显现于人的是与物自体相对的表象世界，二是此种个体化原则中"太一"（das Ureine）无法自明，故又可引申为伦理学上与人类共性相对的个人化。参看本书第 357 页注 2。

暗地里伺机以待。狄俄尼索斯艺术家的气质不在于清醒和陶醉
交替,而是两者同时。

　　这种同时性标志着希腊文明达于巅峰:起初,阿波罗只
是希腊的一个艺术神,威力强大,所以当狄俄尼索斯从亚洲
暴风雨般杀将过来时,那凶猛的架势即刻缓了下来,结果形
成一种美妙的兄弟关系。从这里,人们很容易理解希腊文明
本质中何以有那种令人难以置信的理想主义:此种诞生于自
然崇拜的东西,在亚洲人那里本是低级本能的野蛮发泄,一
种乱交式的禽兽生活,打破了某个特定时代的所有社会关
系,到了他们这里却变成一个救世庆典,一个升华的日子。
他们生命中所有高尚的本能,都在这种行乐狂欢的理想化中
得到了表现。

　　像新神咄咄逼来,这样大的危险,希腊文明从未经历过。
但话说回来,德尔斐圣地的阿波罗又何尝如此亮丽地展露过
他的智慧! 对于强有力的对手,他起初是抵抗,继而是智取,
用格外纤巧的罗网将其笼住,以至于对手还未觉察就已经是
半个阶下囚了。这期间,德尔斐祭司团密切注视着敬新神对
社会复兴过程的深刻影响,然后按自己的政治宗教意图去推
动它;与此同时,阿波罗艺术家凭借手中深思熟虑的尺度,也
学着做起酒神派的革命艺术来;最后,德尔斐文化秩序治年历
(Jahresherrschaft)的问题也解决了,在阿波罗和狄俄尼索斯之
间平分天下,两个神祇于是在恶斗中打了个平手,不分胜负:
在战场上握手言和了。若要详察阿波罗因素为何曾以暴力手
段压制狄俄尼索斯的非理性超自然因素,就得想一想,在音乐
的古典时代,γένος διϑυραμβικόν(狄提兰卜体裁)等同于ἡσυχασιικόν
(宁静者)。这个时候,阿波罗艺术精神越是强悍,他的小弟弟
狄俄尼索斯神就越发无拘无束地成长:正当前者完美到看起

来几乎静止不动的时候,在菲狄亚斯①时代,后者反而在悲剧中揭示了世界之谜和世界之恐惧,并且借助悲剧音乐表达了最内在的自然之思,即处于一切表象之中又高于表象的"意志"脉络。

倘说音乐也是阿波罗艺术,严格而论不过节奏而已,其造型力量的发挥,旨在表现阿波罗情态:阿波罗音乐其实是声音建筑,而且仅以粗线条的乐音表现出来,就像齐特拉琴(Kithara)本身那样。这里面,恰恰有一种因素被小心避开了,即那种首先能分辨出狄俄尼索斯音乐乃至一切音乐本身特性的东西,也就是声音的震撼力和绝对无与伦比的和声世界。对此,希腊人早就拥有最为细腻的感觉了,就如同现在我们须懂得分辨调性的严格特征一样,尽管在希腊人那里,对完美的、真正发出奏鸣和声的讲究,比现代世界低得多。在和声组曲里,甚至在其缩写记号里,在所谓"旋律"里,"意志"早就完全直接表现出来了,无需事先诉诸某一表象。每一个体既可作为类推(Gleichnis),亦可作为某一普遍尺度的个案;相反,狄俄尼索斯艺术家要阐明的是能直接领会的显现者之本质:他甚至驾驭尚未成形的意志,主宰其混沌状态,不仅能在每一创作瞬间从自身创造出一个新的世界,也可以重建作为已知表象的旧世界。就后一层意义而言,狄俄尼索斯艺术家乃是悲剧音乐家。

在此种狄俄尼索斯式的陶醉里,此种借助麻醉刺激或者春天本能的释放而迅猛穿越所有灵魂音阶的过程里,自然(die Natur)以其最高的力量表现出来了:它使个体存在重新靠拢,让

---

① 菲狄亚斯(Phidias,希腊文Φειδίας,前490-前430):希腊古典时期最著名雕塑家。曾奉雅典执政官伯里克利(Perikles,希腊文Περικλῆς,前495-前429)之命担任督造,设计并监督完成巴特农神庙的装饰性雕塑。

他们意识到本身乃是一；结果，个性化原则看起来就像是意志持续不断的衰竭。意志越是衰退，整体就愈加破碎成个别的东西；个体越是显得自私专横，他所服侍的肌体也就益发衰弱。这种情形，似乎还会带来一种多愁善感的意志特征，一种失落之后的"造物感喟"：从最高的乐趣里传出恐惧的叫声，一种充满怀旧的无法追悔的失落感的嗟叹。与此同时，生机勃勃的自然却在欢庆自己的农神节（Saturnalien）和亡灵节。它的祭师们的种种情感，也以超尘拔俗的方式纠作一团，痛苦唤醒欢乐，喜悦从胸中掏出苦涩的音调。神这个 ὁ λύσιος［解放者］从自身释放出万物，也改变了万物。如此激发的众生，大自然从中获得一种声音和动作，而此种来自众生的歌咏和表情动作，对荷马的希腊世界来说也是某种全新的、闻所未闻的东西；这是来自东方的东西，希腊世界首先得靠自己非凡的节奏和造型艺术的力量去降伏它，战胜它，就像当时征服埃及神庙风格那样。阿波罗民族给这种极其强大的本能铐上了美的锁链：他们缚住了大自然最危险的元素，从而将最厉害的野兽制服于轭下。只要将希腊世界如何使狄俄尼索斯节庆精神生活化与其他民族从同一源泉提取的东西做个比较，就不能不高度佩服希腊文明的此种理想主义力量。这样的节庆是很古老的，到处都有据可查，最有名的是古巴比伦的萨凯亚节①。那时，一连五天节庆期间，国家和社会的所有羁绊全被打破；但核心内容仍在于性放纵无度，家庭纽带亦因无节制的娼妓风俗（Hetärenthum）而毁坏。

---

① 萨凯亚节（Sakaeen）：古巴比伦为庆祝掌管丰产的水神阿那希塔（Anahita，又称Anaïtis，原为波斯神祇）举行的狂欢节庆，类似古罗马的农神节（Saturnalia）。节日期间一切公共事务停止，人们打破风俗禁忌纵情狂欢，甚至出于某种古老的自然观而耽于声色；其为史家称道的一面是，节庆期间奴隶被认为获得解放，转由主人伺候奴隶。

　　与之相对的是希腊的狄俄尼索斯节,欧里庇得斯在其剧本《酒神信女》(Die Bacchen)中描绘过这种节日场景:她们身上涌现出来的是那种婀娜多姿,那种飘飘欲仙的音乐陶醉,斯科帕斯和伯拉克西特列斯①都曾为她们塑像。有一位信使曾经这样描述,他冒着中午的炎热赶着羊群上了山:真是好时机好地点啊,片刻之间,四周闻所未闻的场景尽收眼底;只见牧神潘在睡午觉,天空浸润着一派荣耀,宛若静止不动的背景,日光炎炎,四处流溢。信使注意到,在一处高山牧场上有三个女声合唱队,她们个个仪态端庄,三三两两,躺在地上,有好几个靠着冷杉树干:万籁俱寂。突然间,彭透斯的母亲②兴奋得叫了起来,睡意顿消,所有人也跟着站了起来,遵循高贵的习俗;少女们和少妇们解开一头鬈发披落肩上,麂皮也铺好了,大家都宽衣解带睡下了。只见人人腰间缠蛇,蛇亲密地舔着她们的脸颊,有些女子还把幼狼和小鹿抱在怀里喂奶。所有人都佩戴长春藤花冠和旋花,用酒神杖敲一敲岩石,岩石就冒出水来:用杖击地,地面立刻美酒泉涌。树枝头滴下香甜的蜜,用指尖轻轻一碰,大地就流出白色的乳汁。——这是一个完全魔幻的世界,自然庆贺它与人的和解。据神话传说,阿波罗把四分五裂的狄俄尼索斯重新拼合完好。他重新创造了这一形象,从亚洲支离破碎的根源那里拯救了狄俄尼索斯。——

---

① 斯科帕斯(Skopas,希腊文 *Σκόπας*,公元前395—前350):古希腊著名雕塑家和建筑师。伯拉克西特列斯(Praxiteles,希腊文 *Πραξιτέλης*,公元前400—前326):古希腊著名雕塑家。1877年在奥林匹亚赫拉神殿遗址发现的有名雕塑《赫耳墨斯抱着年幼的狄俄尼索斯》(*Hermès portant Dionysos enfant*)被认为是伯拉克西特列斯的作品,现藏奥林匹亚考古博物馆。

② 彭透斯(Pentheus):希腊神话中的忒拜城国王,因禁止妇女参加狄俄尼索斯节庆,被包括其母在内的酒神狂女们(Maenades)撕碎。彭透斯的母亲即阿高厄(Agaue,希腊文 *Αγανή*),她在参加酒神狂女的狂欢节庆时发了疯,亲手把自己的儿子彭透斯撕成碎块。

2

希腊众神之完美，如我们在荷马作品里遇到的那样，绝不能认为是产生于必要和需求：这样的本质之物绝非为焦虑所困之心态所能想象出来的；绝不是为了逃避生活，才由天才的想象力把这种图景投向蓝天的。众神那里表达的是一种生活的宗教，而不是义务，更不是苦行或灵性。所有这些形象都流露出此在（Dasein）的胜利喜悦，这是一种伴随着它们的信仰而来的生活感受。它们什么也不要求：在它们身上，现有的一切都神圣化了，不管好的还是坏的。较之其他宗教的严肃性、神圣性和严谨性，希腊人的宗教还蒙受着被低估为某种古怪游戏的危险——假如意识不到这里面有一种常常被人错误判断的深邃智慧的话；惟有借助此种智慧，这种伊壁鸠鲁式的神圣存在才可能一下子显现为一种无与伦比的民族艺术的作品，而且堪称最高的作品。此乃被缚的森林之神向能死者揭示的民族哲学："最好是别投胎在世，其次是早死。"①正是这种哲学组成了神界的背景。希腊人深知此在（Dasein）的骇人和恐怖，遂将其遮蔽起来，以便

---

① 据尼采引述亚里士多德，此语出自狄俄尼索斯的养父兼教师西勒诺斯（Silenus）之口。在尼采 1870 年题献给瓦格纳妻子柯西玛（Cosima von Bülow）的此文另一稿本（题《悲剧思想的诞生》）中，此处另有一段解释文字："民间有一传说，道是昔日弥达斯（按：佛律癸亚国王）一心要从狄俄尼索斯的追随者西勒诺斯口中套出一句人生秘诀，为此长期追捕西勒诺斯，终于将他擒获。此诀，据说是最难得的警世之语，人生最好的良言。起初——据亚里士多德描述——西勒诺斯死活不肯说；他是受到百般酷刑折磨，才带着轻蔑的嘲笑，从嘴里吐出这样几句话来：'你这个注定受苦受难的短命鬼，居然还敢对我施暴，硬要逼我说出为了你好而不该让你知道的事情。毕竟，不知命苦，你才乃还能无忧度日。做人，千万不能成为人中豪杰，不要去分享最好的事情。对你们来说，无论男女，无一例外，最好是未曾出生；其次——如果你们已经出生，那就尽可能早死为好。"参看《尼采著作全集》KSA 本，第 1 卷，前揭，第 558 页。

能够生活下去：用歌德的象征性比喻来讲，就是十字架藏在玫瑰花下面。正因为如此，只有借助宙斯、阿波罗和赫耳墨斯等光辉形象去遮挡住μοῖρα［命运］的黑暗支配力，光明的奥林匹斯神统才达于君临天下的地位；命运的黑暗支配力曾经让阿喀琉斯早死，并注定俄狄浦斯弑父娶母。假如消除了这个"中间世界"的艺术表象，那就只能听从狄俄尼索斯的化身即林神的智慧了。也许就是出于这种必要性吧，这个民族的艺术天才创造了这些神。

是故神正论（Theodicee）从未成为希腊文明的一个问题：人们谨慎地不把世界的存在寄望于诸神，更不会把世界状态的责任托付给诸神。众神也屈服于ἀνάγκη［必然性］：这是一种极其罕见的智慧表白。就像现在这样，它的此在既可以从一面升华的镜子里窥见，又可以借这面镜子来保护自己免受美杜莎（Me-duse）①之害——这就是希腊"意志"的天才战略，首先是为了能够生活下去。换了别的方式，这个异常敏感的民族，即便如此令人钦佩地经得起磨难，也不得不忍受此在，假若这同一个此在不是被其众神身上浸润的一种更高的光芒揭示于她的话！这同一个本能，既呼唤艺术进入生活，作为引导此在自行补充和臻于圆满的生活持续，同时也使奥林皮斯世界得以形成，一个美好、宁静和享乐的世界。

在这种宗教的作用下，生活也就被设想为荷马世界里的那种自在的生活追求了：在众神的明丽阳光照耀下生活。荷马式人物的痛苦就在于出离此在②本身，尤其是迫在眼前的夭亡；每

---

① 美杜莎：德文通书 Medusa，尼采文中写作 Meduse；希腊神话中的戈尔戈女妖之一。

② 出离此在：出离，原文 Abscheiden，原意为分离，析出，异离；转义指离世，死亡。出离此在，犹言告别此生，进入（死后的）另一世界。

当哀声四起,通常都是为"短命的阿喀琉斯"奏响的,宣告人类的急遽变化,英雄时代的衰替。伟大的英雄不值得去追求生存而像常人那样苟活草间。"意志"从来没有像在希腊文明中那样得到公开表达,甚至哀声也成了赞歌。是故今人追怀往昔,仿佛总是听见自然与人合一的圆满音调,而所有意在彰显意志而追寻光辉典范的人,都把希腊性格作为毕生的座右铭;所以在那些孜孜不倦的著作家笔下,甚至还出现了"希腊的泰然"这样一个概念,以至于"希腊的"这个词也被人以有失大雅的方式用来替行尸走肉般的轻浮人生开脱,甚至引以为荣。

　　所有这些表现形式,从最高贵的到最普通的,对希腊文明的理解都太草率和太单一了,几乎都是按直接的、甚或片面的概念图式(譬如罗马人)来组构的。然而人们不难设想,一个不管触碰什么都惯于点石成金的民族,其世界观里也必有艺术表现的需求。这种世界观当中,诚如上文已经提到,我们理所当然也会遇到某种非同一般的幻觉;这种幻觉,其本质往往被用来实现其意图。真正的目标就藏在幻象里:我们伸手去捕捉,这东西立刻借助幻觉而达于自然。在希腊人那里,意志就是想看见自身升华为艺术品:为了弘扬自身,希腊人的创造物本身必须要证明自己值得弘扬,必须从更高的领域去重新审视自己,如同在理想中升华了一样,无需圆满的直观世界来扮演成事之功或败事之训。这就是他们自我鉴照的镜象——奥林匹斯山众神得以显现的美之境界。希腊文明的意志正是以这一武器去抗衡那种关乎艺术天才的东西,出于苦难本身和苦难的智慧。在这场搏斗中,作为胜利标志而竖起的纪念碑,就是悲剧的诞生。

　　这种苦难的陶醉和美的梦想,自有其不同的神界:前者凭其本质的万能威力而渗入到自然之思的内部,不仅洞悉渴求此在(Dasein)的可怕本能,也看破一切踏进此在者之向死而去的路程;它所创造出来的神,有好也有坏,酷似命数,往往透过邃然昭揭的筹划而令人惊恐万状,既无情也无对美的兴趣。它们几乎成了真理的化身,且往往流于概念化:难得见其浓缩,不易凝聚成形态。看见它们,就令人呆若木石:如何能够与它们相处呢?人大抵也不必去作此考虑:这也是它们留下的遗训。

既然这个神界不能像一个应受责罚的秘密那样完全遮蔽起来,那就只好把目光从中移开,转向与之并存的那个梦境般光芒四射地诞生的奥林匹斯世界了:但见四周围它的色彩的光芒越来越浓厚,其形态的可感性也随着其真理或象征作用而提高了,甚至加强了。真理和美之间的斗争,从未像狄俄尼索斯崇拜入侵时那么严酷:这其中,自然本身被揭示出来了,并且以惊人的明晰度说出自己的秘密,在这种音色面前,迷人的假象很快就失去了力量。这一源泉发源于亚洲,但只有到了希腊这里,它才蔚为大观,成为滔滔奔流的大河,因为在这里它第一次获得了亚洲未曾提供给它的东西,即感觉和承受最炽烈事物的能力,兼有最细腻的谋略和洞察力。那末,阿波罗又是如何拯救希腊文明的呢?新来者一到,就被拽到奥林匹斯这个美丽表象的世界里去了:为了他,连宙斯和阿波罗这样最有名望的大神都牺牲了很多名誉。世上何尝见过如此费心地厚待一位外来者:就因为这也是一个可怕的外来户(在任何意义上都是敌对的①),有足够强大的力量捣毁接待他的庙堂。一场牵涉所有生活方式的大革命开始了:狄俄尼索斯闯入一切领域,连艺术在内。

视觉,美,表象,三者界定了阿波罗艺术的范围:这是一个升华了的眼界,但在梦中,当眼睑阖闭之后,却能艺术地创作。史

---

① 敌对的:作者这里使用的是拉丁文 hostis,此词兼有"外来者"和"敌对者"双重含义。

诗也会把我们带进这样一种梦幻状态：我们睁开眼睛是什么也看不见的，只能去领略那些内在的影像，那是吟游诗人（Rhapsode）借助某些概念为撩起我们的情感而创作的。这里，造型艺术的效果是以迂回的方式达到的：雕塑家引导我们穿过经他雕凿的大理石，一直来到他梦中看见的活生生的神面前，这时，原本作为 $\tau\acute{\epsilon}\lambda o\varsigma$ ［最终目的］的造型就清晰地浮现在雕塑家本人和观众眼前了；这里，是前者促使后者透过雕像的中介形态去加以审视的：史诗作者于是看见了同一个活生生的形象，并且想邀请别人也来观看。但诗人在他自己和他人之间不再竖立任何雕像：他更多的是描述这种形象如何透过动作、声音、话语和行为来展现其生活历程，迫使我们把一系列效果归之于因，使我们不得不从事某种艺术创作。当我们眼前清晰地看见那影像，或群像，或图像，当他让我们也来分享这种他本人从中最早开创了表现形式的梦幻状态，他的目的就达到了。史诗呼唤人们从事造型创意，证明史诗完全不同于一般抒情诗，因为后者从未以图像形式为目的。两者之间的共同点仅在于材料即词语，说得通俗一点，就是概念：当我们谈到诗（Poesie）的时候，根本就没有什么范畴可以同造型艺术或音乐协调起来，而是两种自身完全不同的艺术媒质聚合到一起，其中一种指向造型艺术之路，另一种指向音乐之路：然两者都只是通往艺术创作的道路，而非艺术本身。在此意义上，绘画和雕塑当然也不过是艺术媒质而已：真正的艺术乃是创造形象的技艺，不管是前期创作（Vor-schaffen）还是后期仿制（Nach-schaffen）。艺术的文化意蕴就是建立在这一属性（一种普遍人性的属性）之上的。艺术家——作为经由艺术媒介诉诸艺术者——不可能同时也是艺术活动的消化器官。

阿波罗文化的造型崇拜，虽然是在神殿里表达的，或者是借助雕像或荷马史诗来表达的，但其崇高目标乃在于从道德上去

寻求尺度，且这与对美的美学追求并行不悖。再者，将尺度设为
某种要求，惟有在尺度，即界限，被认为可识别的时候，才是可能
的。要想能够遵守界限，就必须了解界限：这就是 $\gamma\nu\tilde{\omega}\vartheta\iota\ \sigma\varepsilon\alpha\nu\tau\acute{o}\nu$
［了解你自己］这句阿波罗古谚的由来。而这面只有阿波罗式希
腊人可窥照的镜子，亦即自我认识之镜，就是奥林匹斯神界：人
从中重新认识自己最本己的存在，但裹上了一层美好的梦幻表
象。这个尺度就是美，新的神界就是在其约束下移风易俗的（对
抗一个衰落的泰坦世界）：希腊人必须持守的界限，就是美的表
象。这样一种转向表象和尺度的文化，其最内在的意图只能是
将真理遮蔽起来：对于坚持不懈的探索者，虽则兢兢于为之效
劳，却也与极强大的泰坦神一样，被告以 $\mu\eta\delta\grave{\varepsilon}\nu\ \mathring{\alpha}\gamma\alpha\nu$［不得逾越］
之诫律。普罗米修斯身上体现出来的就是希腊世界的一个典
范，仿佛这是人类知识的苛求，对要求者和被要求者都同样施加
了不良影响。谁要想凭智慧去应对众神，就得像赫西俄德那样
$\mu\acute{\varepsilon}\tau\rho\sigma\nu\ \mathring{\varepsilon}\chi\varepsilon\iota\nu$［掌握智慧的尺度］①。

　　正是在这样一个精心建构并且在艺术上加以保护的世界
里，狄俄尼索斯庆典才发出了心醉神迷的音调，自然之完全无节
制也显露无遗，在欢乐和痛苦之中，在知识之中。至此，被视为
限度，视为尺度规定性的那一切，突然成了某种艺术表象："无节
制"也被揭示为真实。第一次，疯狂而令人神往的人民之歌在某

――――――――――

① 此语见于亚里士多德所著《奥科美那斯政制》（$O\varrho\chi o\mu\varepsilon\nu\acute{\iota}\omega\nu\ \pi o\lambda\iota\tau\varepsilon\acute{\iota}\alpha$）一书记叙，据
　说赫西俄德去世后，其故乡阿斯克拉（Ascra）被泰斯庇斯人（Thespies）所毁，劫
　后余生的居民逃到邻邦奥科美那斯；奥科美那斯人接纳阿斯克拉人的同时亦尊
　赫西俄德为先贤，遂将其遗骸迁葬于城内，并在墓碑上题一碑铭："永别了，你两
　次年轻，因得两次归葬／赫西俄德，你知道把握人类智慧的尺度。／此盖因他逃
　过了老年，两次安葬。"（参看 Proclus, 361, 25 = Aristoteles, *frag.* 524 ed.
　Rose）。另有一说，称此碑铭出自赫西俄德之手，参看《品达全集》（*Pindare*），卷
　IV，巴黎美文书局（Edition Les Belles Lettres），1923 年，第 237 页。

种强大无比的情感陶醉中沸腾起来了：相比之下，用κιθάρα［齐特拉琴］隐隐奏出惶恐之音的阿波罗式赞美艺术家意味着什么呢？过去像特权那样在诗歌—音乐行会内传播，因而与一切世俗分享保持距离的东西，在某种单一建筑原理基础上欲凭阿波罗式天才力量加以维持的东西，即音乐的要素，现在都打破了自身的藩篱：以前仅限于最单调变化的节奏，现在也为酒神舞蹈而放开四肢：音色宏亮了，不复像从前那样空濛迷茫，而是在音域更为深沉的管乐器伴奏下，势如千钧，蔚为大观。结果最神秘的事情发生了：和声来到了世界上，通过声部的展开，立刻使自然的意志变得可理解。原先在阿波罗世界中被艺术地遮蔽的东西，这时也都响亮地进入了狄俄尼索斯的氛围：奥林匹斯众神的辉煌，在西勒诺斯①的智慧面前一下子黯然失色了。一种在陶醉状态中言说真理的艺术，就这样吓跑了表象艺术的缪斯们；在狄俄尼索斯式的忘我状态中，个体及其界限和尺度渐渐消亡：众神的黄昏就要来临了。

这种最终为"一"的意志，竟允许狄俄尼索斯神力进来与它自身的阿波罗创造相抗衡，究竟是个什么意图？

也许，我们在这里涉及的是此在的一个新的和更高的μηχανή［筹划］②，即悲剧思想的诞生。——

3

狄俄尼索斯状态之出神入化，因其对此在（Dasein）司空见惯

---

① 西勒诺斯（Silenus）：希腊神话中的林神，狄俄尼索斯的养父和教师。传说他发明了笛子，爱好音乐和唱歌；通常被描绘成一个嗜酒的老者，常常醉饮到不能走路。

② 按：希腊文μηχανή这个词的本义是指（想出来的）招数、韬略、机关或手段；或言神机妙算。

的藩篱及界限之摧毁,故延续过程中总带有一种冷眠效果①,把往昔亲历的一切浸入其中。经过这道忘川大堑,日常性的世界便与狄俄尼索斯的现实相脱离了。这种日常现实一旦返回意识之中,立刻让人厌恶地感觉到,此种状态之后果乃是一种苦行主义的、否定意志的基调。在思想上,狄俄尼索斯境界作为一个更高的世界秩序,是与平庸而不健全的世界秩序相对立的:希腊人从根本上就是要逃出这个充满罪孽和命数的世界。希腊人几乎不去祈求死后的世界:他的愿望是走得更高,超越众神,否认此在及其闪闪烁烁的神明幻象。从陶醉的觉醒意识中,希腊人看破了人的存在之可怖和荒谬:他感到厌恶了。他明白了林神的智慧。

这样一来就达到了希腊意志以其阿波罗式乐观的基本原则所能允许的最危险界限。在这里,希腊意志凭其天然救赎力,立刻发生作用,重新降伏此种否定的基调,而其回天之术就是悲剧艺术品和悲剧观念。然其意图绝不可能是彻底扼制狄俄尼索斯情境,或者完全把它压下去:直接制服是不可能的,即便可能,也是非常危险的,因为其血脉中存留的要素又会从别处泻出,并且穿透整个生命脉络。

首先是借某种表现形式来改变对此在之可怖性及荒谬性的厌恶感,让自己能生活下去:这就是在艺术上把克服恐惧感视为崇高性,而在艺术上排遣荒谬感则视为喜剧性。此二者纠缠在一起,相辅相成,融汇成一种摹仿陶醉、施展陶醉的艺术品。

崇高性和喜剧性之所以是超越美好表象世界的一个步骤,盖因这两个概念本身就包含了一种矛盾。再者,它们与真理是毫不相关的:它们不过是真理的面纱,虽然比美还透明,但终究

①　冷眠效果:原文 lethargisches Element,指某种自然力,能使事物失去作用或进入蛰伏状态。

是面纱。不过,这里面倒是有一个介于美和真理的中间世界:狄俄尼索斯和阿波罗可以在这里结合。这个世界显现为以陶醉为游戏,但并非因此就完全沉湎其中。在表演者身上,我们又一次认出狄俄尼索斯式的人来,即本能的诗人、歌者和舞者,但这是一个被扮演的狄俄尼索斯式的人。他试图在崇高性的震撼中,或者在哄堂大笑的滑稽效应中达到其典范:他超越美,但不追求真理。他超然立于两者的中间。他不追求美的表象,而是追求表象本身;不追求真理,而是追求逼真(真理的象征,符号)。当然啦,表演者首先并不是个别的人,而是代表了狄俄尼索斯群体,亦即人民:狄提兰卜颂歌合唱队就是这样来的。通过此种陶醉游戏,表演者本人以及围在他四周的观众合唱队都要从陶醉中释放出来。从阿波罗世界的立足点来看,希腊文明的本质是需要救治和赎回的:阿波罗作为真正的平安和救赎之神,将希腊文明从相命式的出神(Ekstase)①以及对此在的厌恶中拯救出来了——借助的是悲喜剧思想的艺术品。

　　这个新的艺术世界,即崇高与滑稽的艺术世界,"逼真性"的艺术世界,建立在一种不同于古老美丽表象的神本世界观之上。一旦认识到此在的可怖和荒谬,认识到被扰乱的秩序及非理性

---

① 出神(Ekstase):希腊文*ἔκστασις*词源本义为"出离自身",与汉籍中"出神"一词的古老释义大致相通:元神脱离躯体。以"出神"(出离自身元神)迻译*ἔκστασις*一词,似乎更为贴切。尼采是在希腊古典意义上使用此词的。他早期的一份笔记手稿中有所说明:"感人的结局,*φόβος*[恐惧]和*ἔλεος*[同情]皆与戏剧(Drama)无关:[它们]本身就属于悲剧(Tragödie),并不因此就是戏剧。任何故事都有这类情感因素:音乐抒情作品有碍如此。如果史诗的任务是从场景到场景缓慢而平静地展开,那更应该视为高级的艺术品了。所有的艺术都需要一种"出离自身",一种*ἔκστασις*;剧情进展就是这样来的,这样我们并非回到自身,而是进入一个陌生的存在,进入我们的*ἔκστασις*;这样我们的举止就像中魔者一般。由此而产生看戏的那种深刻震惧:地板摇晃起来了,对个体之不可瓦解的信仰也动摇了。"尼采遗稿《1869年冬—1870年春笔记》[PI 14b. Winter 1869—70—Frühjahr 1870],2[25];《全集》KSA本,第7卷,前揭,第54—55页)。

的定数,尤其认识到自然界中无所不在的大苦,也就揭开如此艺术地遮藏起来的 *Moῖρα*[命运]及 Erinnyen[复仇女神]①的真实形象了,也就揭开美杜莎和蛇发女妖戈尔戈②的真实形象了:奥林匹斯山众神一直处在最危急的险境中。它们是在悲喜剧作品中,浸润于崇高与滑稽的海洋而获得拯救的:从此以后它们不只是"美",同时也集这个古老神界秩序及其崇高气质于一身。因此它们现在分成两组,只有少数几个逍遥于两者之间,成为时而崇高,时而滑稽的神祇。而获得此种分裂性格的,首推狄俄尼索斯。

这两种类型当中,最能重新体现希腊悲剧时代生活方式的是埃斯库罗斯和索福克勒斯。崇高者首先显现为最有正义感的杰出思想者。在他那里,人和神都立足于最紧密的主观共性之中:神性、正义、德行三者和福祉交织成一体。个体存在,人或泰坦神,都是按此天平来衡量的。众神也是按此正义标准重建起来的。如此一来,民众对蒙昧的、诱人为恶的魔鬼的盲从——奥林匹斯山居民推翻的原始神界的一种残余——也纠正了,从此

---

① 复仇女神(Erinnyen):希腊神话中的冥界女神,专司复仇。赫西俄德说复仇女神是大地母亲该亚(Gaea)的女儿,是受重伤的天神乌剌诺斯(Uranus)的血滴到地上后出生的(《神谱》第 183—185 行)。复仇女神最早是报杀亲之仇者,在雅典法庭审判阿伽门农之子俄瑞斯忒斯(Orestes)弑母案及雅典娜创立尊复仇女神崇拜后,可怕的复仇女神转变成善良女神厄墨尼得(Eumenides)。复仇女神的形象见于希腊三大悲剧家埃斯库罗斯、索福克勒斯和欧里庇得斯的作品,但人数不确定。人们后来根据古罗马诗人维吉尔的说法(《埃涅阿斯纪》VI,250,XII,843—886),推定复仇女神有三个:提西福涅(Tisiphone)、阿勒克托(Alecto)和墨伽拉(Megaera)。

② 戈尔戈(Gorgo,希腊文 *Γοργόνες*):希腊神话中的蛇发女妖,任何人看见她的头立刻化作石。据赫西俄德的说法(《神谱》第 273—276 行),戈尔戈女妖有三个:斯忒诺(Stheno)、欧律阿勒(Euryale)和美杜莎(Medusa),皆海神福耳库斯(Phorcus)之女,住在与黑夜交界的极西之地。三姐妹中只有美杜莎死去,为阿耳戈斯英雄柏修斯(Perseus)所杀。

魔鬼变成了宙斯手中替天行道的工具。同样古老的世代罪恶报应观念（对奥林匹斯山居民也同样是生疏的），也脱去了所有辛酸苦辣，因为在埃斯库罗斯那里再也没有诛伐个人罪行的那种必要性了，任何人都可以幸免。

就在埃斯库罗斯从奥林匹斯司法的崇高性中找到崇高者时，索福克勒斯（以神奇的方式）也从奥林匹斯司法的不可穿透性中发现了同样的东西。但在这里，他在所有观点上都恢复了大众立场。在他看来，一种可怕的命运，其难以担当的性质是崇高的，人的此在之真正难以破解之谜就是他的悲剧缪斯。在他这里，痛苦赢得了自身的升华；被理解为某种神圣化的东西。人神之间的距离是难以测度的；在这一点上，最好是顺其自然或听天由命。真正的德行是 $\sigma\omega\varphi\varrho\sigma\sigma\dot{\upsilon}\nu\eta$［尺度］①，其实也就是一种否定的德行。英雄史诗的人类，是无需此种德行的最高贵人类；他们的命运演绎着无尽的深渊。大概只有一种过失，即对人的价值及其极限缺乏了解。

不管怎么说，这一看法比埃斯库罗斯要深刻和内在得多了，明显地接近了狄俄尼索斯的真理，而且无需借助太多的象征就表达出来——尽管如此！我们从中还是可以辨认出阿波罗的伦理原则，而且就藏在狄俄尼索斯的世界观里。在埃斯库罗斯那里，人面对世界秩序的真谛总要肃然起敬，厌恶感也就消失在此种庄严的敬畏之中了，只因人自身无能为力，难以洞察世界秩序。在索福克勒斯的作品里，这种敬畏就更大了，因为这种真谛是完全深不可测的。这是一种更强烈的虔诚基调，没有经过任何内心的争夺，而在埃斯库罗斯那里则是一种使命，不停地为神圣的法权寻找理由，是故永远总是面对一些新问题。对索福克

---

① 此希腊词 $\sigma\omega\varphi\varrho\sigma\sigma\dot{\upsilon}\nu\eta$ 的通常含义是：适度，节制。

勒斯来说,阿波罗责令查明的"人之极限"是可探知的,但比起阿波罗的前狄俄尼索斯时代来,这种极限更狭窄,更有限了。人缺乏对自身的了解,这就是索福克勒斯的问题;而人缺乏对神的了解,则是埃斯库罗斯的问题。

　　虔诚,生命本能之美丽面具! 拜倒在一个完美无缺的梦幻世界脚下,这个世界将带来合乎道德的至高无上的智慧! 在真理面前后退,躲在云里雾里,远远地欣赏它! 与现实和解,因为现实谜一样不可理喻! 讨厌解开谜团,因为我们不是神! 堂而皇之地自暴自弃,做人一世尘与土,在不幸中幸福安息! 人彻底放弃自己,徒有其最高的表达! 颂扬和美化此在之骇异动机及可怖性,以此作为此在的圣化之途! 在蔑视生活中享受生活的乐趣! 在否定意志中高奏意志的凯歌!

　　以此一阶段的知识,只有两条路可走,圣徒之路和悲剧艺术家之路:两者的共同点是,虽对此在的虚幻性有十分清楚的认识,却能活下去,世界观也看不出有什么裂痕。厌恶人生苟活被视为创造的手段,不管它是神圣的还是艺术的。可怖者和荒谬者皆有升华之力,盖可怖或荒谬仅表面上而已。这种世界观一旦达于登峰造极,狄俄尼索斯的魔力便越加得到证明:所有的现实(Wirkliche)都消解在表象之中,而表象背后显露出来的是清一色的意志本性,完全蒙上了智慧和真理的灵光,充满耀眼的光彩。幻觉,疯狂,达于巅峰。——

　　此时,更有不可思议者,这种意志本来将希腊世界当作阿波罗世界来归置,但其自身却接受了另一种表现形态,即狄俄尼索斯意志。这两种意志表现形式的斗争有一个不同寻常的目标,那就是创造一种更高的此在之可能性,由此(透过艺术)达到一种更高的升华。

　　这种升华的形式不再是表象的艺术,而是悲剧的艺术:只不过表象艺术被完全吸收到里面来了。阿波罗和狄俄尼索斯合为一体。既然狄俄尼索斯元素闯进了阿波罗的生活，既然表象在这里也被确定为范围，那么狄俄尼索斯悲剧艺术也就不再是"真理"了。这种歌唱和舞蹈不再是本能的天然陶醉：被激励而躁动起来的狄俄尼索斯合唱民众不再是那种无意识地被春天的欲望攫住的人民大众了。从此真理被象征化了，它要利用表象，它不仅能使用表象艺术，也必须使用表象艺术。但一种相对于早期艺术的巨大区别也出现了，于是所有表象艺术媒质统统调来助阵，好让雕像活起来，三棱屏画①也转动了，透过同一个后屏布景，人们眼前时而出现神庙，时而出现宫殿。结果，我们注意到了某种程度的对表象的冷漠感，不得不放弃其永恒的权利和绝对的要求。表象，已然不再被当做表象来品味了，而是被当作象征，当作真理的标志了。这就是诸媒质融汇的由来——尽管这本身有失体统。这种对表象的蔑视，最明显的标志就是脸谱。

狄俄尼索斯的挑战就是这样向观众提出的，目的是让观众能领略一切中魔之物，永远只看到象征，连完全可视的场景世界和乐队也变成"奇迹王国"了。那末，把观众带进奇迹信仰般的音调，让观众看到万物中魔的景象，这种力量究竟是从哪来的呢？是谁征服并剥夺了这种表象的力量，使之转化为象征的呢？

是音乐。——

4

我们称之为"感觉"（Gefühl）者，若循叔本华哲学的路

---

① 三棱屏（Periakten）：古代画屏，将三幅不同的屏画固定在一根立轴上成三棱形，转动时依次出现不同的画面。在公元前五世纪的希腊，此技术曾用作剧场布景装置，通常制作分别表现悲剧、正剧、林神剧的大型三棱画屏，通过转动屏画来变换舞台布景。

子，当理解为一种无意识表象与意志状态之情结。然意志的进取却表现为快乐或失意，而且在这点上只显示量的差别。并不存在多种快乐，只分等级和大量伴随性表象。在快乐状态下，我们指的是意志的一种满足；在失意状态下，指的是不满足。

那末，感觉是以何种形式倾诉的呢？它可以部分地，非常部分地转化而进入思想，故而进入有意识的表现；当然，这只适用于伴随性表象那一部分。不过，这个感觉地带始终存在着一种无法揭示的残余。唯一可以打交道的能解之物，就只有语言，也就是概念了：按照此理，"诗"（Poesie）的领域是在情感表现力的范围内界定的。

另外两种交流形式则完全是本能的，无意识，但相应地起作用。这就是肢体语言和声音语言①。肢体语言由人人都能领会的象征组成，经一些反射作用而产生。这类象征是可视的：人眼一看见，就立刻传递一种情境，情境引起动作，而动作又象征化了情境：观者大抵是感觉到了一种唤起同感的刺激，来自同一个面部表情或他所注意到的肢体运动。这里，象征指的是一种很不完全的、支离破碎的映象（Abbild），一种暗示性的迹兆，理解上必须取得一致：只有在这样的情形下，普遍领会才是本能的，不必上升到意识明晰的阶段。

那么，在这一双重本质的层面，即感觉的层面，肢体动作又象征着什么呢？

显然是伴随性表象，因为透过可视的动作，只有伴随性表象得到提示，尽管是不完全的、支离破碎的：一个情境只能通过一

---

① 肢体语言（Geberdensprache），亦称动作语言；声音语言（Tonsprache），亦称音乐语言。此指戏剧（或舞蹈）的两种基本形式：动作（含表情）和音乐。

个情境来得到象征。

绘画和造型艺术以表情动作来表现人：亦即模仿象征，只要我们领会象征，就达到了效果。视觉的快感就在于对象征的理解，尽管那只是一个假象。

与此相反，表演者把象征当做真实来表演，而不纯然为假象：然其效果并不依据我们对象征的领会，而勿宁是我们沉浸到被象征化的情感之中，又不停留于假象之愉悦，不拘泥于美的表象。

所以戏剧布景根本撩拨不起假象之愉悦感，但我们把它看作是象征，由此而领会那被暗示的现实。蜡制玩偶和真植物放在纯然绘制的布景旁边能完全为我们所接受，证明我们想象这是真实，而不是高度艺术化的假象。这里，要紧的是逼真，而不再是美。

那么，美又是什么呢？——"玫瑰很美"这话的意思不过是说，玫瑰花有美的外表，有某种讨人喜爱的丽质。至于它的本质存在（Wesen），就没有什么好说的了。它以外观取胜，撩起人的快感：也就是说意志是通过表象得到满足的，生存之乐趣因此获得促进。此物——按其外观——乃其自身意志的真实反映：此与形式同一者也：它借其外观来表达物种的属性。越是这样，就越美：只要它按自身的本质存在来顺应此种规定性，它就是"美好的"。

"一幅很美的画"，这话不过是想说我们从一幅画所得的表象是完满的：当我们说一幅画"好"，我们指的是从一幅画获得的表象切合这幅画的本质。然而在多数情况下，人们对一幅画的鉴赏总是看它画得美不美，也就是说必须表达某种丽质的东西：这就是外行的看法了。世俗者欣赏的是材料之美；所以我们只好去欣赏戏剧中的造型艺术了，尽管事情不可能只是表现美：看起来真就行了。所表现的对象必须尽可能地让人觉得感性和生动;必须给人以真实感;任何一种美丽表象的作品都有一种苛求,即其对立面。——

可是,假如动作象征的是感觉上的伴随性表象,那么,意志本身的冲动又是借助什么样的象征诉诸我们的理解力的呢? 在这方面,本能的中介又是怎样的呢?

乐声中介。准确地说,就是各种不同的快感和不适——没有任何伴随性表象——由乐声象征出来。

要陈述各种不同的不适感特征,我们所能说的不外乎就是一些情境,它们是通过表情动作象征而变得明晰的表象传达给我们的:譬如当我们说起突如其来的恐惧,说起"打击、牵缠、挣扎、如坐针毡、心如刀绞、火烧火燎"之类痛苦之状。由此,意志的某种"间歇性形态"似乎也就表达出来了,一言以蔽之——在音乐语言的象征性之中——节奏。在声的动感里,我们又再次辨认出意志强度的充沛,快乐与不适的可变量;但其真正的本质隐藏在和声(Harmonie)里,不轻易以隐喻的方式透露出来。意志及其象征——和声——两者归根结底都是纯粹的逻辑! 意志虽然是借助象征表现出来的,但节奏和动感在某种程度上还只是意志的外部侧面,几乎还携带着现象(Erscheinung)的雏形,而和声则是纯粹意志本质的象征了。这么说来,在节奏和动感里,个别现象尚有待特征化为现象,就此而言音乐是可以发展成为形象艺术的。而其余无法揭开的一切,和声,表达的是所有外在于和内在于外化形式的意志,不仅仅是情感的同时也是世界的象征性表达。在其范围里,概念是完全无能为力的。

至此,我们理解肢体语言和声音语言对狄俄尼索斯艺术作品的意义了。在古朴的民间狄提兰卜春天祭歌里,人是不以个体人的身份说话的,而是以同类者(Gattungsmensch)的身份说话。既然不属于个体的人,那末透过眼睛的象征性表达及借助动作语言而显现的人,在表情动作中,确切地说在强化了的肢体语言中,在舞蹈动作中,就如同地灵人杰,像萨堤洛斯[①]那样说话了。而通过此种声音,他又能表达出最深刻的自然之思:如此一来,人直接领会到的就不单是在动作中那样的类属之天才了,而是自在的此在(Dasein an sich)之天才,即意志。借助表情动作,他得以保持在类属之中,亦即现象世界的范围内;而借助声音,他又能使现象世界融化到其原初的统一性之中,结果是摩耶世界[②]在他的魔力面前消失了。

那么,自然人是何时回到声音的象征性的呢? 肢体语言是什么时候不够用了呢? 声音又是什么时候变成了音乐的呢? 首先是在意志的最高愉悦状态和极端不适状态下,也即在意志狂喜或焦虑得要死的时候,一句话,在情感的陶醉中:在惊叫中。

[①]　萨堤洛斯(Satyr):希腊神话中的林神,狄俄尼索斯的随从,通常为欢快、诙谐和淫荡的形象。在古希腊早期艺术中,萨提洛斯们被描绘成半人半羊,但到了古典时期,他们的形象已脱去动物特征。

[②]　摩耶世界:摩耶(Maja,通书 Māyā),印度教哲学名词,最早见于婆罗门教经典《奥义书》(Upanishad,梵文उपनिषद्)。初意指万物的"尺度",后经吠檀多哲学家阐释而演化为"幻化"说:摩耶即梵幻而显现为世界的幻象或魔力。

　　叔本华在其著作中引述"摩耶"来印证其所要揭示的表象世界,并把它等同于某种"个体化原则",这种原则向人显现的不是物自体,而仅仅是现象世界;"如果揭去人眼前的这块个体化原则的摩耶面纱,人就不复在其本人和他者之间作利己主义的区别了……"参看叔本华《作为意志和表象的世界》,Bourdeau法译本,PUF 出版社,2009 年第 2 版,第 476 页。

　　尼采在其早期著作中倾向于认为,阿波罗艺术的本质中也包含这样一个"摩耶世界"的原则:"可以说,在阿波罗身上,对此种原则坚信不疑以及受其制约者稳坐钓鱼船的冷静态度,都得到了最高表达;甚至可以把阿波罗视为个体化原则的最高神圣形象,其表情和目光要向我们传达的是与美连带在一起的"表象"的全部快感和智慧。"参看《悲剧的诞生》(Die Geburt der Tragödie)第一章,《全集》KSA 本,第 1 卷,前揭,第 28 页。

较之于目光,惊叫是多么强大和多么直接啊!但意志的兴奋度哪怕再温和,也有其声音象征体系:大抵而言,一个声音是与一个动作平行的:惟有情感的陶醉才能使之升华而臻于纯粹的音质。

人们所说的语言,乃是一种肢体象征与声音之最内在、最常见的结合。在词语中,通过音调及其情态,借助其声响的强度和节奏,事物的本质便符号化了,而伴随性表象、情境、本质的外化,则是通过嘴的表情动作象征性地表现出来的。象征可以是多样化的,也应该是多样化的;但象征增强则是本能的,并且有其伟大而聪明的规律性。一个被记住的象征,就是一个概念:在这种铭心刻骨的记取中,声音完全消失在记忆里,只有伴随性表象的象征保存在概念里。大凡人所能描述和加以区分的东西,都是“概念化”的结果。

借助情感的升华,词语的本质也就得以在声音的象征里更明晰、更感性地揭示出来了:音质也更清亮了。吟唱就好像是回归自然:使用中被磨平的象征又重新获得它原初的力量。

通过词序,因而也是经由一连串的象征,某种新的、更高级的东西被以象征的方式展开:在这种势能中,节奏、动态与和声重又变得不可或缺了。这个更高的境界显然胜于单一词语的狭窄境界:一部词选、一种新的词语摆布方法也成为必备之物了,诗歌开始了。一个句子的吟咏,并不是什么词语发声的序列:因为一个词有声音只是相对的,而它的本质,它经由象征而展开的内涵,也依其位置不同而不同。换言之,出于句子和它所象征化了的本质之更高的同一性,词语的单一象征也就不断地获得新的规定性。一连串的概念乃是一个思想:它本身也是伴随性表象的更高的同一性。事物的本质是难以被思想触及的①：思想只是作为动因，作为意志激发力，才对我们产生作用，由此可以说明，这种已经被意识记取的象征之思同时也被揭示为意志显现，成为意志本身的活动和外化了。一旦吟诵出来，它借助声音象征系所起的作用就大为不同了，更有力，也更直接。以歌声唱出——思想达于其作用的最高点，尤其当旋律（Melos）成为其听得见的意志之象征的时候：如果不是这种情形，音列（die Tonfolge）对我们起作用，还有词序也起作用，那么思想也就始终离得远远的，对我们保持冷漠。

这个时候，词语所起的作用视其占上风的是作为伴随性表象的象征，还是作为意志原动力的象征，视其象征化的是形象还是情感，诗也相应分出两条路来：史诗和抒情诗。前者导向造型艺术，后者导向音乐：表象的愉悦凌驾于史诗，而意志则显露在抒情诗中。前者脱离了音乐，后者则与音乐结合在一起。

但是在狄俄尼索斯祭神歌里，狄俄尼索斯狂想者被激励升华到其所有象征力的巅峰：某种从未经历过的东西激扬出来了，是为 Individuatio（个体化）之破除，在种类天才中同一（Eins-sein），在自然中同一。这样，自然的本质就必然浮出来：一个新的象征世界成为必要了，伴随性表象出现在一个上升到象征的人类图景中，透过完全的身体象征手法，透过舞蹈动作，以最大的自然力形象地表现出来。但意志的世界也要求一种前所未有

---

① 尼采在大致同时期的一篇哲学笔记中写道："思与存在在任何情况下都不是同一的。思不可能靠近存在，也不可能把握存在。"尼采遗稿《1870 年 9 月—1871 年 1 月笔记》[UI 3—3a. September 1870—Januar 1871]，5[92]；《尼采著作全集》KSA 本，第 7 卷，前揭，第 117 页。

从这段论述来看，尼采似乎不同意巴门尼德有关"思与存在同一"的经典论说。在其早期撰述中，尼采倾向于将思想区分为概念的思想和被揭示为意志的思想，前者停留于概念，故无法触及存在的本质；思想只有上升为意志并且作为意志活动的外化，才有可能对存在本身起作用。

的象征性表达方式,于是和声、动感与节奏的力量突然间迅猛地发展起来了。夹持在这两个世界之间,诗歌也获得了一个新的地盘:既有史诗中的那种画面感,也有抒情诗中的那种声情陶醉。要想把握所有这些象征力的全面勃发,就必须有同样强烈的生存升华高度来开创它:狄提兰卜调式的狄俄尼索斯祭仪,惟具备同样素质者方能理解。因此之故,这个全新的艺术世界以其陌生而又富有诱惑力的神奇特性历尽艰辛,在惊心动魄的战斗中走过了整个阿波罗的希腊文明时代。

附录四

关于版本的说明

　　《狄俄尼索斯颂歌》初刊于 1891 年，也即尼采精神崩溃后的第二年，——由尼采弟子加斯特（Peter Gast）厘定手稿，以附录形式收于同年正式刊印的《扎拉图斯特拉如是说》卷四（公开版）卷末，但抽掉了其中与该书重复的三篇诗文。其后，克格尔（Fritz Koegel）主编的大十八开（Großoktav-Ausgabe）十二卷本《尼采著作全集》于 1894 至 1897 年间在莱比锡刊行时，这部诗集按当时的"尼采档案"列入全集第 8 卷，同期相关诗稿及《狄俄尼索斯颂歌手稿残篇》亦按年代分列于第 8 卷和第 12 卷。

　　此后，1899 年刊行的赛德版（Arthur Seidl）《全集》以及 1905 年由加斯特主编出版的《全集》均循此例，但将同期相关诗稿及《狄俄尼索斯颂歌手稿残篇》一并编入第 8 卷。从编辑体例、校勘及注释精湛来看，加斯特版本至今仍是值得推崇的本子。至于尼采妹妹伊莉莎白·弗斯特—尼采在其兄去世前一年主编出版的《尼采诗歌与格言集》（*Gedichte und Sprüche von Friedrich Nietzsche*），莱比锡 C. G. Naumann 出版社，1898 年，是尼采诗歌总集的第一个辑本，但所辑诗稿中有编辑加工痕迹,学界以为缺乏学术价值,不足采用。

　　1923 年由尼采学会(Nietzsche-Gesellschaft)刊印的《狄俄尼索斯颂歌》手稿影印本,本可以提供这部诗集的原始全貌,但编辑者在做剪拼时,擅自删改手稿中的笔误以及尼采本人划去的一些段落,以至于这部影印本的"真迹"受到行家质疑。1933年,一度参与"尼采档案"研究的文献学家梅特(Hans Joachim Mette)首次对尼采诗集的手稿作了初步考订(参看梅氏《尼采著作全集校勘预备稿》*Sachlicher Vorbericht zur Gesamtausgabe der Werke Friedrich Nietzsche* 第 1 卷,B. A. B. ,慕尼黑)。及至 1961 年,匈牙利裔学者波达赫(Erich. F. Podach)在其《崩溃的尼采著作》(*Friedrich Nietzsches Werke des Zusammenbruchs*)一书中详细研究这部诗集手稿,才提供了较可靠的校勘意见。实际上,自 1905 年加斯特本以来,《狄俄尼索斯颂歌》除了一处明显讹误(涉及《阿莉阿德尼的咏叹》一诗)予以纠正外,全书几乎没有变动。

　　今日学界通常采用的是意大利学者柯利(Giorgio Colli)和蒙第纳里(Mazzino Montinari)在上个世纪 60 年代编定的本子,收于《尼采著作全集》KGW 校勘本第 VI/3 卷,KSA 本第 6 卷。柯蒙本《狄俄尼索斯颂歌》并无新的校雠,基本采用前人纂本,手稿残篇则另据尼采档案重新校勘,并提供了与旧本出入较大的"残篇"新版,但未添加"狄俄尼索斯颂歌手稿残篇"标题,仅按尼采遗稿档案编号[WII 10a. Sommer 1888]辑入《全集》KGW 校勘本第 VIII/3 卷。

　　尼采虽为哲人,但写诗持之以恒。萌生念头出一部专门的诗集,大概是在 1884 年秋。当时他正在撰写《扎拉图斯特拉如是说》最后一卷(第 4 卷),新写和改写的诗稿多达 65 个片断,分别见于这个时期的两个笔记本([ZII5b]和[ZII7a])。根据尼采当时草拟的一份篇目（这份篇目有两个版本，其中一个版本冠以《正午之思》书名），诗集至少收录诗歌 25 首，应是一部具相当规模的诗选①，其中部分成篇之作被尼采编入《扎拉图斯特拉如是说》卷四、《善恶之彼岸》、《人性的，太人性的》（再版）卷一和《快乐的知识》等书。迟至 1888 年夏，尼采才另将散见于"扎拉图斯特拉"稿本中的诗稿片断蒐集起来，经筛选，誊抄于一个新的笔记本（编号 WII 10）。在这个稿本的基础上，尼采先后完成《太阳沉落了》、《猛禽之间》、《论最富者之贫》、《声名与永恒》、《火符》等五篇诗歌。不久，尼采又将 1883 年的一篇旧文改写成诗体作品编入这部诗稿，冠以《最后的愿望》标题；加上原刊于《扎拉图斯特拉如是说》卷四（1885 年私刊本）的三首诗，共九首。后三首诗，第一首见于《扎拉图斯特拉如是说》卷四《忧郁之歌》篇下第三节，收进诗集后添加标题《疯子也已！诗人也已！》；第二首原题《在荒原女之乡》，全文收进诗集，标题不变；第三首原列《巫师》篇下，收进诗集添加标题《阿莉阿德尼的咏叹》，结尾增补狄俄尼索斯出场的一个尾声。凡此三篇，尼采收进诗集时均重新校订及改动，故若干诗行与原刊稿本有出入。同年岁末之际，尼采又将这九首诗重新誊写在对开本稿纸上，编成一部备用出版稿（档案编号 Mp XVIII 1）。这就是《狄俄尼索斯颂歌》成书的大致情况。有关此书成书过程及版本流源的一些资料，有兴趣的读者可参看《尼采著作全集》KSA 本第 14 卷（注释卷）相关部分的说明。

又尼采最初为诗集拟定的书名至少有六个：《灵魂战士之歌》、《出自第七种孤独》、《通向伟大之路》、《神墓》、《扎拉图斯特

---

① 参看尼采《诗与诗稿片段。1884 年秋》[Gedichte und Gedichtfragmente. Herbst 1884]，28[32]，28[33]；《全集》KSA 本，第 11 卷，前揭，第 312—313 页。

拉之歌》、《永恒的轮回》①。从其中一些书名推测,尼采并非在
最后时刻才考虑此书与希腊精神之联系的,但他似乎犹豫于《扎
拉图斯特拉之歌》书名和另一书名之间;1888 年 11 月 27 日草
拟的一封给出版商的信(未寄出)曾提到将六首"扎拉图斯特拉
之歌"结集出版之意。及至诗稿杀青,尼采才将诗集最终定名为
《狄俄尼索斯颂歌》,篇幅也增加到九首。这已经是他精神崩溃
的前夕了。

　　藏于魏玛歌德-席勒档案馆的尼采手稿,这部诗集定稿(档
案编号 D24)首页写有"狄俄尼索斯颂歌"的最终书名,稿本最后
一页是尼采亲手拟定的目录,共收录诗作九篇。

　　中译本《狄俄尼索斯颂歌》据《尼采著作全集》KGW 校勘本
第 VI/3 卷译出;同时据《全集》KGW 校勘本第 VIII/3 卷补译
《狄俄尼索斯颂歌手稿残篇》。为帮助中文读者更好地理解尼采
这部诗集,译者将柯利本前言及皮茨(Pütz)本前言一并译出,置
于书首;另将尼采早年有关古代狄俄尼索斯精神的古典语文学
论文《狄俄尼索斯的世界观》(据 KSA 本第 1 卷译出),附于
书后。

　　柯利和蒙第纳里主编的《尼采著作全集》KGW 校勘本自
1967 年陆续刊行于世,今坊间所见者凡九编共 40 大卷,可谓洋
洋大观矣。然德国迄今出版的尼采诗选或诗全编通行本仍沿用
旧本,即便如法兰克福大学德语文学院符登诺(Ralph-Rainer
Wuthenow)教授新编的《尼采诗全集》(*Sämtliche Gedichte*),苏
黎世 Manesse Verlag 出版,1999 年,也未采用学界公认的柯蒙

---

①　参看尼采《狄俄尼索斯颂歌手稿残篇》[WII 10a. Sommer 1888],20[162],20
[163],20[164],20[165],20[166],20[167];《全集》KGW 本,第 VIII/3 卷,
前揭,第 380-381 页。

本。考虑到旧本依然通行且为广大读者所熟知，中译本仍据
1927 年 Musarion 版《尼采著作全集》（*Nietzsches Gesammelte
Werke*）第 20 卷（诗歌卷）将柯蒙本《狄俄尼索斯颂歌手稿残篇》
未收部分译出，原编序号不变，另行辑为"相关手稿附编"，以供
有兴趣的读者参考。

孟明

2012 年 6 月记于巴黎

图书在版编目(CIP)数据

　　狄俄尼索斯颂歌/尼采著;孟明译.
--上海:华东师范大学出版社,2013.8
　(经典与解释.尼采注疏集)
　ISBN 978-7-5617-9606-1

　I.①狄…　II.①尼…②孟…　III.①诗集-德国-近代
IV.①I516.24

　　中国版本图书馆 CIP 数据核字(2013)第 140117 号

华东师范大学出版社六点分社

企划人　倪为国

狄俄尼索斯颂歌

著　　者　尼　采
译　　者　孟　明
责任编辑　古　冈
封面设计　童赟赟

出版发行　华东师范大学出版社
社　　址　上海市中山北路 3663 号　邮编　200062
网　　址　www. ecnupress. com. cn
电　　话　021－60821666　　行政传真　021－62572105
客服电话　021－62865537
门市(邮购)电话　021－62869887
地　　址　上海市中山北路 3663 号华东师范大学校内先锋路口
网　　店　http://hdsdcbs. tmall. com

印　刷　者　上海市印刷十厂有限公司
开　　本　890×1240　1/32
插　　页　2
印　　张　11.75
字　　数　200 千字
版　　次　2013 年 8 月第 1 版
印　　次　2013 年 8 月第 1 次
书　　号　ISBN 978-7-5617-9606-1/I·912
定　　价　48.00 元

出　版　人　朱杰人